中国创造
故事丛书
李炳银 主编

海底7000米

深海"蛟龙"号的故事

许晨 著

河南文艺出版社

·郑州·

图书在版编目(CIP)数据

海底 7000 米：深海"蛟龙"号的故事/许晨著. —
郑州：河南文艺出版社，2017.9(2018.8 重印)

(中国创造故事丛书/李炳银主编)

ISBN 978-7-5559-0411-3

Ⅰ.①海…　Ⅱ.①许…　Ⅲ.①报告文学−中国−当
代　Ⅳ.①I25

中国版本图书馆 CIP 数据核字(2017)第 191184 号

出版发行　河南文艺出版社
本社地址　郑州市鑫苑路 18 号 11 栋
邮政编码　450011
售书热线　0371−65379196
承印单位　河南瑞之光印刷股份有限公司
经销单位　新华书店
开　　本　700 毫米×1000 毫米　1/16
印　　张　16.5
字　　数　216 000
版　　次　2017 年 9 月第 1 版
印　　次　2018 年 8 月第 2 次印刷
定　　价　46.00 元

印厂地址　河南省武陟县产业集聚区东区(詹店镇)泰安路
邮政编码　454950　　电话　0391−2527860

"中国创造故事丛书"总序

李炳银

  人类社会的历史，一直伴随着对客观世界的认识和自然规律的理解。这一过程，就是科学开始和不断融合于社会生活实际的过程，也就是人类科学技术日渐发展更新的道路。

  习近平总书记指出，历史证明，谁牵住了科技创新这个牛鼻子，谁走好了科技创新这步先手棋，谁就能占领先机、赢得优势。长久以来，国际范围内的竞争，综合国力的竞争，其关键是科学技术的竞争，科技进步和创新是增强综合国力的决定性因素，对经济和社会发展具有先导性、全局性的意义，增强创新能力关系到中华民族的兴衰存亡。发展教育与科学，是文化建设的基础性工程，是推动经济和社会发展的决定性因素，加强科学技术创新和教育创新，有助于发展教育。创新是一个民族的灵魂，是一个国家兴旺发达的不竭动力。

  中国曾经是一个科技文明发达的国家，拥有灿烂的文化和丰富的科技创造成果。后来因为长久相对恒定僵化的社会制度，再加上自我禁锢和故步自封，到了近现代，在科学技术领域明显落后于西方国家，结果遭受西方列强铁船火炮的凌辱。后来有人"睁开眼睛看世界"，提出了"以夷治夷"，开展"洋务运动"等主张，都是在感受到科技落后的基点上的自醒与奋起。中华人民共和国建立之后，国家独立，科技进步，日新月异。特别是自20世纪后期开始的改革开放以来，科技是第一生产力的观念得到确认，科学发展的自觉和行动愈加坚定，科技体制改革在加快，科技创新的成果不断地涌现出来，令人振奋和自豪，也让国家的尊严和综合实力获得很大提高。如今，科学技术不断更新换代，中国已经在不少科技项目中站在了世界的前列，令人至为高兴和振奋。因此，热情走近像青藏铁路建设、杂交水稻品种培育、高速铁路、航天科技、海洋深潜、超级运算、大飞机制造等这些立足于自主创新基础上的，表现了中国人独特的科技创造精神，并领先世界的科技成果项目，感受和理解中国科学家的科学思想、科学精神、科学创新、科学担当、科学情怀等丰富的内容，向科技创新致敬，就应该成为文学表达的优先选择。这也正是"中国创造故事丛书"策划、组织和书写、出版的初衷所在。

"中国创造故事丛书"以报告文学的形式，向读者真实展现我国近些年来的重大科技成果和高科技领域许多优秀人物的动人故事，目的在于提高对科技创新活动的认识和主动参与的自觉，推动中国全社会，特别是青少年形成学科学、爱科学的良好氛围。高科技成果的不断涌现，是中国国家力量和民族智慧创新精神的表现，真实生动地给予文学呈现，在增强民族自信心，增进爱国主义精神和普及科技知识的同时，积极弘扬科学精神，提升全社会创新发展意识水平，实现中华民族伟大复兴的中国梦，具有非常重要的现实意义。

参与这套丛书写作的作家，都是活跃于当今中国报告文学创作领域的骨干力量。他们不尚空谈，也没有无视和躲避现实社会生活的巨大改变，他们热情地抵近社会生活的前沿，在很多伟大的科技创造现场，在很多动人的科学人物故事中，在很多振奋人心的科技创新技术面前，在很多足以提振国人自豪骄傲的伟大创造成果获得中，很好地表现了文学家的热情，表现了文学对科学的致敬。如果说，提高全民科学素质，普及科学知识，弘扬科学精神，传播科学思想，倡导科学方法是科技工作者义不容辞的责任的话，那么，这套丛书的写作和出版，也是作家通过真实艺术表达的特殊方式参加科学推广和普及的一种表现，相信会产生积极的社会影响。

感谢所有参与这套丛书的作家和出版人士。

2017 年 7 月 26 日

目录
Contents

引子 "蛟龙"号再赴马里亚纳海沟

"呜——"一声汽笛长鸣，搭载着我国深海载人潜水器"蛟龙"号的科学考察船——"向阳红09"（简称"向九"）船，缓缓离开了位于山东省青岛市即墨鳌山卫的国家深海基地管理中心码头，开启新的蔚蓝色征程。

船上船下一片欢声笑语：

"祝你们一路平安，早日凯旋！"

"放心吧，我们一定不负重托，坚决完成深潜科考任务！"

甲板上高扬的五星红旗和"蛟龙"号试验性应用科考队的队旗，在海风中猎猎飘舞着，尖尖的船首像一页硕大闪亮的犁铧劈开万顷碧波，飞溅起两道雪白雪白的浪花涌向船尾。几只海鸥尖叫着飞过来，好似依依不舍的亲友，送了一程又一程……

早春二月，乍暖还寒。

2017年2月6日，农历大年初十，人们欢度春节的鞭炮声还在耳畔回响，红红火火的元宵节正大步走来，光荣的海洋儿女们却义无反顾、斗志昂扬地出征——"蛟龙"号2017年试验性应用航次（中国大洋38航次）

正式启动了！

近年来，党中央、国务院高度重视深海大洋事业发展，把深海确定为四大"战略新疆域"之一。国家"十三五"海洋科技创新重点任务中也明确提出要加快核心关键技术的突破，推动"深海进入、深海探测、深海开发"。中国大洋38航次是"蛟龙"号试验性应用收尾之作，同时也是迄今潜次任务安排最多、海上连续作业时间最长、调查区跨度最大的一个"蛟龙"号试验性应用航次。

此行共有三个调查区域，分为三个航段：西北印度洋多金属硫化物区（第一航段）、南海调查区（第二航段）、雅浦海沟和马里亚纳海沟调查区（第三航段）。从2017年2月6日启航，至6月9日结束，共计124天。自西北印度洋到南海、再到西北太平洋，是"蛟龙"号试验性应用以来历时最长的一个航次。在完成本航次任务后，"蛟龙"号将进行系统升级和改造，主要涉及可维护性、作业效率、电池费用和零部件等方面。

2017年5月22日凌晨，在顺利完成前两个航段的下潜任务后，搭载"蛟龙"号载人潜水器的"向阳红09"科学考察船，抵达马里亚纳海沟作业区。当地时间5月23日7时9分，"蛟龙"号进行本航段世界最深处的"挑战者深渊"第一潜。

7时20分，由主驾驶员唐嘉陵驾驶的"蛟龙"号向深海匀速潜去，下潜速度大约0.5米/秒。在这个过程中，人会感到越来越冷，需要穿衣戴帽，更加需要克服的是孤独感。倘若此时能够看到窗外一些鱼虾游过，也会很兴奋——知道自己似乎还在地球上。

9时49分，"蛟龙"号到达4811米的预定深度，开始作业。这是第三航段的第一潜次，是工程潜次，即检查潜水器工作状况，不以潜深为目的，同时填补了载人潜水器在马里亚纳海沟4000米级深度的作业空白。首先需要确认潜水器工作状态，对所有功能参数进行全面测试，验证潜水器机械手、高清摄像等作业工具的技术性能。同时，要近底观察、航行拍摄海底生物和地形地貌特征，并视情况采集生物、底层非保压海水、底层保压海水、沉积物和岩石样品。这些样品要带到水面上去。

主驾驶是深潜过 60 多次、曾获得"深潜英雄"称号的唐嘉陵，副驾驶是也有着十几次下潜经历的刘晓辉。他们在快要到达 4800 米海底时，看到了罕见的"深海居民"——一只红色巨型海参，便想"请"它进到采样篮里。不过它对"蛟龙"的到来并不欢迎，还没等潜水器坐底，它就以 S 形姿势像跳舞一样逃走了。

半小时后，唐嘉陵又看到了一只同样的海参："这次不能让它溜掉。晓辉，你稳住潜水器，我来抓它。"

"好！"刘晓辉聚精会神握住操作器。

唐嘉陵迅速打开"龙爪"（机械手），轻轻靠近抓住了它，不过因这只海参体形较大，机械手并不能完全握住。它不断挣扎想要逃跑，唐嘉陵紧紧用机械手钳住把它放进采样篮，这只红海参却又挣脱出来。

"啊！"两位潜航员不由遗憾地叫了一声，以为又要抓个空了，不料，这个小家伙儿也挺慌张，一时跑错了方向，自己游进了筐里。唐嘉陵赶紧操纵"龙爪"盖上了盖子。

随后，他们又在 4811 米海底坐底，沿测线近底观察和取样，相继完成了环境参数测量；采集了近底海水、岩石和生物等样品；拍摄了大量海底高清视像资料。

16 时左右，"蛟龙"号成功返回水面。

此次获取了玄武岩样品 26.3 公斤，近底海水 16 升，海参 1 只、海绵 1 只、蛇尾 1 只、海星 2 只等生物样品。这对于研究马里亚纳海沟的成因及其构造演化具有重要意义；采集的生物样品对于促进深水生物多样性、生态系统、生物地理学等研究具有重要价值。

在母船甲板上，现场总指挥邬长斌说："这个潜次，下潜团队对潜水器的航行控制、均衡调节、水声通信与定位、机械手及作业工具等进行了全面测试，完成了潜水器技术状态确认。表明载人潜水器技术状态良好，为今后潜向更大深度打下坚实基础。"

10 天后——2017 年 6 月 1 日 17 时 12 分，"蛟龙"号在马里亚纳海沟的最后一潜顺利完成，回收至"向阳红 09"科学考察船甲板。这些天里，"蛟龙"号科考队完成了 5 次大深度下潜，3 次超过 6500 米，最大深度达到 6699 米，整个阶段潜水器性能稳定。

而这一潜，也是"蛟龙"号在马里亚纳海沟从 2012 年海试以来进行的第 20 潜。"蛟龙"号不仅下潜次数最多，并且超过 6000 米深度达 16 次，超过 6500 米深度达 12 次，全方位验证了"蛟龙"号系统设计的先进性、安全性和可靠性，为深渊前沿科学研究提供了高质量的一手样品和数据，有力地推动着我国深渊前沿科学研究的进步和发展。

2017 年 6 月 23 日，我们的国宝——海洋重器"蛟龙"号胜利返航回到青岛母港。新华社、中新社、中央电视台、人民网、大众网、海洋网、《青岛日报》等媒体纷纷报道：

"蛟龙"号返回青岛　中国大洋 38 航次取得 5 大科学成果

新华社青岛 6 月 23 日电：向阳红 09 号船搭载蛟龙号载人潜水器及全体科考队员 23 日顺利返回青岛，这标志着 2017 年蛟龙号试验性应用航次（中国大洋 38 航次）顺利结束。

本航次三个航段历时 138 天，航行 18302 海里，蛟龙号累计下潜 30 次、常规调查 75 个站位，足迹遍布西北印度洋、中国南海、西北太平洋，作业地形涵盖海山、热液、海沟等典型海底地形区域，共计 23 家单位 156 人参航。

国家海洋局副局长孙书贤介绍，本航次获得大量珍贵样品与数据，取得 5 大科学成果：

【成果一】实施大洋调查研究计划"印度洋多金属硫化物成矿潜力与环境评价"项目，大洋 38 航次第一航段在西北印度洋卡尔斯伯格脊热液区成功发现了海底"黑烟囱"和多金属硫化物丘与黑暗生态系统，明确了海底热液活动的精确位置、特征与范围，为后续深入开展调查区岩浆作用及其演化、沉积作用、构造作用、硫化物成矿作用、硫化物资源和微生物基因资源潜力及生物连通性等方面的研究抢得了先机，为相关科学研究的认识水平的提高提供了重要基础。

【成果二】围绕我国 2017 年重点研发计划"1000 米级多金属结核采矿试验工程"项目的海上试验选址及评价工作，本航次第二航段利用蛟龙号技术优势基本圈定了我国 1000 米级多金属结核试采试验目标靶区，掌握了南海典型区域多金属结核分布特征，开展了海洋地质、海洋化学、物理海洋等多专业海洋环境基线调查，获得的高精度定位数据、高质量原位研究样品，为开展 1000 米级采矿试验环境影响评价奠定了基础。

【成果三】国家实验室科技创新项目"蛟龙号试验性应用航次（中国大洋 38 航次）南海潜次调查与研究"的下潜作业中，利用蛟龙号先进的技术优势获得了南海中部海山链珍贝海山一典型断面的玄武岩样品，直接观察到台湾峡谷现代浊流的地貌和沉积证据，极大地推进了南海中部海山岩石学及南海北部海底峡谷浊流的科学研究。

【成果四】作为国内超深渊海域研究的重点，中科院先导项目"海斗深渊前沿科技问题研究与攻关"在马里亚纳海沟开展 5 次作业。采集了不同深度的气密海水样品，成功回收了一年前在 6300 米海沟底部布放的气密采样器，在海沟南坡发现了两处新的海底麻坑发育点，进一步认识了马里亚纳海沟特征性物种分布、基岩蚀变和沉积环境特征。

【成果五】973 计划"超深渊生物群落及其与关键环境要素的相互作用机制研究"在雅浦海沟开展 5 次作业，采集到大量巨型生物样品，首次获得 2 条雅浦海沟狮子鱼样品和 2 只未知物种，初步查明了雅浦海沟南段巨型底栖生物分布特点，发现雅浦海沟水体和沉积物中微生物具有较高的丰度和多样性，对下一步研究具有重要意义。

第一章　一堂生动的海洋课

"大手拉小手"

秋天来了。

秋天是北京一年中最好的季节。天是蓝的，水是绿的，风是软的，就连烦躁不安、扯着嗓子嘶喊了一夏的知了，也变得温文尔雅，叫声柔和起来。

刚刚度过火热而快乐的暑假，走进校园的孩子们活泼可爱，精气神十足。

2014 年 9 月 1 日，北京市汇文第一小学举行隆重的开学典礼。同时，以助力中国少年梦"深海探秘，太空揽月"为主题，开展了一次实实在在又非常有意义的科学普及和爱国主义教育活动。

这所学校是北京市的首批科技示范校，有着 140 多年的历史积淀。学校于 1984 年与国家海洋局建立了"大手拉小手"的合作关系，从此对学生开始了极地科普知识的教育，至今已坚持了 30 年。特别是我国载人潜水器"蛟龙"号历经 10 年研制终获成功，潜入深海大洋底部，象征着海洋事业的新高峰，在小学生中间引起了浓厚的探索兴趣。

2012 年 6 月 3 日，得知"蛟龙"号海试队起航去冲击 7000 米深度，汇文一小的学生们非常兴奋，课余时间纷纷叠起了五角星，写上他们的祝福心愿，放进祝愿瓶里，以集体的名义写了一封信，专门派代表赶到江苏省江阴苏南国际码头上，参加启航仪式。

这是我们祖国的未来，这是海洋事业的希望！主持仪式的国家海洋局王飞副局长郑重宣布："下面请北京市汇文第一小学学生代表赠送纪念品。"

立时，全场响起了一片热烈的掌声。

身穿白色校服、系着红领巾的一男一女两名小学生走到台前，向大家行了标准的少先队礼，而后以清脆明朗的童声宣读了全校师生《给海试队员的一封信》，并把装满祝愿星的大玻璃瓶，转交给"蛟龙"号海试队，由试验母船"向阳红 09"船陈存本船长代为接收。

海试队员们对孩子们的祝福非常感动。

一位爱好文学的研究员灵感一现，专门从少先队员的角度写了一首诗：

祝福瓶——我们的心愿

一颗小星星，寄托大愿望：
祝海试叔叔远航平安！
探七千米海底，
擒龙宫大龙王。

一颗小星星，寄托大愿望：
祝海试叔叔身体健康！

乘"蛟龙"号潜水器，
游太平洋"心脏"。

一颗小星星，寄托大愿望：
祝海试叔叔潜深望远！
让人和鱼亲密，
让海洋成花园。

一颗小星星，寄托大愿望：
祝海试叔叔胸怀理想！
我们从小热爱科学，
将来探索蓝色海洋……

    曾经与我一起参加"蛟龙"号2014—2015试验性航次第一航段科考的张凯亮，就是这所学校的科技老师。如今，在这个不平常的开学典礼上，他为孩子们讲述"蛟龙"号下潜的故事，并拿出潜航员带到深海的试验品——一个个被水压扁的塑料大鱼模型，引导孩子们进行"海水的压力有多大"的实验研究。同时，展示了曾随"蛟龙"号一起下潜的区旗、校旗。

    最令孩子们高兴的是，"蛟龙"号载人潜水器海试和科考队总指挥刘峰叔叔，也应邀来到了学校，与师生们见面座谈。他是中国"蛟龙"号从立项到打造成功的功臣之一，十几年来，他与团队一起一心一意为国家干成了两件大事：一是积极奔走，协调研发了载人潜水器"蛟龙"号，一举下潜达到了7000米深度；二是从潜水器业务化应用出发，设立国家深海基地管理中心。

    如今，曾经为"蛟龙"号付出心血的中国大洋协会办公室金建才主任退休了，刘峰又被任命为大洋办主任，工作十分繁忙，没有时间精力参加额外的活动了。然而，当他接到汇文一小"大手拉小手"活动的正式邀请时，还是欣然答应：

"好，我再忙，也要抽时间去跟孩子们见个面。海洋教育要从娃娃抓起嘛!"他和共同完成了四年海试的副总指挥李向阳一起，按时来到了学校，受到了校长、老师和同学们的热烈欢迎。

在整洁而明亮的教室里，小学生代表给刘峰和李向阳叔叔系上鲜红的红领巾，将手高高举过头顶，行少先队礼。而后，伴随着一阵热烈的掌声，孩子们安静地坐在那里，瞪着大眼睛，倾听两位叔叔讲述"蛟龙探海"7000米的传奇和意义。

这是一堂生动的海洋教育课。

刘峰站在台前，双手按在课桌上，环视着四周的一切，仿佛回到了自己的少年时代，回到了鲁西南乡镇上的小学校里。当然，今非昔比，恍若隔世。他说：

"同学们，大家好！站在这里，我有一种重又当小学生的感觉。只是我小时候不能跟你们相比，没有这么漂亮的校园和教室，更没有包括海洋科普这么丰富多彩的活动。所以，我好羡慕你们，大家一定要珍惜啊!"

说到这里，他停了停，问道："现在，我想问问哪位同学到海边去过，看过大海呢?"

"我看过大海，我去过北戴河……"

"我也看过，放暑假的时候去青岛了……"

孩子们争先恐后地举着小手，像小鸟一样叽叽喳喳地说道。

"好好，今天生活好了，许多同学在爸爸妈妈带领下去海滨城市旅游、度假。就是没去过的，也会在书上、电视电影里看到过。大海很大、很深，那里边潜藏着丰富的生物和矿物资源。我还想问一个问题，我们中国陆地有多大面积啊?"

"我知道,我知道,960 万平方公里……"

"是的,教科书上是这样写的,实际上,我们还有 300 万平方公里的蓝色国土,那就是国家领海和专属经济区的海洋面积。在深深的海水下,有石油、天然气、可燃冰、锰结核矿,有种种奇特的海洋生物。我们的'蛟龙'号就是下潜到海底,去探索其中奥秘的。但是还很不够,将来还要有更多的'蛟龙'号。希望你们从小热爱海洋,好好学习,长大以后当一名海洋科学家,为建设海洋强国做出贡献,大家愿意吗?"

"愿意!我愿意!……"

天真烂漫而又充满梦想的小学生们仰起红扑扑的小脸,此起彼伏地嚷着、喊着,胸前的红领巾在窗外吹进来的微风中飘动着,宛如一朵朵小红

青少年朋友参观"蛟龙"号(图片由中国大洋协会提供)

花盛开怒放，把整个教室、整个校园映照得光彩夺目。

啊！这是真正的中国"蛟龙"，正在崛起的"中国龙"！

曾经为"蛟龙"号付出很多心血的刘峰，挥起大手响亮地鼓掌，心中涌来了海浪一样的豪情：好啊！我们中国的载人潜水器到达了海底 7000 米，创造了同类型潜水器的世界纪录，更为重要的是为下一代探索海洋奥秘奠定了坚实基础，可喜可贺！

当然，其源头还是来自一百多年之前凡尔纳的科幻作品……

从《海底两万里》 说起

"在我们头上是成群结队的管状水母，它们伸出它们的天蓝色触须，一连串地漂在水中。还有月形水母，它那带乳白色或淡玫瑰红的伞，套了天蓝色框子，给我们遮住了阳光。在黑暗中，更有发亮的半球形水母，为我们发出磷光，照亮了我们前进的道路……"

读者朋友们，这段奇异而精彩的描写，来自轰动世界并深刻地影响海洋探索者的科学幻想小说——《海底两万里》。其中那神秘而丰富的深海故事，特别强烈地吸引着各个国家的中小学生，给他们渴望了解海底世界的心灵，打开了一扇清晰而明亮的窗。

这是法国著名作家儒勒·凡尔纳的代表作"海洋三部曲"之一，另两部为《格兰特船长的儿女》和《神秘岛》。早在 1902 年，《海底两万里》便被翻译到中国，题为《海底旅行》。此书主要讲述深海潜艇"鹦鹉螺"号周游海底的经历——

有一年，海上发现了一只疑似为独角鲸的大怪物，生物学家阿龙纳斯教授及仆人康塞尔受邀参加追捕，在追捕过程中不幸落水，幸运地落到了怪物的脊背上。他们发现这怪物并非什么独角鲸，而是一艘构造奇妙的潜水艇。

船身坚固，功能齐全，利用海洋中大量的氯化钠分解出来的钠发电，提炼海洋中的有机物做生活用品。船长尼摩是个不明国籍、身份的神秘人物，他邀请阿龙纳斯等人做海底旅行。他们从太平洋出发，经过珊瑚岛、印度洋、红海，进入地中海、大西洋。

在旅途中，阿龙纳斯一行人遇到了无数美景，同时也经历了许多惊险奇遇：在印度洋的珠场和鲨鱼展开过搏斗，捕鲸手尼德·兰手刃了一条凶恶的巨鲨；在南极他们被困在厚厚的冰下，船上极度缺氧，所有人只得轮流用工具把底部厚 10 米的冰盖砸开，脱离困境……

这些船员眼中的海底，时而景色优美、令人陶醉，时而险象丛生、千钧一发。通过一系列奇怪的事情，阿龙纳斯了解到神秘的尼摩船长仍与大陆保持联系，用海底沉船里的千百万金银，来支援陆地上人们的正义斗争……

古往今来，人们对海底世界充满了神往和幻想。《海底两万里》，就是其中最典型的代表作。

1828 年 2 月，凡尔纳出生于法国港口城市南特的一个中产阶级家庭，父亲是位颇为成功的律师，一心希望子承父业。但是凡尔纳自幼热爱海洋，向往远航探险。11 岁时，小凡尔纳背着家人，偷偷地溜上一艘开往印度的大船，准备开始他梦寐以求的冒险生涯。由于发现及时，父亲在下一个港口赶上了轮船，他受到严厉的惩罚和更为严格的管教。他躺在床上流着泪保证："以后保证只在梦想中旅行。"

也许正是由于这一童年的经历，客观上促使凡尔纳一生驰骋于幻想之中。18 岁时，他遵父嘱，去巴黎攻读法律，可是他对法律毫无兴趣，却爱上了文学和戏剧。他饱览群书，积累了各方面的知识。同时，仍然热爱旅行，亲近大自然。这些使他的小说创作受益匪浅。他曾说过："我喜欢乘游艇，但同时并不会忘记为我的书采集些信息……"

所以，他的小说充满了科学幻想和生动有趣的故事情节，处女作《气球上的五星期》问世以来，如同一阵旋风风靡全球，大受欢迎。随后，他又陆续出版了《地心游记》《格兰特船长的儿女》《八十天环游地球》等书。他总是在科学畅想的框架里编织复杂、曲折而又有趣的故事，情节惊险，充满奇特的偶合，再衬以非凡的大自然奇景，充满一种浓重的浪漫主义色彩，深受青少年读者的喜爱，素有"科幻小说之父"之称。

实际上，科幻小说并非从凡尔纳开始，但在幻想的规模上，特别是在科学的语言性上，他大大超过了前人。凡尔纳的才能在于在科学技术所容许的范围里，根据科学发展的规律与必然的趋势，做出了种种在当时来看是奇妙无比的构想。因为这些构想符合科学的发展趋势，到了20世纪几乎全都成为现实。其中，凡尔纳最具有现实意义的作品之一，就是"海洋三部曲"中的第二部——《海底两万里》。

书中记述了高潮迭起的航程历险：海底狩猎，参观海底森林，探访海底的亚特兰蒂斯废墟，打捞西班牙沉船的财宝，目睹珊瑚王国的葬礼，与大蜘蛛、鲨鱼、章鱼搏斗，反击土著人的围攻……读过这些，你方能真切地体会到"身临其境"一词的奥义。凡尔纳在小说里设有环环相扣的悬念，使得情节跌宕起伏，读者在欣赏迷人的海底风光时绝不轻松，从海面的"怪兽"出没到"鹦鹉螺"号潜艇被大西洋漩涡吞没，一直处于被各种谜团所困惑的紧张状态中。

更令人称奇的是，在凡尔纳创作《海底两万里》的时代，世界上还没有一艘可以在水下遨游的潜水器，甚至连电灯都还没有出现，而他却已经在小说中塑造了"鹦鹉螺"号潜水艇，并且能够利用海水发电，提供源源不断的动力。

其实，凡尔纳并非先知，更没有穿越到未来，他的秘诀就在于广泛地收集资料和尽情地发挥无与伦比的想象力。凡尔纳时常阅读科普文章、浏览报刊，了解科学进展动态，然后将当时科学发展的最新成果写进了这部小说，他向科学界吹进了一阵浪漫主义之风。

书中主人公曾这样感叹道："实在是难以形容、难以描绘的景象！啊！为什么我们不能交换彼此所感到的印象？为什么我们被关禁在这金属玻璃的圆盔中？为什么我们被阻止，彼此不能说话？至少，希望我们的生活能跟繁殖在海水中的鱼类一样，或更进一步，能跟那些两栖动物一样，它们可以在长时间内，随它们的意思，往来地上，游泳水中！"

从某种角度上说：这是凡尔纳向未来发出的呼吁和邀请。海底，人们应该并且就要来了。这为人们勇于探秘深海起到了启迪与促进作用。虽然很久以前就有人渴望研制潜水艇了，但大都在试验阶段，只在《海底两万里》问世之后，人们大受启发，制造出一种真实可用的潜水艇，从外观样式到内部结构，几乎与小说中描写的"鹦鹉螺"号大同小异。

不过，初次面世的载人潜水器还只是在浅海里试水，随着时光的推移，人们探求深海的兴趣与能力也在逐步加深。

深海与高天的对话

近 150 年之后，凡尔纳的幻想已经不仅仅是幻想了……

2012 年 6 月 24 日清晨，没有晴朗的海天，没有壮观的日出。大海如同一个情绪善变、哭天抹泪的孩子，时而风雨交加，时而电闪雷鸣。

一艘标记着"向阳红09"号的中国科学考察船迎风破浪驶来，到达目标海域后，现场总指挥一声令下，如定海神针般停在了预定海域，她那宽阔而坚实的甲板上，高高矗立着一台类似龙门吊的设备，伸出两只长长的手臂，怀抱着红白相间的小鲸鱼一样的机器。机身上漆着一面鲜红的五星红旗和两个醒目的蓝色大字——"蛟龙"！

这就是举国关注、世界瞩目的中国载人潜水器"蛟龙"号，即将进行深潜7000米的海试。自从2009年开始的1000米、2010年的3000米、2011年的5000米深潜海试一步步成功之后，我国自主研发、集成创新的7000米载人潜水器工程项目，迎来了冲击设计极限的海底试验。

为了卓有成效、万无一失，国家海洋局、科技部等部门选择了地球海洋最深点：著名的马里亚纳海沟。它长约2550千米，最宽约70千米，大部分水深8000余米。其中斐查兹海渊深11034米，为已知世界最深处。

这条海沟的形成已有6000万年，是太平洋西部洋底一系列海沟的一部分，也是世界上最深的海沟。征服这条海沟，下潜至7000米，将标志着我国具备了载人到达全球99%以上海洋深处进行作业的能力，标志着"蛟龙"号载人潜水器集成技术的成熟。无疑，对于中国乃至世界的载人深潜事业和深海科学事业来说，7000米是一道至关重要的门槛，也是一个攀登高峰的标杆。

马里亚纳海沟，中国"蛟龙"来了。

"精心组织、安全第一、层层把关、责任到人"，海试队员们就是在这样的标语口号里一路奋战，攻克了一个个难关。为了万无一失，"蛟龙"号小心翼翼地反复测试各项功能，距离其最大设计深度——7000米深海的距离越来越小、越来越近。

6月24日，星期天，是我国航天工程——"神九"飞船与"天宫"一号手控对接的日子。此前，正在北京的有关领导专程打来电话，通报这个消息，并批准"蛟龙"号同日冲击深潜 7000 米，争取创造上天入海的奇迹。

"太好了！这太有意义了！我们已经做好了充分准备，保证完成任务。"

尽管天一放亮，就遇到了风雨突袭，海况不佳，但经过周密严格的探测，获悉天气条件会逐渐好转，且海面以下完全具备试验条件。海试指挥部下定决心：按时下潜！

这是"蛟龙"号载人潜水器研制以来进行的第 49 次下潜试验。北京时间 4 时 20 分，迎着漫天的风雨，海试团队举行了简短的出征仪式，三名试航员叶聪、刘开周、杨波身着蓝色的潜航工作服，与大家相互击掌，微笑着进入潜水器。

"向阳红 09"试验母船甲板尾部的 A 型起重臂旁，"蛟龙"号水面支持系统操作员于凯本，端着控制盘，在副总指挥余建勋的指挥下，沉着而果断地操纵着键盘按钮。巨大而灵巧的 A 型架起重臂在他的手下，如同母亲温馨的臂弯，柔和而有力地抱起潜水器，准备布放下潜。

"现在我宣布，人员各就各位！"海试现场总指挥刘峰坚毅的声音，通过扬声器响彻全船，试验正式开始。潜水器移出、挂缆、起吊、入水……在海试团队轻车熟路的操作下，所有动作一气呵成。12 分钟后，"蛟龙"号欣然投入大海的怀抱，在海面上若隐若现。早已等候在旁边的辅助橡皮艇靠了过去，两名"蛙人"一把抓住潜水器上的栏杆，用身体将橡皮艇和潜水器紧紧扣在一起，另一名"蛙人"身手敏捷，看准波浪起伏的瞬间，一跃而上为潜水器解除了吊缆和拖曳缆，也为"蛟龙"号摆脱了最后的束缚。

"水面检查完毕！"5 时 24 分，通话器中传来了试航员叶聪的报告声。5 时 29 分，"蛟龙"号在水中调整了几下身姿，稳健地向深海潜去。50 米，100 米，300 米……潜水器缓缓下潜。

6 时 27 分，下潜深度达到 3000 米。

"蛟龙"号准备下潜（图片由中国大洋协会提供）

7时30分，打破5000米级海试时创造的5188米纪录。

8时20分，"蛟龙"号下潜深度超过6000米。

三个多小时的下潜，"向阳红09"试验母船上的现场指挥部紧张有序，监控屏幕上不断显示着水下画面和各种数据，扬声器中不时响起"蛟龙"号潜航员和水面控制人员之间沉着冷静的通话声。

北京时间8时55分，监控屏幕上"蛟龙"号深度悄然指向"7005"，新的纪录诞生了！载人深潜设计目标达到了！早已屏息等待在荧屏前的人们一片欢腾，纷纷击掌拥抱，眼眶里滚动着晶莹的泪花。是啊，怎能不激动万分呢？为了这一天，为了"蛟龙"号，他们中有的人放弃了国外大学、研究机构的高薪职位，有的人洒泪告别了重病中的父亲，有的人抛家舍业成年累月漂在海上……

9时07分，话筒里传来了试航员、主驾驶叶聪的声音："这里是'蛟龙'，这里是'蛟龙'。我们已经坐底7020米！"指挥部里又是一阵沸腾。这是创造了中国载人深潜最新纪录，也是世界同类型载人潜水器的最大下潜深度。

这时候，正在太空飞翔的"神舟"九号航天员景海鹏等三人，按计划操纵着飞船逐步接近"天宫"一号目标飞行器，实施手控交会对接。西太平洋 7000 米海底，叶聪代表此次下潜的潜航员，庄严地向"神舟"九号送上热烈而亲切的祝福："祝愿景海鹏、刘旺、刘洋三位航天员与'天宫'一号对接顺利！祝愿我国载人航天、载人深潜事业取得辉煌成就！"

由于技术上的原因，如今还未能实现海底与太空的直接通话，潜航员的祝福通过电波穿透深海，传到陆地基站，再由陆地转发到茫茫太空上的神九舱内。显然，航天员们听到并且受到了极大鼓舞。中午 12 时 55 分，他们成功驾驶"神舟"九号与"天宫"一号实现了刚性连接，继自动对接后再次形成组合体。至此，中国航天飞船与空间站首次手控交会对接试验圆满成功。

在向祖国报喜的同时，景海鹏代表"神舟"九号飞行乘组也向"蛟龙"号致辞："今天，在我们顺利完成手控交会对接任务的时候，喜闻"蛟龙"号创造了中国载人深潜新纪录，向叶聪、刘开周、杨波三位潜航员致以崇高的敬意，祝愿中国载人深潜事业取得新的更大成就！祝愿我们的祖国繁荣昌盛！"

好啊！"神舟"上天，"蛟龙"入海。

深海与高天实现历史性的对话。一天之内诞生两项奇迹，整个世界都在看着中国。是梦想、是宏图、是雄心壮志引领着中华民族永不停歇的探索步伐。身为华夏儿女、炎黄子孙无不为这伟大的壮举感到骄傲和自豪！中国人民真正站起来了！

从凡尔纳笔下的"海底两万里"到中国载人潜水器"蛟龙"号的"海底七千米"，不仅仅是海底长度和海洋深度的变化，而是中国人把天马行空般的科学幻想，一举变成了令世人惊叹的现实。

这人类历史上的一大步是怎样迈出的呢？

第二章　深海寻梦

皮卡德父子的探索

亲爱的读者朋友，我们人类梦想潜入水下观察海底世界的历史，可以追溯到遥远的古代——

相传，马其顿亚历山大大帝曾经搭乘一个特制的玻璃箱潜入水下，观察海中千奇百怪的生物。然而在水下，水深每增加 10 米，水的压力就会增加一个大气压。因此，人类仅仅依靠氧气瓶等简单的潜水装备，无法窥见深海的景色。

欧洲文艺复兴时期的达·芬奇，既是一位伟大的艺术家，又是科学幻想家。据说他曾构思"可以水下航行的船"，但这种能力向来被视为"海盗式的邪恶"，所以他并没有进一步想象下去。

直到美国独立战争期间，耶鲁大学的大卫·布什奈尔建成了一艘"海龟"号潜艇，通过脚踏阀门向水舱注水，可使艇潜至水下 6 米，并在水下停留约 30 分钟。艇外携一个能用定时引信引爆的炸药包，可在艇内操纵系放于敌舰底部。内部仅容纳一人操作方向舵和螺旋桨。

这期间的潜艇基本是沿着作为战争武器的道路发展。因此，它通常没有观察外部的舷窗，其乘员难以在水下了解外面的情况；而且，潜艇为军事行动设计的构造，也决定了它们不可能潜得太深。时至今日，只有极少数潜艇能突破 1000 米深度的大关。想要在深海进行真正的长时间水下研究，就需要一种全新的潜水机械。

　　真正研制出具有实用价值深海潜水器的人，还是瑞士人奥古斯特·皮卡德父子。1884 年 1 月，皮卡德诞生在瑞士的第二大城市巴塞尔。从孩提时期起，他就格外喜爱物理和机械。大学毕业后，他获得了机械工程学位，并成为布鲁塞尔大学最年轻的教授。他一边教学，一边对探险产生了浓厚的兴趣。

　　1932 年，皮卡德在美国芝加哥举行的世界商品博览会上，遇见了发明深海潜水球的威廉·毕比和奥迪斯·巴顿，并看到了他们的成果"进步世纪号"。热情的毕比绘声绘色地讲起的绚丽多彩的海底奇观，越发勾起了皮卡德遨游深海的愿望。虽然他没有生长在海边，但对大海充满了迷恋，每当来到海滨城市，他总喜欢坐在岸边礁石上，凝望着奔腾不息的大海，揣摩着碧波下的种种奥秘。

　　从芝加哥回来后，皮卡德一直关注着毕比等人的深海探险事业。既为他们不断进步而高兴，同时也深感不足：由于依赖钢索吊放牵引，他们的潜水器下潜深度有限，且不能在水下自由行驶，海底活动是受到牵制和局限的。"能不能制造一种独立沉浮并自航的深海潜水器呢？"爱动脑筋的皮卡德开始思忖这个问题了……

　　一个又一个设计方案拿出来了，可又一次再一次地被推翻了。皮卡德苦思冥想，日夜奋战。在科学发展史上，常有"触类旁通"的现象。那天，他正对着满桌的草图发呆，忽然，举手拍着额头嚷起来："有了！有了！"原来，他多年研制高空气球的经验，点燃了发明思路的火焰。他把气球携带密封吊舱的原理，引申到深海潜水器的设计上来，称之为"水下气球"。

两者十分相似，均由主宰浮沉的浮体和载人的耐压球形舱组成。浮体好似气球，不过里边不是充注氢气，而是灌满了汽油。耐压球舱好像气球携带的载人吊舱，连接在浮体的下方。因其比水重而往下沉，浮体则因灌有汽油比水轻而上浮。两相平衡，就使整个潜水器浮在水面。下潜时，让水灌入浮体，压缩里面的汽油，空间则被水填充，致使浮力减少而下沉。上浮时，则把水排出，并切断电源，让电磁吸住的钢丸自动抛掉，从而取得足够的浮力。

哈，这样一来，潜水器完全可以脱离缆绳，在海洋里自由沉浮和航行。这是国际深潜业一个里程碑式的突破。应该说，直到今天各国发展的深海潜水器，还都是沿着皮卡德的这条思路前进。可惜好景不长，第二次世界大战爆发了，皮卡德"水下气球"的研制工作被迫搁浅。战后，他才得以重操旧业。

1948 年，皮卡德终于研制成世界上第一艘自航深海载人潜水器"FNRS-2"号。这个"FNRS"是比利时法语区基础研究基金会的英文缩写，当年就是他们支持皮卡德研制出高空载人气球，并命名"FNRS-1"号。这次又是在他们慷慨资助下完成的，他如此命名一是为了表示深切的感谢，二是表示他的水下气球与高空气球原理相同，一脉相承。

"FNRS-2"号的耐压球形舱，直径2米，壁厚90毫米，能抗400个大气压力。也就是说，这艘深海潜水器可以潜入4000米海底。浮体内充注30立方汽油，产生的浮力足以使整个深海潜水器平衡地浮在水面。为了获得可靠的数据，皮卡德决定自己驾驶这艘深海潜水器下潜试验。

毕竟是第一次啊！敢不敢冒此巨大风险？能不能打响这第一炮？皮卡德内心在激烈地斗争着：万一试验失败，下潜后浮不起来，那就会葬身海底……

反复权衡，思考再三，他终于从犹豫和畏惧中摆脱出来，他相信自己的设计和工艺，毅然走进了密封球舱。当开始下沉时，舱内一片混沌灰暗，可他仿佛看见了家人期待的目光，胸中顿时升腾起一股异常振奋的豪情。他把生死置之度外，全神贯注地注视着各种仪表。当按预定计划下潜到25米时，皮卡德松了一口气，立即抛载上浮。

成功了！初战告捷！证明这种理论和设计是完全可行的。只不过应该不断完善改进，使之下潜得深点、再深点。不久，皮卡德对深海潜水器的结构强度和沉浮系统进行了改造，研制出了第二个"水下气球"——"FNRS-3"号，并且，带着儿子雅克·皮卡德一起驾驶它，潜入了1000米左右的深海。

这一年，老皮卡德已经66岁了，尽管雄心万丈，但年岁无情，他决心培养儿子成为深海探险事业的接班人。虎父无犬子。小皮卡德自小就目睹父亲废寝忘食、埋头科研的情景，受到了良好的熏陶，同样地热爱科学、勇于探索，自愿协助父亲把深海探险继续下去。1953年，他们来到了意大利的港口城市的里雅斯特，建造了第三艘深海潜水器。为了纪念和感谢当地人的支持，就命名为"的里雅斯特"号。

1953年8月的一天，风景宜人的的里雅斯特海滨迎来了成群结队的游客。忽然，人们的视线被港口出现的一幕吸引了，纷纷拥去，还不停地指指点点。只见几位穿着连体工作服的人，正在海湾远处一架类似潜水艇的机器边忙碌着。原来，这是瑞士著名的探险科学家奥古斯特·皮卡德，以及他的儿子雅克·皮卡德在进行深海载人潜水器的首次下潜试验。

"全面检查。"老皮卡德说。

"刚才检查过了，看来没有问题。"儿子毕竟年轻，虽然父亲就坐在身边，可他还是感到激动、紧张。

"好，咱们下潜。"

潜水器开始注水，不一会儿便在碧蓝的海水里下沉了。舱里开始还能见到光亮，很快就一片漆黑了。"1000 米了！"父亲看着深度表说。

小皮卡德凑近观察窗，警觉地向外张望。微弱的大灯在黑沉沉的海水里闪动着，蓦地，他看见下方一片沼泽似的东西，叫道："不好，快到海底了！减速！"

可惜，减速来不及了，深海潜水器一下子冲落进了海底，陷入了 1 米多深的泥床里。此时下潜深度是 1080 米，水压很大，如果不能脱离泥潭将极度危险。他们马上排空压载水，但深海潜水器还是不能自拔。好在老皮卡德早就设计了一个应急压载筒，里边贮藏有 4 吨重的铁块。他按动抛弃按钮，只听"轰"的一阵沉闷的声响，所有铁块统统倾泄到海底。潜水器晃动了几下，开始歪歪扭扭地挣扎出泥地，慢慢上浮了。

好险啊！潜水器减轻了重量，增加了浮力，终于成功地浮上了海面。这使他们成为世界上最先乘坐载人舱潜入千米深海底，并且自救脱险安全上浮的人。

虽说试验时曾扎到海底泥沙里，但自动抛载装置有效，"的里雅斯特"号一鸣惊人，轰动世界。此后，皮卡德父子俩又经过不断摸索改进，驾驶着这艘深海潜水器完成了 3150 米的海试。看着饱含自己心血的潜水器和已经具备娴熟技术的儿子，奥古斯特·皮卡德满怀欣慰和自豪。"雅克，从事科学探险，需要兴趣和才能，但没有胆识和付出，是不会成功的！"他以切身体会告诫孩子。

"老爸请放心，我不会让你失望的！"雅克·皮卡德是这样说的，更是这样做的。是的，深海探险的征途，绝不像在清风习习的林荫道散步那样轻松，向更深的海底进军，必须付出更大的努力和代价。

"的里雅斯特"号的出色表现，引起了美国海军的注意。1958 年，他们以不菲的价格购买了这艘潜水器，并且聘请小皮卡德作为高级专家，前往美国加利福尼亚的圣迭戈基地负责驾驶培训和指导。经过一系列下潜试验之后，他们对"的里雅斯特"号进行了技术改装。潜艇的浮体加长，耐压球舱换上了性能更好的"克虏伯球"。这是由德国制造的，直径 2.18 米，厚度 120 毫米，比原来加厚了 30 毫米，能够承受 10000 米深的海水压力。

1960 年 1 月 23 日，一场席卷太平洋的风暴刚刚平息，马里亚纳海域仍然风急浪高，空中翻滚着连绵成片的云絮，海面上的空气潮湿沉闷，但站立在快速行驶的母船"温达"号甲板上的雅克·皮卡德却异常兴奋，眺望着水天相连、浩瀚奔腾的大海，心潮翻卷。因为，他们马上就要在这个全球最深的海沟里，驾驶"的里雅斯特"号冲击万米深度大关了！

虽然经过连日的航渡，风吹浪打，潜水器上的计速器、垂直海流计都损坏了，但他们决定不放弃这次令人神往的行程。前不久，小皮卡德曾驾驶改装后的"的里雅斯特"，先后完成了 1500 米和 5500 米的深潜试验。如今，他将要进行最后一道冲刺，实现父亲梦寐以求的心愿，征服挑战者深度，摘取深潜史上的王冠。眼望海面波浪滔天，有人担心了："海况不好，改日再试验吧，以免发生意外。"

"不，我们都准备好了，还是按原计划执行。"雅克·皮卡德耐心地说服同事们，"随着下潜深度增加，波浪的影响会逐渐减小的。"说完，他深深吸了一口气，利索地钻进了球形舱，小心翼翼地关上了密闭舱盖。陪伴他下潜的助手——美国海军中尉唐·沃尔什已在舱内等候。

一场充满了神秘冒险色彩的深海旅行开始了！他们按步骤操作起来，海水灌进了浮体，潜水器与喧嚣翻腾的海面告别，缓缓下沉了。皮卡德看了一眼手表，这一历史性的时刻是上午 8 时 23 分。很快，"的里雅斯特"号进入了一个格外静谧的水晶世界。

10 分钟后，潜水器下潜到 90 多米深了。忽然，沃尔什惊讶地指着温度表嚷着："哟，怎么不下沉了？"因为下潜越深，海水越冷，此时温度表指针不动，说明深海潜水器停住了。

"难道发生了什么故障？"皮卡德迅速检查了一下各项仪表，都还正常啊。他冷静下来细想：这是遇到了"温度跃层"！即海洋某些深度上层暖水与下层冷水的过渡区域。由于暖水密度小，浮力较小，冷水密度大，浮力也大，当潜水器进入其中，浮力骤然增加，而用来调节浮力的汽油降温缩小体积需要一定时间，以致下沉中断，像被什么东西托住似的悬浮在那儿。

"放油。"皮卡德果断地伸手旋开油阀，放掉了一些汽油，使浮体内增加了海水容量，潜水器重新下沉。可是刚刚下潜 10 米左右，又被"托住"了。如此反复折腾了 4 次，才冲破了"温度跃层"现象。这在他 64 次的深潜中还是第一次遇到。接下来就比较顺利了，他们在幽深的海水里仿佛乘坐电梯似的直线下沉。

"好冷啊！"两人不约而同地叫起来。深海潜水器越往下沉，耐压球舱就成了"广寒宫"，进舱前衣服被海水打湿了，现在竟像冰衣一样，使人冷得发抖，他们赶忙换了干衣服，披上毛毯，不断地测量海水温度，记录氧气用量、二氧化碳含量等，同时与水面母船保持电话联络。

蓦然，深海潜水器发出了一阵阵沉闷的声响，耐压球舱晃动起来。是碰撞到海沟崖壁，还是接触到海底了？都不是，回声探测仪上并无反应，潜水器还在下沉。不可知的深海里，每一次异响都可能带来严重后果。祸不单行，电话也突然中断了，他们与海面母船失去了联系，未免更加紧张。这时，观察窗外，有几只好像发光的水母漂荡过来，不禁让两位探险者感慨万千："如此小生物在深海大洋里，还能生机盎然。难道人类还不如这些小生命吗？胜利在望，决不能胆怯。"

"沃尔什，我们到达海底了！"雅克·皮卡德一边紧紧盯着测深仪，一边兴奋地说。

"是吗？"沃尔什显得更激动，不知说什么好，成功来得太突然了，他简直不敢相信。

这个壮丽的时刻终于到来了，13 点 6 分，"的里雅斯特"号轻轻抖动了一下，平缓地降落在布满白色沉积物的海底，溅起了一片淡淡的尘埃。

"蛟龙"号潜航员拍摄的海底生物（图片由中国大洋协会提供）

这是皮卡德平生最自豪的一次深海探险之旅，他激动地伸出颤抖的手，抓起电话叫喊起来："挑战者深度，10916米，报告完毕。"他早已忘记电话失灵了。

"看，那是什么？鱼！"他们打开了探照灯，发现窗外一两米的地方，竟然有一条鞋底状的扁平鱼缓缓蠕动着，长约30厘米、宽约15厘米，头部两侧有一对微突的眼睛。在如此深邃的海底，承受着1100个大气压，竟然还有生命存在。这一意外发现，如同在外星球上找到了生物似的，令人惊喜兴奋。

不过，两位探险家不能久待，他们迅速启动返航程序，安全上浮，最后以4小时43分钟的时间完成了这次充满历险色彩的深海之旅。消息立即随着电波传遍全世界，人类征服了最深的海沟，海洋再也没有禁区了。面对欢迎的人群，雅克·皮卡德湿润的眼睛里，浮现出年迈的父亲无限欣慰的笑容。老皮卡德多年的愿望，今天由儿子实现了！

虽说这是一次纯粹挑战深度的深海试验，仅有两人参加，无法进行更多的科学考察和作业，潜水器就如同一架"深海电梯"似的，不能灵活运行，载人潜入指定地点后，即返回水面。但毕竟第一次有人类到达万米海底了，其意义丝毫不亚于登山家初次登上珠峰、地理学家到达南北极甚而航天员阿姆斯特朗踏上月球的一小步。皮卡德父子前仆后继、勇于探索，终于把《海底两万里》的幻想变成了现实，为人类打开了通向海底深渊的大门……

然而，这种类型的大深度载人潜水器，由于具有很大的浮力舱，又要在海上装载大量汽油，且缺乏自主巡航能力，建造与使用均很不方便。所以，此类深海潜水器以后就没有继续大规模发展。不过，人类征服深海的步伐并没有停止，而是将视线转向自由自航式潜水器的研制。

从20世纪中叶之后，自由自航式潜水器迅猛发展起来。如果说带浮力舱的深海潜水器是第一代载人潜水器的话，那么这种自由自航式就是第二代潜水器。当今世界上所说的载人潜水器，一般均指的是后者。自由自航对于潜水器十分重要，它不需要其他舰船的帮助便能够在水下自由地上浮、下潜和左右水平运动。

率先走来的是法国人。他们来自科幻小说《海底两万里》作者凡尔纳的故乡，探秘海底自然不愿落伍，在20世纪50年代末期即首先研制成工作水深6000米的"鹦鹉螺"载人潜水器。瞧，连名字都来自那部小说：尼摩船长就是操作着一艘名叫"鹦鹉螺"的潜水艇，展开海底历险的。

"鹦鹉螺"重量为18.5吨，可载3人，水下作业时间5小时，装有两只分别为6自由度和5自由度的机械手以及用作工具箱、样品存放的采样篮，并配有海水取样器、沉积物取样器、岩石取芯器、温度测量仪以及液压锤和其他切割工具，可以进行多种海底样品的采集和其他作业任务，还能随时获得潜水器本身的精确位置。它具有重量轻、上浮和下潜速度快、能侧向移动、观察视野好、可携带一个小型 ROV（水下机器人）等特点。

迄今为止，"鹦鹉螺"已进行过多金属结核区域、海沟、深海海底生态等调查和沉船、有害废料搜索等潜次，下潜海底 1000 余次。它曾于1987 年、1993 年、1994 年、1996 年和 1998 年对"泰坦尼克"号沉船进行了探测，还多次用于搜寻、找回海上失事飞机的残骸工作。2009 年 6 月 1日，法航 A330-203 客机在大西洋海域上空失事，机上 228 人全部遇难。随后，"鹦鹉螺"号被派去寻找客机上的"黑匣子"，在确定准确方位后，三名潜航员乘坐"鹦鹉螺"下潜至 3900 多米海底，顺利完成了任务，为确定空难原因找到了证据。

其次，俄罗斯以及它的前身苏维埃社会主义共和国联盟，是目前世界上拥有最多深海载人潜水器的国家。1987 年前后，苏联和芬兰联合研制了两艘 6000 米载人潜水器，分别称为"和平"1 号和"和平"2 号。重量均为 19 吨。它们是仅有的两艘用马氏体 Ni 钢制造载人球壳的潜水器。水下瞬时航速高达 5 节（航海速度单位，1 小时航行 1 海里的速度是 1 节），垂直潜浮速度可从每分钟几厘米到每分钟 35~40 米，备有高分辨率的摄像系统，两只多自由度机械手及一套取样装置，同时配备了 12 套测量深海环境参数和海底地形地貌的科学设备。

20 多年来，这两艘载人潜水器在太平洋、印度洋、大西洋和北极海底进行了上千次的科学技术考察，包括对海底热液硫化物矿床、深海生物及浮游生物调查和取样；大洋中脊水温场测量；失事核潜艇"共青团员"号核辐射检测，"泰坦尼克"号沉船的水下摄影，以及拍摄了 3D（三个维度）电影《深海异形》。2007 年 8 月 2 日"和平"1 号与"和平"2 号载人潜水器联合完成了"北极-2007"海洋科学考察，这两艘载人潜水器再次引起世人瞩目，并由此正式引发了国际社会在北极的利益之争。

第二次世界大战结束之后，战败国日本凭借美国的庇护，大发了一笔朝鲜战争财，经济科技迅速发展起来。作为一个海岛国家自然不会对深潜无动于衷，早在 20 世纪六七十年代便着手研制深海无人和载人潜水器。1981 年建成了潜深为 2000 米的载人潜水器样机，不断改进，又于 1989 年建成了潜深为 6500 米的潜水器，命名"深海 6500"号。它重量 26 吨，水下作业时间 8 小时，装有三维水声成像等先进的观察装置。可旋转的采样篮使得操作人员能够在两个观察窗中的任何一个进行取样作业，这是其他载人潜水器所无法做到的。

"深海 6500"曾下潜到 6527 米深的海底，创造了同类型载人潜水器深潜的世界纪录。它进行过锰、钴和热液矿床等资源调查，以及水深达 6500 米的海洋斜坡和海底断层调查；从地球物理角度对日本岛礁沿线的地壳运动以及地震、海啸等做过调查；还在 4000 余米深海处发现了古鲸遗骨及其寄生的贻贝类、虾类等典型生物群。自从投入使用以来，它已经下潜了 1000 余次……

"阿尔文"号的功绩

当然，此类载人潜水器的典型代表是美国的"阿尔文"号。

它由美国海军提供资金建造，服务于美国伍兹霍尔海洋研究所（WHOI），主要用于科学考察，可同时搭载 1 名驾驶员与 2 名观察员。"阿尔文"号是以该研究所工程师 Allyn Vine 的名字命名，以表彰 Allyn Vine 对提出这样一艘潜艇的理念所起的关键作用。

它始建于 1964 年，当时最大下潜深度为 1829 米，排水量 12 吨。船体材料为金属钛，重 37400 磅，长度为 23.4 英尺，高 11.1 英尺，宽 8.6 英尺，航行半径为 6 英里，航速可达到 1 节/小时，最高航速为 2 节/小时，由 5 个水力推进器驱动，潜艇中安装一套由铅酸电池提供电能的供电系统。

"阿尔文"号的每次下潜回收，都是在工作母船"R/V Atlantis"号上进行，由一个位于船尾的 A 型起重机和 9 到 10 名工作人员共同完成，这些人在保养和完成下潜准备工作方面，扮演着不同的角色。起重机将阿尔文吊离甲板并将其轻轻地放入水中，完成任务后再将其吊上甲板。在正常情况下它能在水下停留 10 小时，不过它的生命保障系统可以允许深海潜水器和其中的工作人员，在水下生活 72 小时。它能够在崎岖不平的海底自由行驶，并能在中层水域执行科研任务，拍摄静止和视频影像。

自从问世以来，"阿尔文"号在水下创造了诸如探测海深、打捞物品、发现热液冷泉生物等伟业奇功，名闻世界。1972 年，它换上了新的钛金属壳体，将下潜深度提高到了 3658 米。1978 年下潜到了 4000 米深处，1994 年则到达 4500 米深处。至今仍在服役，每年下潜 150 至 200 次，总计进行了超过 5000 次的深海科学考察，被人们称作"历史上最成功的深海潜艇"。

1963 年，西班牙东海岸地中海的海滩上，风和日丽，气候宜人，来自各地的游客漫步在明媚的春光中。突然，天空中轰的一声巨响，两团巨大的火球从天而降。人们纷纷惊讶地举目眺望，发现那是两架拖着长长烟火的飞机，不一会儿就坠入碧蓝的大海中，激起冲天的水柱……

原来，这一天驻欧美军空军例行训练，一架 KC-125 空中加油机在给一架 B52 轰炸机空中加油时，因摩擦生电引燃了机上的燃料，瞬时两架飞机起火。不等指挥塔台下令，两机飞行员紧急跳伞。人员没事，可飞机坠毁在距离海岸不远的海水中。令人震惊的是，那架 B52 轰炸机上带有 5 颗氢弹，它们的威力相当于 100 万吨 TNT（梯恩梯）炸药！

消息传出，激怒了当地的西班牙社会各界人士："氢弹爆炸整个西班牙都要完蛋啦！快叫他们马上弄走！"甚至爆发了一波又一波的游行请愿，西班牙政府也郑重地向美国提出抗议，要求立即做出妥善处理。

美国五角大楼坐不住了，连夜召开紧急会议，指示驻欧海军部队立即出动，一定要设法找回丢失的氢弹。海军派出部队和各种舰艇及蛙人进行搜索，费了九牛二虎之力，在一个村子附近的海边找到了3颗，在一片海滩中找到了第4颗，但是第5颗却迟迟不见踪影。

万般无奈下，海军只好求助于刚刚制成的"阿尔文"号载人潜水器。

来了，"阿尔文"慢慢地沉入漆黑的海底，头部的探照灯照亮了前方几十米处的海水，由于全靠电池供电，它的工作时间受到限制，需要经常升出水面更换电池。经过十几天紧张的搜索，终于在850米深的海底找到了那颗氢弹。可是其伞绳与海底的水草紧紧缠绕在一起，无法把它解开，如果硬拉又怕引起爆炸。"阿尔文"上的潜航员只好把氢弹周围的情况拍摄下来，带回去研究对策。

打捞指挥中心接到报告后，调来了名叫"科夫"的有缆水下抢修车，这是一台遥控水下机器人，长5米，重1400公斤，身上装有4个浮筒，装备有摄像机和探照灯，以及打捞和修理沉船用的巨大的机械手。"科夫"根据"阿尔文"号的情报找到了失落的氢弹，然后再用机械手牢牢地抓住它，稳稳地托着它离开了海底，升到了海面，将氢弹安全找了回来。

这是一次"阿尔文"号与无人有缆水下机器人的成功合作，使人们对深海载人潜水器刮目相看。不过，"阿尔文"毕竟是刚刚开始它的旅程，各方面有待不断完善，初期也曾有过"走麦城"的时候。

那是1968年的一天，"阿尔文"号在科德角附近海域进行下潜准备工作，当巨大的A型架上钢缆隆隆转动，提起20多吨重的潜水器即将放入海水时，突然"砰"的一声，碗口粗的钢缆竟一下子断裂了，"阿尔文"直接掉入大海中，迅速下沉。当时舱内还有一名驾驶员艾德布兰德，他立即在母船无线电呼叫中开启舱盖，紧急逃生，身体受了些轻伤。

可"阿尔文"号如同山顶上滚落的石块似的，一直落到了5000多英尺下的海底。整整 11 个月后，伍尔霍斯研究院才在各方面帮助下，把它重新打捞上来。令人称奇的是："阿尔文"在接近零摄氏度的水温和缺氧的环境中保存完好，甚至里面被水浸泡的午餐，仍然可以食用。

此后，"阿尔文"号进行了改装，又在深海科考中大显身手。其间，美国还建造了一艘 26 吨的 6000 米的"海涯"号载人潜水器，归海军使用，没有持续发展，现已退役。只有功勋"阿尔文"，常用常新，青春不老。

1972 年至 1974 年，在地理大革命期间，"阿尔文"号还曾与法国的深海潜艇"西安纳"号及探海潜艇"阿基米德"号合作，潜入水下 3000 米的大西洋洋中脊实地观察，进行一项名为"法—美中层海洋深海研究"（简称"菲摩斯计划"）的深海科学探索任务。

1977 年，海洋科学家在"阿尔文"的帮助下，于加拉帕戈斯群岛海岸线附近的大西洋中发现了热液孔，记录了约 300 种新型动物物种，包括细菌、长足蛤类、蚌类、小型虾类、节肢动物以及可在一些热液出口处成长为 10 英尺长的红端管状虫类。以此为标志，引发了一场持续至今的涉及海洋、生命等学科的革命，打破了"万物生长靠太阳"的传统理念。

进入新世纪以来，美国成立了一个由海洋学家、其他学科科学家和教育家组成的专家小组，提出了国家海洋资源勘查和海洋科学研究战略。认为人在潜水器内的作用是无人潜水器无法替代的，载人潜水器是一种最有效的深海取样和测绘平台。为了保持美国在深海研究领域中的领先地位，在 21 世纪必须建立一支包括载人潜水器在内的潜水器"联队"。

科学没有国界。"阿尔文"号潜水器主要是为科学家们服务的。任何美国科学家或者与其合作的外国科学家，都可向美国科学基金委申请使用"阿尔文"号。几十年下来，各国海洋学者通过乘载"阿尔文"号深海潜水器进行工作而不断发表的科学论文已有 2000 多篇。

毋庸讳言，我们中国的"蛟龙"号深海潜水器，在研制和海试期间，也曾于"阿尔文"身上获益匪浅，得到过它直接或间接的帮助。自然，这是后话了……

导演卡梅隆大冒险

幽暗而神秘的深海，不仅仅是海洋科学家和海洋装备工程师大显身手的舞台，也强烈地吸引着影视艺术家的关注。尤其曾经获得过奥斯卡金像奖的著名导演詹姆斯·卡梅隆，多年来就对科学幻想特别是大洋题材充满了浓厚的兴趣。

1954 年 8 月，詹姆斯·卡梅隆出生在加拿大安大略省的一个中产阶级家庭，他的父亲是一个电子工程师，母亲是一个艺术家。他 12 岁时就写了一部科幻小说，展示少年眼里的海底世界。据说，后来他拍摄的科幻影片《深渊》，其中的故事原型就取材于那部小说。

经过几年努力，他获得了在影坛的第一份正式工作，在罗杰·考执导的影片《世纪争霸战》中任艺术总监，制作特效模型。1981 年，詹姆斯·卡梅隆执导了第一部作品《食人鱼 2：繁殖》，这部影片是在意大利拍摄的。

瞧，这位大导演的处女作，就是以海洋生物和潜海经历为故事背景的。

时光转到了 1994 年，卡梅隆在美国 20 世纪福克斯公司和派拉蒙影业公司出资支持下，拍摄了浪漫的爱情深海灾难电影《泰坦尼克号》，一举轰动了全世界。其中，他还首次雇用了俄罗斯的深海载人潜水器"和平"1 号和"和平"2 号，乘着它们深入大西洋海底，去近距离考察拍摄沉船残骸，使整部影片具有无与伦比的真实性。

影片以1912年泰坦尼克号邮轮在其处女航时，触碰冰山而沉没的事件为背景，描述了处于不同阶层的两个人——穷画家杰克和贵族女露丝抛弃世俗的偏见坠入爱河，最终杰克把获救的机会让给了露丝的感人故事。詹姆斯·卡梅隆参与了编剧、制作、导演及监制，选择了莱昂纳多·迪卡普里奥、凯特·温斯莱特主演。其中使用了大量高超的电脑特技制作的画面，看上去完全符合冰冷而黑暗的海底现实。

卡梅隆曾经讲道："对我来说，这是个历时3年的长途旅行，悲喜交加，起伏不定。我甚至亲自探索了'泰坦尼克'号残骸在北大西洋的海底墓场。为了客观地再现这一故事，我认为有必要先考察沉船，再开机拍摄。我们特制了能够承受海底高压的摄像机和房屋，特邀俄罗斯深海科学家，驾驶两艘'和平'号微型潜艇，潜入海底。据我所知，世界上能到达这一海底深度的微型潜艇只有5艘。"

这部电影一经上映，无论票房还是口碑都大获成功。1998年，卡梅隆凭借此片获得了第70届奥斯卡金像奖最佳导演奖。正是这次为拍摄沉船电影而进行的深海探险，让卡梅隆对海底神秘世界的兴趣日益浓厚，促使他以后一系列的大洋探险活动，以及有关影片的完成。为此，他设法拥有了一艘小型潜艇，并成为一名潜水者。

2001年，他带着一个摄影队，重新潜入大西洋，回到那艘史上最有名的沉船上，执导一部探索泰坦尼克号的纪录片。他运用特别研发的许多拍摄技术，之后再配合计算机技术，完成了此片的后期制作。

与其说这是一支摄影队，不如说是一支探险队。卡梅隆再次雇请了俄罗斯海洋研究所的考察船"克尔德什院士"号，作为为期一个半月的考察活动的基地。在拍《泰坦尼克号》时用的也是这艘船。它同时是两艘载人潜水器"和平"1号和"和平"2号的工作母船。它每次可以在海底持续工作10到12个小时。

卡梅隆利用它再次潜入大西洋底，深入泰坦尼克号残骸内部，用镜头带领观众身临其境地展开探险旅程，拍摄出一部名为《深海幽灵》的纪录片。他说："对我来说，泰坦尼克是一个传奇、一个神话，只有当我亲眼看到她，我才意识到这是真的，这是一个发生在真人身上的真实故事。"

两艘俄罗斯的深海载人潜水器，帮助他实现了深海梦！

2005 年，尝到甜头的卡梅隆再次与迪斯尼公司合作，又拍摄了纪录电影《深海异形》。此片是由美国太空总署策划、首次使用 4 艘载人潜水器，同时同点完成潜入深海的超级探索任务！摄制组前往太平洋和大西洋几万英尺的海洋深处，去挖掘和发现那里所隐藏着的无穷无尽的奥秘。

这里阳光照不到，海底火山的岩浆使得喷口附近海底地表是沸腾灼热的。正是这样特殊的环境，创造了许多最稀奇古怪的水下生灵，比如有种 6 英尺长的虫子，身上布满了红色的血管，可是它却没有消化器官；全盲的白色螃蟹和短脚的蜂窝虾，有着不可思议的本领，它们凭感觉就可以辨别正确的方位。这些深海异形所生存的封闭环境，与地球上其他物种的生态系统完全不同。

卡梅隆与海洋生物学家们不仅拜访了深海异形，而且还对人类探索外太空提出了伟大的假设。这是他自《泰坦尼克号》夺下奥斯卡奖后，再度出击、挺进深海，带领观众潜入海底的最深处，与不同物种的生命进行一次奇特的接触。

这位大导演由此一发而不可收，对探索深海有了更大的激情！

2012 年 3 月 26 日，詹姆斯·卡梅隆驾驶一艘由澳大利亚工程师打造，仅能容纳一人的深海潜水器，来到了太平洋马里亚纳海沟海域，准备进行一场单人深潜世界最深点的探险行动。

我们知道，历史上只有小皮卡德和美国人沃尔什驾驶"的里雅斯特"号载人潜水器，于 1961 年到达过马里亚纳海沟一万多米深处，至今尚无人打破这个纪录。如今，卡梅隆准备挑战它了！他所乘坐的这艘潜水器就叫作"深海挑战者"号。

它高 7.3 米，重 12 吨，承压钢板有 6.4 厘米厚。安装有多个摄像头，可以全程 3D 摄像，同时具备赛车和鱼雷的高级性能，而且还配有专业设备收集小型海底生物，以供地面的科研人员研究。深海潜水器的行进路线被设计成"直上直下"，它可以一头扎向海沟底部，然后直直地上升，下潜速度可以达到每分钟 150 米。

那天黎明前，大海还是一片漆黑，巨大的涌浪将母船"美人鱼蓝宝石"号剧烈地摇晃着。在不安稳地睡了几个小时之后，所有人都已在午夜起床，展开潜航前的检查工作。自这场探险活动开始以来，包括几次试潜，卡梅隆还从来不曾在如此恶劣的气候里下潜。透过外接摄影机，他看到两名潜水员在小小的驾驶舱外，像绳球一样被海水打来打去，挣扎着做下潜前的准备。

驾驶舱是一个直径 109 厘米的钢球，他整个人塞在里面，像是胡桃壳里的胡桃，只能屈着膝盖、弯腰驼背，连头都得顺着船舱的弧度往下低。舱口从外面锁死，他的视野内共有四个电视屏幕，其中三个显示外接摄影机拍摄到的影像，剩下的一个则是触控式仪表板。

漆成荧光绿色的潜水艇笔直悬挂在涌浪之间，宛如一枚瞄准地心的垂直鱼雷。卡梅隆调整了悬挂在 1.8 米吊臂末端的 3D 摄影机，让它对准潜航器上方。潜水员即将定位，准备解开让潜水艇维持在海面上的浮力袋。

来吧！卡梅隆深深吸了一口气，按下麦克风键："OK（好），可以开始下潜了。释放，释放，释放！"

主导潜水员将小绳猛力一拉，解开了浮力袋。潜艇像石块一样往下掉，短短几秒之内，周围只剩一片黑暗。卡梅隆看了仪表板一眼，读数显示正以每分钟 150 米的速度下沉。梦想了一辈子，花了七年开发潜艇，辛苦了好几个月建造它，他终于朝着挑战者海渊出发，航向全球海洋最深处。

一个多小时之后，这艘"深海挑战者"号下潜到了 7070 米，卡梅隆回忆道：

"中国的'蛟龙'号是全球潜航力最强的载人潜航器，我刚刚超越了它的最大运作深度。几分钟前，我也超越了俄罗斯'和平'号、法国'鹦鹉螺'号和日本'深海 6500'号的最大深度。我已经打破了所有现存载人潜航器的纪录。我们的队员有加拿大人、中国人、美国人、澳大利亚人和法国人，大部分都没有潜艇的相关工作经验。这是个充满热情的计划，集结了世界各地的梦想家，大家都相信自己能够成就不可能的事。今天，我们就能知道自己到底有没有这个能耐。"

当地时间早晨 7 点 46 分，卡梅隆下潜到马里亚纳海沟底部，深度达 10898.5 米。透过吊臂上的相机，他看见潜艇的底部陷进海床大约 10 厘米，然后才停定。整个下潜过程花了两个半小时。一股好细腻的淤泥从海底掀起，如同香烟的烟雾般袅袅上升，像是柔滑如丝的卷须，几乎动也不动地挂在那儿。此时，母船控制室呼叫道："'深海挑战者'号，这是海面控制中心。通信检查。"

卡梅隆瞄了一下深度计，按下麦克风键："海面控制中心，这是'深海挑战者'号，目前已抵达海底……维生系统正常，一切顺利。"

声音从世界最深处传到海面上，感觉过了好漫长的几秒钟，他才收到回答："收到。"

水面母船上的人们开心地大笑，拍手庆贺。

原本计划在海底待 5 个小时，进行一系列的考察和拍摄，可是巨大的海水压力，还是使"深海挑战者"号几乎经受不住，吱咔乱响，电池消耗很快，罗盘失灵，声呐完全失效。右舷的三个推进器竟坏了两个，整艘潜艇行动迟缓，难以控制，无法采样，也无法继续探险，虽然极不情愿，卡梅隆还是呼叫海面控制中心："准备返航。"

他启动抛载开关——说真的，每当此时总会停顿一下，如果压载铁释放不了，那就无法返回，永远待在海底了。因而，卡梅隆花了好几年时间设计释放机制，而负责建造与测试的工程师也十分尽职，让它成为整艘潜水器最可靠的系统。然而，当他把手伸向那个开关时，还是忍不住会闪过许多念头。

"咔"的一声。当那两个 243 公斤重的压载铁滑出轨道，垂直掉落海床的时候，他心中的"铁块"也落下了。潜艇剧烈晃动，倏忽远离海底，消失在永恒的黑暗中。潜水器以每秒超过 3 米的速度上升，不出一个半小时，"深海挑战者"号就回到了海面。

记者问到卡梅隆在海底的感受时，他说："我只是静静地坐在那里，看着舷窗外的这一片荒芜，月球般空寂的洋底。那是一种真正与世隔绝的孤独感，超过任何一种体验。我强烈地意识到：在这片黑暗无边的未知领域和未探索之地面前，自己是多么渺小。"

后来，当我们的"蛟龙"号下潜深度达到 7062 米，创造了新的世界纪录时，曾有网友质疑"世界纪录"的提法：早在 20 世纪 60 年代瑞典人皮卡德就潜到 10000 米左右，而大导演卡梅隆也在马里亚纳海沟潜深近 11000 米，怎么能说"蛟龙"号的 7062 米是世界纪录呢？

实际上，这些网友只知其一，不知其二。国际深潜界是以同类型潜水器做比较的，就像竞技体育中的赛艇比赛一样，有单人双桨、双人双桨，还有四人单桨无舵手、八人单桨有舵手的，各有各的规则和名次。上面所说的瑞典人和美国人都只是一到两人下潜到 11000 米，但不能开展任何巡航作业，只是为了探险试验，如同坐电梯一样，潜到预定深度再返回海面。而"蛟龙"号是可乘载三人，下潜到 7000 米海底自由巡航，开展科学考察的潜水器。

目前全球同类型三名乘员的，只有日本的"深海 6500"号最深下潜到

6500 米。俄罗斯的"和平"号、法国的"鹦鹉螺"号和美国的"阿尔文"号大都潜深在 4000 至 6000 米。

毫无疑问，从这个意义上说，我们的"蛟龙"号就是创造了世界纪录！

那么，各国为什么如此热衷于探秘海底呢？

蓝色圈地运动

我们人类赖以生存的茫茫无际的地球，在浩瀚的太空中日夜旋转着，犹如一个硕大的始终不落的椭圆形橄榄球。在其自转轴的最北端，也就是北纬 66 度 34 分以北的广大区域，叫作北极圈地区。

时光的车轮驶到 2007 年 8 月 2 日，正是北极圈一年之内最温暖最舒适的季节，便于开展各种探险和科考工作。两艘外表漆着俄罗斯国旗的深海载人潜水器——"和平"1 号、"和平"2 号，先后由停泊在北冰洋洋面的俄罗斯"费奥多罗夫院士"号科学考察船，缓缓布放下潜，一前一后，相互配合，平稳而快速地潜入海水深层。

这支俄罗斯科考队由俄罗斯知名北极专家、国家杜马副主席阿尔图尔·奇林加罗夫率领。经过周密策划，意在完成一项意义重大的国家任务。莫斯科时间 12 时 8 分，"和平"1 号抵达了 4261 米的海底。潜航员拿起通话器向指挥部报告："我们已经坐底，完成了各种准备，请指示！"

随着一阵咝咝的电流声，母船指挥部的指令下达了："很好，可以按照预定计划执行！祝你们成功，你们是俄罗斯的英雄！"

"明白。为祖国服务！"紧接着，随同下潜的奇林加罗夫在潜航员的协助下，通过观察窗操作机械手，小心翼翼地将一面高1米、能保存100年左右的钛合金俄罗斯国旗从取样篮里取出，深深地插在了北冰洋海底。这面国旗是由加里宁格勒州的"火炬"试验设计局制造，其材质能抵御海水的腐蚀，国旗上刻有科考队员及科研机构的名字。

与此同时，他们再次利用机械手，把一个密封舱安放在国旗旁边。那里面存有一封俄罗斯科学考察队写给后人的信件。随之，"和平"2号也抵达了4000多米的北冰洋海底，为此次行动拍照摄像，向外界公布其科考成果。

果然，这一消息传遍世界后，立即引起了轩然大波。加拿大联邦政府外交部部长麦凯，当天便向俄罗斯表达不满："这不是15世纪，你不能随便走到一个地方，就插上一面旗子，然后说这是你的地盘了。"

美国国务院发言人凯西也不无讽刺地说："我不太清楚他们在海床上放了一面金属旗子，一面橡胶旗子，或是一张床单，无论如何，这种做法都没有法律地位和效果。"

原来，由于北极地区的冰川下面资源丰富，北冰洋周边国家垂涎不已，"明争暗抢"愈演愈烈。虽然1959年签署的《南极条约》冻结了各国对南极主权的争夺，但有关北极问题，目前尚无类似约束。因而，相关国家俄罗斯、美国、加拿大、丹麦、挪威等纷纷向北冰洋派遣调查队，积极展开调查活动。

俄罗斯曾于2001年向联合国机构申请，把本国专属经济区扩展到罗蒙诺索夫海岭水域，如果联合国认可，他们将对120万平方公里北冰洋水域拥有权益，从而获得100亿吨标准燃料的油气储量。不过，此申请因"证据不足"而遭驳回。所以，这一次，他们"高调"展开北冰洋海底科考活动，是在为2009年再度申请准备"证据"。尽管明知会遭到其他国家反对，还是全力以赴。

因而，俄外长拉夫罗夫当日召开新闻发布会表示："俄罗斯正在进行的北极考察是为了从科学上证明，北极附近富含石油的大陆架是俄罗斯领土的自然延伸。"

8月7日，奇林加罗夫率领北极科考队返回莫斯科，受到了英雄般的欢迎。俄罗斯总统普京接见了部分科考人员，高度评价了他们的行动，指出："至于我们大陆架的延伸问题，今后当然需要和同行讨论，需要向国际组织证明，需要把你们的考察结果列为在解决这些问题时俄罗斯立场的基础。这一重大功绩，既属于科学，也属于从事这些活动的具体的人。"

奇林加罗夫代表队员们表示了感谢，自豪地说："我根本不在乎外国政治家对此事的评价……如果有人不喜欢此事，让他们自己下去，然后尽力把东西插到那里。此次科考活动主要目的是科学，但是如果不在那里插上俄罗斯国旗，那么就会是一个错误。俄罗斯过去一直是极地大国，北极地区一直属于俄罗斯人。今后仍将是这样。"

显然，其他周边国家是不会善罢甘休的。

紧随其后，2007年8月8日，加拿大总理哈珀展开任内的第三次北极之旅，并宣布扩展北部国家公园保护区、世界文化遗产保护区，以及一系列北极地区发展新计划，宣示北极地区的加拿大主权。

美国是所有环北极国家中唯一未签署《联合国海洋法公约》的国家，而它的阿拉斯加州就位于北极圈附近，更是对北极倍加关注。2007年，美国发布名为《21世纪海军合作战略》的文件，把北极局势列入"新时代挑战"名单；2009年，美国提出在北极地区建立导弹防御和预警系统，并授权波音公司研发卫星进入北极上空轨道，为在北极的军事行动提供支援。

丹麦于2009年宣布组建北极联合指挥部，在格陵兰岛建立"图拉"空军基地，组建北极快速反应部队。挪威紧随其后，将军事指挥部大本营移到北极圈，并从美国采购F-35战机以加强在北极的军事部署。另外，丹麦、挪威和瑞典三国还准备组建由三国海军、空军组成的联合快速反应部队，以监视和威慑各国在北极地区的活动。

"先行者"俄罗斯更是强硬。2009 年，他们发布北极地区国家政策原则，提出分阶段实施北极战略规划，确保实现"俄罗斯在北极能源资源开发和运输领域的竞争优势"。2014 年 12 月 1 日，俄罗斯在其北海舰队基础上组建的北极战略司令部正式开始运作。主要管辖俄罗斯在北极地区部署的所有部队，涉及俄现有的所有兵种，旨在保护俄罗斯在北极地区的利益。

北冰洋看似冰封的世界，实则已像随时可能爆发的火山了……

这是为什么呢？事情还需从头说起——

人类对海洋，始终是敬畏又热爱的。远古不再多说了，只以近现代为例。

从 15 世纪到 17 世纪中叶，是欧洲封建社会向资本主义社会过渡的时期。世界进入了大航海时代或"地理大发现"时代。葡萄牙的第一批船只绕过好望角，掀开了西方殖民世界的篇章。此时的国家利益，就是利用全球海上通道，跨海占领殖民地，发展航海事业和世界性商业，进行资本的原始积累，占领海外原料产地和商品促销市场。

而后，17 世纪中叶到 19 世纪，欧洲逐渐步入资本主义时代，英国成为海上霸权国家；法国进行了百年奋争，但是，一直未能实现称霸海洋的梦想。19 世纪的最后阶段，欧洲、美洲和亚洲一些国家进入帝国主义阶段，这个时期的英、法、俄、美、德、日成为海洋强国，也是世界强国；中国"洋务运动"曾想大力发展海军，但是，这个愿望由于清廷当局昏庸腐朽而破灭了。

第二次世界大战之后，全球进入了新海权时代。从 1945 年开始，到戈尔什科夫的《国家海上威力》出版，海洋权益逐步被各国所认识和接受。这个时代的主要特征是和平与发展，包括经济全球化、世界多极化、谋求可持续发展等，海洋领域形成了和平利用海洋的法律制度，海权本身也向多元化方向发展，将海上军事力量、经济力量、科技力量、管理能力等结合起来。此时，出现了几类海洋强国：美国是海洋霸权国家；俄国、英国、法国是二流海洋强国；日本和德国是开发利用海洋的强国……

上述种种，人们所能攫取的仅仅是海面和有限海深的利益，海底是难以企及的。直至 20 世纪下半叶，由于陆地资源稀缺，已经不足以支撑经济发展速度，深海成了人类最后一片知之甚少的未开发区域。因为国际公海占全球海洋的近三分之二，而这些海域均在远离大陆的深海大洋里。随着深海潜水技术的不断完善，有此能力的国家越来越深入地去考察海底。占有丰富海洋的渴望与探索生命起源的热情，使世界兴起了新一轮开发海洋深层以及海洋底部的热潮，对此，人们形象地称之为"蓝色圈地运动"。

那么，幽深而寒冷的海底究竟有些什么东西呢？

1977 年，美国"阿尔文"号深海潜水器在东太平洋中隆 2500 米水深的加拉帕戈斯裂谷，发现有高温（$300 \sim 400 ℃$）、轻质（比重 $0.7 \mathrm{g} / \mathrm{cm}^2$）、富硫的热液以每秒数米的速度喷出，状如黑烟。这种"烟"并非人们常见的因燃烧所产生的烟，它其实是一种水，由于高温而轻，而且含不少金属元素，就像黑烟一样从海底喷出。

它们在广袤静谧的大洋深处，在冰冷黑暗的海底世界，总有些特殊的地段，不断喷出浓重的黑色、白色或黄色的热液流体。专家解释，热液喷出后与冰冷的海水相遇，就会发生化学反应，所携带的金属硫化物在喷口附近沉淀下来，并逐渐向上生长，形成烟囱状，科学家们称之为"黑烟囱"或"白烟囱"。这些烟囱耸立在海底，可以有十来米高，它的形成和生长都十分迅速，也会很快地倒塌，形成一片金属硫化物矿床。

据此，科学家向我们描绘出了一幅生动形象的"海底图画"：4 万千米长的大洋中脊首尾相接；无数"黑烟囱"喷发出的金属硫化物堆积成了海底矿床；广袤的海底盆地分布着大量金属结壳、锰结核、富钴结壳，里面

匍匐在海底锰结核矿球上的蓝海参（图片由中国大洋协会提供）

蕴藏着丰富的稀有金属，那里是人类最后的资源宝库。在这种情形下，世人看到了财富。深海石油及海底表面各种结核矿物的储量，足以使地球上的工厂运转数个世纪。

1983年，还是美国科学家首次在墨西哥湾佛罗里达陡崖发现了冷泉。其实这是一种海底天然气渗漏，是在全球广泛分布的自然现象，大多位于大陆边缘海底沉积界面之下，以水、碳氢化合物（天然气和石油）、硫化氢、细粒沉积物为主要成分，广泛发育于活动和被动大陆边缘斜坡海底。

冷泉与热液相类似，其周围蕴含着丰富的矿物资源。它所产生的天然气水合物，被誉为21世纪的洁净替代能源。更为令人惊喜的是：冷泉区发育的水合物还具有埋藏浅、品质高的特点。

此外，深海热液和冷泉系统还打破了物种进化的规律，揭示了世界上的另一种生命循环系统！千百年来，人们都认为"万物生长靠太阳"。是的，人类、动物、微生物的极大部分，其食物的最终来源是植物。绿色植物通过光合作用合成有机物质，供给自身及其他生物，是自然界循环路线中的关键弧线。因而，太阳与生物有着密切的联系：植物在光合作用下生长，食草动物吃草，食肉动物将食草动物的尸体吃掉，食肉动物死后被细菌分解，最终又成为植物的"食品"，这一切均归功于太阳。

传统的学说认为：千米以下的海洋深处一片漆黑寒冷，阳光照不到那里，是不会有生命存在的。然而深海载人潜水器的发明，使人类到达了从未去过的海底，发现了一些生物学上的奥秘：就在热液口附近和冷泉区里，竟生活着大量的蠕虫、贝类、蟹类、鱼类，以及一些根本说不上名的奇异生物。深入研究后，科学家们方知它们不依靠光合作用产生的植物或微生物生存，而是上述流体中富含的甲烷、硫化氢和二氧化碳，可给一些微生物（细菌和古菌）提供丰富的养分，使低级生命比如管状蠕虫有了食物，进而又形成了鱼虾贝类的美餐，从而造就了一个崭新的生物链，成为海底深处"沙漠中的绿洲"。

如此富饶丰硕的百宝箱一样的海底世界，怎能不令世人特别是一些自诩有实力的国家垂涎三尺呢？

据人口专家预测，世界人口正以每35年加倍一次的速率增加，有限的陆地空间对人口和社会增长的承载压力进一步加大，海洋成为人类可持续发展的最后选择。由于海洋的特殊性质，它不仅为人类提供着无穷尽的自然资源，还通过各种调节作用改变全球的气候环境。而随着人类对海洋生物资源、矿产资源、能源资源的全面开发，海洋已经成为人类经济活动不可缺少的重要部分。

"海洋蕴藏了全球超过70%的油气资源，海底的油气如同埋在地里的马铃薯一样等待我们去挖掘。"在2007年4月召开的第四届中国国际海洋石油天然气研讨会上，美国休斯敦大学石油化学及能源教授米切尔·伊科诺米季斯做了这样的开场白。

世界水深 500 米或超过 500 米的深海油气勘探开发始于 20 世纪 70 年代，至 2002 年底，已发现 470 亿桶石油储量。到 2003 年，海洋油气勘探水深已达 3053 米。据美国地质调查局和国际能源机构估计，全球深海区最终潜在石油储量有可能超过 1000 亿桶。在国际石油和天然气价格持续居高不下的情况下，对石油的争夺已经不再局限于陆地和浅海，许多国家和大型油气公司都在向深海进军。

《联合国海洋法公约》20 世纪 70 至 80 年代经反复酝酿，1994 年 11 月开始生效，新世纪则进一步发酵。世界上三分之一以上的国家，都受到国际海洋法的冲击，很多国家利用海洋法谋求利益。根据公约，联合国规定：如果沿海国认为本国自然延伸的大陆架超过了 200 海里，则需要在 2009 年 5 月之前，向联合国大陆架界限委员会提交大陆架外部界限主张案，并提供相关科学证据，证明自己的权利主张。委员会在对申请和所附证据进行审查后，提出意见和建议。

深海这个人类未来生存发展的新空间，蕴藏着巨大的能源矿产和无限的资源，使得各国势在必争，同时也成了新型高技术海洋装备大显身手的新战场。其间，必定会有一些思维敏感的新兴国家捷足先登，抢先在开发深海的争夺中取胜，从而急剧增加本国的国力。然后再向传统的强国叫板，最后甚至导致国际政治军事格局重新洗牌。

在关系到国家发展和民族生存的重大利益面前，我们中国人不能只做"旁观者"！远古以来，炎黄子孙就具有丰富的想象力和探索未知世界的决心，曾创造出了诸如"精卫填海""龙宫探宝"等的神话传说。现代人探索深海洋底奥秘的科学队伍里，我们也不会缺席！

走向深海的"高科技"

　　然而，众所周知，要想潜入成千上万米深的海底，必须具有高科技的海洋装备才能深入其中并且能够自由自在地进行科学考察。

　　联合国国际海底管理局规定：申请公海海域矿区，必须提交完备的海洋地质和矿物资料。而掌握这些珍贵而难得的海底资料，必须依赖于先进的高科技深海探测器。在 20 世纪 80 年代之前，世界上具有深海载人潜水器和探测能力的，只有美国、法国、俄罗斯、日本等少数几个国家。毋庸讳言，当时属于神州大地的海洋探测装备还是一张白纸。

　　那么，中国的海洋科技活动是如何启航并远征的呢？研究中国技术雄心的专家、美国传统基金会研究员迪恩认为："863 计划"是一个转折点，它重塑了中国与多个技术领域的关系。

　　1986 年早春，乍暖还寒的一个晚上，中国科学院学部委员、国防科工委科技委常任委员、已经 81 岁的陈芳允悄悄来到中关村中国科学院宿舍，敲响了另一位学部委员、中国科学院技术科学部主任王大珩的家门，商议一件大事。原来，面对以美国"星球大战"计划、西欧 17 国的"尤里卡"计划等为代表的国际高科技动向，这些德高望重的老科学家坐不住了。

　　两人不知不觉聊了一个晚上，一致感到：世界高技术蓬勃发展、国际竞争日趋激烈，中国这次要是再抓不住机遇，恐怕在下个世纪就难有立足之地了。陈芳允说："我们是不是联名给中央领导人写封信，这样可能事情更好办一些。"

　　比他还大一岁的王大珩拍拍沙发扶手说："这个点子好，我看咱们一不做二不休，干脆直接给邓小平写封信吧！"

此后，王大珩以科学家的严谨精神遍查各种资料，潜心思考，用了整整一个月的时间，修改整理了无数遍，终于形成了一份《关于跟踪研究外国战略性高技术发展的建议》的初稿。陈芳允看过，十分兴奋。王大珩又分别送给两位科学界元老，也是我国"两弹一星"英雄、著名核物理学家王淦昌和航天专家杨嘉墀过目，并得到了他们的一致同意和完全支持。

如果按照一般程序，将此信交到非常重视科技进步、提出"科技是第一生产力"的论断的党和国家领导人邓小平手上，可能不会马上实现。老科学家们一分钟也不想耽搁，便找到也在中国科学院工作的邓小平的女儿邓楠的丈夫张宏，请他帮助直接送了上去。这一天是 1986 年 3 月 3 日。

仅仅过了两天，也就是 3 月 5 日，邓小平就做出了批示，找专家和有关负责同志，提出意见，以凭决策。要求宜速做出决断，不可拖延。

就这样，作为共和国第二代领导核心的邓小平，当他为中国社会的发展设计了宏伟的蓝图之后，又在一个春天的夜晚或者清晨，他以高瞻远瞩的目光，博大精深的智慧，气吞山河的魄力，在短短挥笔的一瞬间，便缩短了科学家和政治家的距离，沟通了科学家与政治家的心灵，制定了中国高科技发展的宏伟蓝图，从而为 20 世纪的中国留下了最具光彩的一笔……

邓小平批示后的第三天，即 1986 年 3 月 8 日，国务院便召集有关方面的负责人，对王大珩等四位科学家的建议信进行了充分的讨论。会议最后决定，由国家科委主任宋健和国防科工委主任丁衡高负责组织论证我国高技术发展计划的具体事宜。接着，国务委员张劲夫邀请四位科学家就信中所提到的有关问题专门作了一次交谈。张劲夫详细听取了四位科学家的意见后，问了一个最关键的问题："这个计划你们预算过没有，大体需要多少钱？"

四位科学家相互看了看，谁都没有先作回答，显得既敏感又迟疑。别看他们谈起科学问题来头头是道、滔滔不绝，但穷惯了也节省惯了的科学

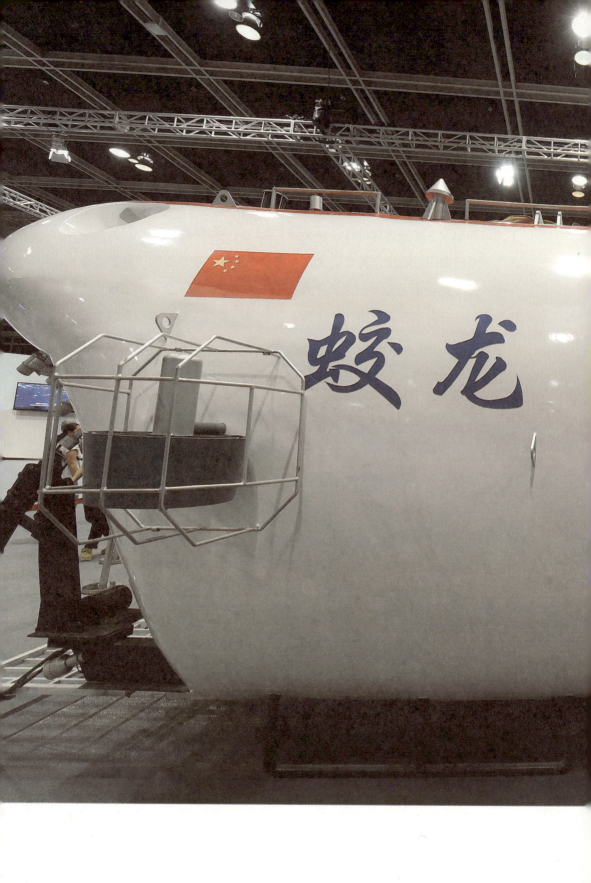

家一旦真要说起钱来，便一下子显得难于启齿了。再说，科研经费是个很难说的数字，说少了，高科技很难搞起来；说多了，又担心把某些领导"吓"着了。"说吧，没关系。"张劲夫当然知道四位科学家的心理，便鼓励说："你们说个基本的数字出来，我好向国务院领导汇报。下一步作经费预算时，也好有个底。"

王淦昌这才说了一句："能省就尽量省吧，一年能给两个亿就行。"

1986 年 4 月，全国 200 多名科学家云集北京，分成 12 个小组，进行了反复的探讨和论证，最终形成了《国家高技术研究发展计划纲要》。从世界高技术发展趋势和中国的实际出发，坚持"有限目标，突出重点"的方针，共选了 7 个领域的 15 个主题项目，即：生物技术、航天技术、信息技术、激光技术、自动化技术、能源技术、材料技术……

由于最初四位科学家写信和邓小平批示，都是在 1986 年 3 月，故这个高技术发展计划被称为"863 计划"。

一年后，经过充分准备，"863 计划"正式组织实施，上万名科学家在各个不同领域，协同合作，各自攻关，很快就取得了丰硕的成果。应该说，"863 计划"的提出与实施，是中国共产党科教兴国的一个重大战略部署，为中国在世界高科技领域占有一席之地奠定了更加坚实的基础。

后来随着国家需求增加和战略意识增强，在具体实践中又不断加以完善，陆续组织了一些重大科技攻关专项。其中，具有历史意义的是增加了"海洋技术"领域，包括海洋探测与监视技术主题、海洋生物技术主题、海洋资源开发技术主题、海洋高技术装备主题等等。

蔚蓝色的海洋啊，"863 计划"就这样走来了……

研制中国水下机器人，是其中一项重大的海洋装备课题。提到它，不，甚而提到中国机器人事业，不能不提到一个名字：蒋新松！在"863 计划"正式实施之初，身为中国科学院沈阳自动化研究所所长、我国机器人研发的开拓者蒋新松，就被国家科委聘为自动化技术领域的首席科学家。

开发海洋是人类在新世纪面临的重大课题，而探索、考察和有效利用国际海域和海底区域，更是对我国发展海洋高技术和未来海洋产业提出的挑战。水下机器人分为有缆遥控潜水器（ROV）、无缆遥控潜水器（AUV）和载人潜水器（HOV）。蒋新松和他的团队研制的水下机器人系列，具有较强功能和可靠性，已成为国际知名品牌。"海人"一号、"金鱼"号、"探索者"号在沿海和内湖地区的水下探查、石油勘探、考古等作业中起到了重要作用。

水下有缆机器人，靠身后的电缆接受各种行动指令，像缰绳拴着的赛马。而无缆机器人更加智能化，像可以自由驰骋的赛马。但如果控制系统失灵，在水下几千米的地方乱跑一气，后果不言而喻，国外就有一些水下机器人跑失遗落的记录。

蒋新松团队在开展水下有缆和无缆 100 米、300 米，直至 1000 米的机器人研究时，还把目光盯住更深的海域。为了国家利益和对科学事业的追求，他向国家科委立下军令状，把原规划到 2010 年研制水下 6000 米无缆机器人的目标，提前到 20 世纪内完成。谁能领军呢？作为战略科学家的蒋新松，再次把目光投到了老伙计、中船重工 702 研究所的研究员徐芑南身上。

这又是一位重量级的人物，未来我们的 7000 米级载人潜水器"蛟龙"号的总设计师。不过，现在他还只能在无人无缆潜水器上一试身手。徐芑南的经历几乎与蒋新松一样，只是小几岁。20 世纪 80 年代，随着我国海洋工程的发展，对潜水器的需求越来越迫切，徐芑南所在的中船重工 702 研究所，也是国内研发潜水设备的基地之一，曾与蒋新松领导的中国科学院沈阳自动化所密切合作，先后创造性地研制了多型水下机器人。

1992 年，沈自所上报科技部的 6000 米深无人自治潜水器得到了批准立项，并被列为"863计划"的重大课题。蒋新松找到徐芑南说："老徐，你来当总设计师，咱们一起干吧！"

"我当然愿意了，不过702所还有任务，不知能不能抽出身来。"

"这是863项目，全国一盘棋，你放心大胆地干，其他的事情我来协调。"蒋新松不愧是一位战略科学家，胸有成竹。

果然，长达4年的研制过程中，蒋新松作为这个项目的总负责人，殚精竭虑，组织协调中国科学院声学所、中船重工701所等几十个单位联合攻关，立下了汗马功劳。由于在中国自动化技术跻身世界行列方面做出了重大成就，他获得了国家有突出贡献的优秀科学家称号、全国"五一劳动奖章"等，并当选为首批中国工程院院士。

同样，总设计师徐芑南不负众望。他长年奔波于沈阳、北京、无锡之间，带领团队一心一意设计研发。从1992年6月起，他们与俄罗斯科学院海洋技术研究所合作，以我方为主，开始研制6000米无缆自治水下机器人（CR-01）。1995年8月，初试成功，使我国机器人的总体技术水平跻身世界先进行列。

然而，非常可惜的是，正在他们积极准备进行太平洋应用试验时，中国工程院院士、水下机器人事业的领军人物蒋新松，却因积劳成疾，于1997年3月突发心脏病去世了！他用生命实践了他的"科学工作是没有八小时工作制的。如果一个人对社会什么贡献也没有，就是长寿有什么用！活着干，死了算！"的铮铮誓言。

就在这年的6月，烟波浩渺的太平洋，驶来了一艘中国科学考察船"大洋"一号。虽说它有5000多吨级的排水量，但在夏威夷以东1000海里外的洋面上，宛如一片树叶，不时地被举上波峰又被抛下浪谷。人们忍受着40多摄氏度的高温，拥上摇晃的甲板焦灼地俯视大海，终于，在指令时间指令位置欣喜地发现了它——旋上水面的机器人，一片欢呼："看啊，在那儿，上来了！我们成功了！"

原来，这正是中国 6000 米无缆自治水下机器人在进行应用性海试。潜水器吊装上母船甲板，科研人员从它的机舱里，取出那面伴随机器人到达大洋深处的五星红旗，向蓝天展示，请大海做证！这无异于成功地发射了一颗返回式"海洋卫星"，一举达到了国际先进水平。从某种意义上说，这是为发展深海载人潜水器迈出了关键性的一步，将会被载入水下机器人发展史。此时此刻，人们倍加思念被称为"中国机器人之父"的工程院院士、国家"863 计划"自动化领域首席科学家、中国科学院沈阳自动化研究所原所长蒋新松。

　　他如果九泉下有知，一定会绽开欣慰的微笑。

　　迎着海风，伴着余晖，随船试验的科技人员们肃立甲板，把三个月前逝世的蒋新松院士的部分骨灰撒入了太平洋，让这位酷爱大海的中华赤子，投入大海的怀抱，在大海中永生。

　　如今，我们回顾中国 7000 米级深海载人潜水器"蛟龙"号的研发历程，不应忘记这位中国水下机器人的前辈和先驱——蒋新松。中国科技事业就是这样一代代前仆后继、继往开来地发展起来的……

第三章　横空出世

刘峰勇敢"揭黄榜"

"燕山雪花大如席，片片吹落轩辕台。"这是唐朝大诗人李白《北风行》中的诗句。雪花大得像席子一样，一片一片地吹落在轩辕台上。当然，诗人的笔下有些夸张，但说明北方冬天的风雪肆虐起来，还是很大很厉害的。

2001 年 12 月 7 日，当生活在首都的人们一早打开大门，准备出去的时候，几乎是大雪封门、沟满壕平了。马路上的积雪来不及扫除，车碾人踏，一片泥泞，公交车、地铁上人满为患，甚而打个出租车都打不上。

那是北京多年来少有的一场大雪啊！

位于京城海淀区的北京友谊宾馆会议室，却洋溢着一片春天般的温馨和活力。科技部高新司、国家"863 计划"自动化领域组正在这里召开竞聘"7000 米载人潜水器"总体组成员会议。总体组相当于整个专项的龙头，负责整体上组织调度研发的计划、进度、保障等，说白了，它就是一场大战的前沿指挥部。只有首先选聘好了总体组，确定好了作战方案和方向，各个"战场"才能相应展开。

全国相关单位——海洋局、大洋协会办公室、中船重工集团702所、701所、中国科学院声学所、沈阳自动化所等代表济济一堂。科技部高新司冯记春司长主持，首先做了热情洋溢的开场白："今天外面雪花飘飘，是个好兆头，瑞雪兆丰年嘛！我们等于在这里摆下一个擂台，各路豪杰，把你们各自的优势亮出来，让评委们好好选一选……"

这是一个全新的组织形式——过去研制新装备，往往是某个研究所的行为，力量有限，也不是专为用户来办的，而此次科技部决心突破体制，设立一个机构统领、主导这个项目。总体组应运而生。而一直为海洋装备奔走呼号的中国大洋协会，理所当然地被推上了前沿。作为大洋办主任助理兼项目管理处处长的刘峰，责无旁贷。虽说也有一些人员参加竞聘，但大家的目光还是集中在这位戴着一副近视眼镜、文质彬彬却底气十足、声音洪亮的39岁的年轻人身上。

冯记春司长宣布："现在请大洋办的刘峰陈述应聘报告。"

刘峰应声而起，走上前台，向大家鞠了一躬，朗声说道："各位评委，各位领导，上午好！我的陈述报告分三大部分，一是个人简历及业绩，二是对863重大专项计划的粗浅认识，三是对参加重大专项总体组工作的初步设想。下面我结合幻灯片展开讲述一下。"说着，他将早已制作好的PPT（演示文稿）应聘材料播放在大屏幕上。

前边主要说明个人情况以及组织、实施大型国家项目的经验，特别是作为大洋协会项目管理处处长，参与组织制定了协会"十五"规划、"十五"项目总体设计，使协会的海上勘探、技术发展、环境研究、船舶建设等项目之间体现系统性、综合性，协调发展；积极参与国家863重点项目："CR-01"6000米自治水下机器人研究开发，作为总体组成员，具体负责提出深海环境下的技术要求，船上收放设备与机器人衔接；更为重要的是，组织专家提出了深海载人潜水器需求论证报告等。

如此详尽而周全的背景材料，说明他具备承担总体组这副担子的条件和信心。接下来，刘峰又谈了对这个重大项目的清醒认识：坚持需求牵引、科技创新的原则——用户落实、需求明确；走国际合作道路——目前存在和俄罗斯合作的良好机遇，充分利用国内已有的成熟技术引进先进、成熟的关键部件组织国家队，通过系统集成实现知识产权的自主化和健全开放型人才机制。最后，他清了清嗓子提高声音说：

"作为总体组成员，我的初步设想是：一、形势紧迫，时不我待。世界正在进行蓝色圈地运动，我们中国人不能当看客。目前结核富矿区已被瓜分完毕，国际海底管理局正在制定海底硫化物、海底富钴结壳规定，但我们苦于没有手段，无法进行详细调查。二、条件具备，加速发展。我国在深海运载器技术领域已经具有一定基础，可以再接再厉。目前存在和俄罗斯合作的良好机遇，也可以借船出海。加之有明确的用户需求和业主支持，我们大洋协会的基本方针就是'持续开展深海勘查，大力发展深海技术，适时建立深海产业'，已明确要求在'十五'期间研制出能实用的深海载人运载器。应该说，万事俱备，只欠东风。如果我应聘成功，一定在上级机关的有力领导下，团结各个单位科研人员，克服各种困难，圆满完成这项任务，为我国的深潜事业、为大洋开发做出应有的贡献。我的陈述到此结束，谢谢各位评委和领导！"

"哗——"他的话音刚落，立时响起一片热烈的掌声。

与会专家、学者、领导们，对刘峰的应聘报告印象深刻，十分满意，认为有观点、有例证、有思路、有信心，看得出来，他做了充分的准备，既熟悉研发 7000 米载人潜水器的来龙去脉，又具有高度的献身祖国深海开发的责任感和事业心。

评委会从有利于全局出发，综合考虑各个方面的因素，确定了总体组成员名单：刘峰（大洋协会主任助理、项目管理处处长，教授级高工）、徐芑南（中船重工 702 所研究员）、万正权（中船重工 702 所副所长、研究员，后改为崔维成，702 所副所长、研究员）、吴崇建（中船重工 701 所副所长、研究员）、张艾群（中国科学院沈阳自动化研究所研究员）、朱维庆（中国科学院声学研究所研究员）。刘峰为总体组组长。

那天晚上，飘飞了一天的大雪还没有完全融化，温度又降了下来，来不及清扫的马路上冻结了一道道的车辙印，人来车往都像个小脚女人似的，小心翼翼地还免不了东滑西斜。

刘峰好不容易回到家里，已经是深夜 12 点多了，可他没有一丝一毫的倦意，一直沉浸在兴奋与激动之中。开弓没有回头箭。从小喜欢唐诗宋词的刘峰，反复默念着王昌龄的那首绝句："青海长云暗雪山，孤城遥望玉门关。黄沙百战穿金甲，不破楼兰终不还。"

他明白：此次使命光荣，责任重大！心中充满了迎接挑战和机遇的豪情……

围绕组织实施这个国家重大专项，国家海洋局、大洋协会办公室特别是以刘峰为组长的总体组，全力以赴投入了。犹如一部大型电视连续剧似的，一幕紧接一幕、一环紧扣一环地铺展开来。首先是研讨通过《7000 米载人潜水器总体设计方案论证报告》。

其实，这项工作早在动议研发大深度载人潜水器之时，就已经启动了。前面说过，90 年代初中船重工 702 研究所提交过类似报告，只不过时机不成熟，未能得到落实。

现在有了大洋协会这个大用户，柳暗花明又一村，刘峰代表大洋办曾多次前往 702 所，协调那里的专家领导围绕 7000 米级撰写可行性报告，强调抓紧研发的重要性。终于引起了各方重视，特别是得到了中国工程院院长宋健、科技部部长徐冠华等领导的支持，被列为国家"863 计划"重大专项，接下来就需要详细的总体设计方案以及成本预算。

不用说，这个报告的起草任务又落在了中船重工 702 所头上。两位主要报告起草人——吴有生和徐秉汉，是中船重工 702 研究所的两位工程院院士，也是最先呼吁研发中国深海载人潜水器的科学家中的两位。

本来，随着中国海洋意识的增强，以及中国大洋矿产资源研究开发协会的成立，中国被联合国批准为第五个深海采矿的先驱投资者，承担 30 万平方公里洋底的探测任务。徐芑南参加的 6000 米无缆自治水下机器人（CR-01）项目进展顺利，以吴有生、徐秉汉两院士为代表的 702 所船舶专家们，看准了国家的需要，力主研发大深度载人潜水器。不料，这一报告送上去之后，由于时机不太成熟，有关部门说："再等等看吧……"

这一等就等了将近 10 年。如今时来运转了，他们怎能不欣喜若狂、全力以赴呢?! 立即组织力量，详尽筹划，写出了一份严谨翔实、便于操作的《7000 米载人潜水器总体设计方案论证报告》。应该说，这就是日后的国宝——"蛟龙"号的胚胎，也是一份值得保存在国家档案馆的"作战计划"。

简要来说：7000 米载人潜水器由本体和母船支持系统组成。

7000 米载人潜水器本体包含潜水器总体性能集成、水动力系统、载体结构系统、重量调节系统、应急安全系统、动力源系统、液压系统、作业系统、控制系统、通信定位系统、观察系统和生命支持系统等部分。

母船支持系统，由 7000 米载人潜水器的用户（中国大洋协会）负责保障。

此外，报告还论证了美国、日本、法国等国家的同类型潜水器的技术特点、国际市场上的浮力材料、光学仪器、加工工艺等行情，指出借助国际深潜科学界的宝贵实践经验，高起点、跨越式发展我国深海潜水器技术……

通过上面的分析可以看出，我国在深海潜水器技术领域已经具有一定基础，掌握了很多关键技术。在研制开发中，坚持需求牵引、技术创新的原则；坚持技术引进与自主开发相结合的原则。通过有效的国际合作，借鉴国外深海技术发展经验，有针对性地引进国外深海技术发展成果和人才，充分利用国内已有的人力资源和成熟技术，发挥集体的创造性。我们有信心也有能力在 2005 年研制出满足用户需要的实用的 7000 米载人潜水器。

2001 年 12 月 23 日，科技部高新司、"863 计划"重大专项组在北京组织召开评审会，与会专家经过细致热烈的论证，一致通过了《7000 米载人潜水器总体设计方案论证报告》。

这就等于签发了中国大深度载人潜水器的准生证，一场精心组织实施的深海潜水器大战拉开了序幕……

刘峰作为经过竞选上来的总体组组长，等于古代"揭黄榜"的勇士，豪情万丈却也是心怀忐忑。那么，他到底是怎样一个人呢？

1962 年，正是天灾人祸肆虐神州的年月，在山东省西南部的菏泽地区鄄城县的一个农家里，刘峰出生了。祖祖辈辈都是"汗珠落地摔八瓣儿"的庄户人，传承给他淳朴正直勤劳刻苦的家风，直至今天，他都会真诚地说："我是农民的儿子，来自鲁西南……"

好在家里不管多么困难，也要省吃俭用供他读书上学。小学在本村，中学上民办农中，老师大都是临时聘用的回乡高中生。这样的教学质量可想而知，不过小刘峰十分好学上进，时刻睁大着一双求知的眼睛。因为他明白，只有学习出色才能有改变命运、"吃上国库粮"的机会。

"文革"结束，国家恢复了高考制度。农中的老师们摩拳擦掌准备参加高考，刘峰也决定试一试。那一天，他和自己的高中老师在一个考场里应考，结果老师考上了菏泽师专，他却名落孙山。

年仅 15 岁的刘峰丝毫没有气馁，反而看到了希望。他憋足了劲儿考上了菏泽一中高中班，开始了更加勤奋的学习生活。离家 50 多里地，刘峰与几百个同学住在学校大礼堂——堪称全球最大的学生宿舍里，一周回家一趟，背来玉米面交给学校，换成窝头票填饱肚子。心中有梦，就不觉得苦了。

1979 年夏天，刘峰再次报名参加高考，一举成功。当老师问他报哪个学校什么专业时，他脱口而出："学机械！"因为他看到公社有个农机站，当个农技员就挺好的。那年高考分数线是 270 分，刘峰一下子考了 350 分，远远超过了分数线，按照填报的志愿，被录取到北京钢铁学院矿山机械系。这年他才 17 岁，是班里年龄最小的学生。

其中有一个细节：当时英语分数只占 10%，他为了保证主项，就干脆放弃了那门课程。上学后再捡起 ABC，从头开始学。刘峰从小有一股韧劲儿，认准了的事情，一定要做成。进了北京上了大学，犹如鲤鱼跳了龙门，怎能不百倍珍惜呢？如此，他开始了宿舍—食堂—教室三点一线的生活，学校每周一次的电影，都很少去看，全身心地投入知识的海洋。

功夫不负有心人。大学四年几十门功课他都是五分，只有体育等四门课程不大行，得了四分。品学兼优的刘峰让人刮目相看，一直被选为班里的学习委员，刚满 21 岁就光荣地加入了中国共产党。大学毕业，他直接考取了本院研究生，仍然一如既往地刻苦努力。导师要求最好的分数是 A 类，他就做到每门课程都保证"A"。1986 年硕士毕业，他被选中留校当了助教，两年后成为最年轻的讲师。一棵来自鲁西南忠义之乡、革命老区的幼苗，就这样在阳光普照、春风吹拂的京城里苗壮成长起来。

命运之手是个神奇的东西，有时会在不经意间拨动人生方向。如果不是一次推荐，我们的主人公刘峰可能就会沿着钢铁学院教授、主任、博导这条路走下去，也就不可能与海洋深潜打上交道。

1991 年春天，中国大洋协会成立，需要冶金部推荐一名懂机械装备的技术人员前来工作。机关人员大都恋旧，不愿意到一个陌生的地方去，冶金部就从所属的钢铁学院挑人。年轻的钢铁学院讲师刘峰进入了领导视野。当时学院正准备提拔他当系副主任，舍不得放人，可他听说这是为国家开采海底矿藏的事业，义无反顾地来了，成为大洋协会的开山"元老"之一。

一年后出任大洋办技术开发处副处长，这时他刚到而立之年。在几任理事长、主任的直接领导下，刘峰一头扎进调查海底资源、研究拟定发展规划的工作中去。他几乎在大洋协会各个部门走了一遍：技术处、总务处、国际合作处等，经历过各方面的磨炼，越来越成熟了。不久，他任大洋办主任助理兼技术开发处处长，重点负责深海采矿技术项目，开始参与我国大深度载人潜水器的论证、立项工作。其间，刘峰跟随海洋局原副局长倪岳峰、大洋办主任金建才多次到相关单位，科技部、中国科学院、中船重工702所等调研、座谈。一些有关研制深海潜水器的报告、建议书，都是他在倪局长、金主任指导下，连夜起草整理出来的。

当时光老人的步履迈入世纪之交，世界各国的海洋战略不断调整深化，时不我待，非常迫切。尤其是我国被联合国列入深海采矿先驱投资者，并申请到太平洋公海矿区之后，研制深海载人潜水器的呼声也越来越高了……

国际海底管理局成立之后，批准了我国拥有30万平方公里的海底勘探矿区，第一块在东太平洋夏威夷海域7.5万平方公里，水深5300米。合同规定：15年内优先勘探、开采，并向国际海底管理局提交有关报告。如果期满不具备商业开采价值，可以申请延长5年，再到期后还不行，将收回允许其他国家申请进入。

这样一来，中国如果没有高精尖的深海技术装备，将缺乏有效完成海底探测的能力，这既与我们这样一个海洋大国的地位不相称，也会使到手的"蓝色圈地"功亏一篑。作为代表国家履行开发深海职责的中国大洋协会责无旁贷，他们就是最直接最急需的"用户"！

生活就像海洋，波浪一个接着一个。目标确定后又遇到了新问题，展开了新争论：究竟研制多大深度的载人潜水器为宜？几种意见互不相让，

各持己见。一种观点是："三大洋平均水深不超过 5000 米，而矿藏资源大都集中在 4500 米左右的海底，我们研制 4500 米级的深海潜水器就可以了，技术上、材料上都更好掌握一些，也比较安全。太深了没有什么意义。"

另一部分人认为："正是因为你没有这个装备，去不了那么深的地方，才觉得没意义。目前世界上只有美国、法国、日本和俄罗斯有载人深潜能力，但最深也就是 6500 米。我们是站在新的时代里，要有超越他们的雄心。直接研发 7000 米、8000 米的大深度潜水器，几十年也不落后。"

种种方案各有长处，又都有不足。经过不断地交锋、碰撞、融汇，由当时的国家科技部高新司汇总，报到了徐冠华部长手中。这是一位具有专业和行政才能的复合型领导人。接到报告后，他没有马上下结论，而是带队来到 702 所深入调研，综合评判，同时向我国分管科技的老领导——原国务委员、国家科委主任，时任全国政协副主席、中国工程院院长宋健做了汇报。

在宋院长明亮的办公室里，徐冠华带领高新司、大洋协会的人员一边打开有关资料，一边分别讲述了几种方案。

"国家需要，研发能载人的深海潜水器势在必行。各方面意见都有一定道理，你们的看法呢？"宋健听完汇报后问道。

"我倾向要做就做高水平的。"徐冠华毫不犹豫地说道。

从战争年代的胶东半岛走来的宋健，既是一位早年当过"小八路"的老干部，又是一名留学苏联获得过博士学位的科学家。他生长在大海边，又长期担任国家科技事业的领导人，了解海洋对人类的重要性，以及我国进军深海大洋的战略意义，深入思考后掷地有声地表态了："在这个领域，我们已经落后欧美和日本很多年了，现在要迎头赶上！要我看，一是要自主，二是要超前。外国这个类型最深不是 6500 米吗？我们就做 7000 米的，超过 500 米，拿他个世界第一！"

"好的！"听到老领导态度如此坚决，徐冠华长舒了一口气，"技术上不是问题，能做四五千的，再多几千米也行，关键是抗压力和浮力材料。7000米级的可以到达全球绝大多数海域，够用了。"

"对。前几年我们就制定了'上天、入地、下海'的科技规划，如今上天入地都有了很大进展，下海也应有所突破。我们要在前人的基础上再前进一步。通过这次大深度载人潜水器的研发，还可以培养一批高科技人才，带动相关方面的研究与制造。你们按照这个思路再好好论证一下，拿出一个切实可行的计划来……"

宋健，作为国家科技事业的领导人，站得高，看得远，更加坚定了科技部、海洋局、大洋协会的信念。又经过一番严谨细致的论证，各方面统一了思想认识。大洋协会办公室的金建才、刘峰等人抓紧草拟立项报告。科技部高新司组织审核，终于将"7000米载人潜水器"项目立项了，并且列入国民经济"十五"规划"863计划"的重大专项。

国家海洋局作为本专项的组织部门，中国大洋协会作为业主，负责具体组织协调实施。历史使命就这样光荣而艰巨地落在了他们身上……

徐芑南挂帅再出征

2002年早春的一天晚上，忙碌了一天的人们正准备上床休息。突然，一个来自中国的越洋电话打到了美国某地，接电话的是一位老人，他的名字叫徐芑南！

是的，这就是我们本书多次提到的主人公之一、中船重工集团702研究所研究员、我国6000米无缆自治水下机器人（CR-01）总设计师。此时，他已经退休五六年了，与老伴方之芬来到在美国定居的儿子家里安度晚年。可这一个电话，让他的生命之树绽开了新花，他的事业之火再次燃烧起来。

电话中，中国工程院院士、702所原所长吴有生教授告诉徐芑南："老伙计，7000米载人潜水器立项了！我们想来想去，还是要请你出山，这个总设计师非你莫属！"

"是吗？太好了！"对徐芑南而言，潜水器是他永远割舍不下的情缘，在此之前，有缆的无缆的，无人的载人的，几乎所有种类的潜水器，他都做过。而做大深度载人潜水器，则是他多年的夙愿。"我一定参加。不过，我年龄大了，做个顾问就行了。"

放下电话，徐芑南激动地在房间里走来走去，招呼妻子、儿子马上订机票，恨不得第二天就要回国。可家人担心了：这年他已经66岁了，而且身患心脏病、高血压、偏头痛等多种疾病，一只眼睛仅存光感。当初参加6000米水下机器人的海试归来，一天查出1600多次心脏早搏——是需要安心休养的时候了！

"盼了多年的项目终于通过了，是令人高兴。可你这身体行吗？"妻子方之芬与他同在702所工作过，深知丈夫的心愿，更了解病痛对他的折磨，一时间处在了两难之中。

"爸，你就别逞强了。如果累坏了身体，自己受罪不说，还会影响项目进程。我们不同意你回去。"儿子态度坚决地表示反对。媳妇也不赞成。

徐芑南摆摆手，说："你们啊，只知其一不知其二，我一思考潜水器，头就不痛了，血压也不高了。只要能为国家做好潜水器，我身上就感觉舒坦。"

一时间，谁也说服不了谁。

夜深人静，月亮升起来了，又大又圆。徐芑南夫妻俩一丝睡意也没有，还在你一言我一语悄声谈论着。方之芬毕业于华东理工学院，身上凝聚着科学家和家庭主妇的素养，这些年不但把家务全担当起来，还为丈夫的科研事业做了大量辅助工作。大深度载人潜水器终于立项了，她同样欢欣鼓舞。只是丈夫的身体——由于多年的脑力劳动，徐芑南血压不正常且经常头疼，有时只有在妻子的按摩下才能入睡，怎能不令她充满了担忧呢！

"我知道这个机遇太重要了，不过……"方之芬欲言又止。她想起了曾经为发展中国水下机器人奋斗过的蒋新松院士，正是在 66 岁那年积劳成疾突然离世的，如鲠在喉的话终于出口了："芑南，今年你也是 66 岁了，而且身体又不好。虽说蒋院士身后给了很多荣誉，可我就是想要一个健康的你啊……"

刚说完这句，方之芬就后悔了，怎能"胡乱"联系呢？然而徐芑南非常理解相濡以沫同甘共苦近半个世纪的妻子心情，一句看似"不吉利"的话埋藏着多么深厚的爱啊！他拉过妻子的手，紧紧握着："别担心，没问题的，如果不让我参加，反而成天思虑这件事，可能更不利于身体。咱们把这个项目做好了，过世的新松老兄，还有许多前辈的在天之灵都会非常高兴的。再说，我不是有你嘛！你就是我的幸运星啊！"

"你呀……"方之芬被丈夫的一席话打开了心结，脸色多云转晴了。

徐芑南走到落地窗前，拉开厚厚的窗帘，一缕明亮的月光照进了卧室，感觉到犹如家乡伸来了一双热切的手。他回身向妻子点点头，又指了指窗外。方之芬会意地一笑，轻轻过来依偎在丈夫臂弯里。两人久久凝望着窗外的圆月，心儿已经回到了长江之畔、太湖之滨……

第二天，徐芑南和老伴说服儿子、媳妇帮助办好手续，放弃了安逸休闲的晚年生活，携手飞回国内，投身到 7000 米载人潜水器的研发与试验之中。

按说，国家"863 计划"对一个项目的总设计师，是有年龄要求的：一般不超过 60 岁的在职工程技术人员。做总师要有两个必备的素质：一是业务知识全面，与载人潜水器相关的知识都要懂一些；二是协调能力强，潜水器仅靠一个人是做不出来的，要协调多个科研机构一起攻关。

徐芑南答应"出山"后，各路专家分析来分析去，感到他最合适。中船重工702所和项目总体组联名向主管部门打报告，科技部领导慎重研究破格批准：聘任已经66岁的徐芑南为"7000米载人潜水器总设计师"。这一任职，就是整整10个春秋……

应该说，徐芑南的人生高度，几乎可以用中国深海潜水器的下潜深度来衡量：300米、600米、1000米、3000米、5000米、7000米！可以说，中国载人深潜每前进一步都有他的杰出贡献，他的梦想随着潜水器的下潜，不断深入更蓝更深的海域。

是啊，世间能有多少这样厚重的人生呢？从风华正茂的少年，到鬓发染霜的老人，从普通的潜艇兵到世界级载人潜水器的总设计师，贯穿徐芑南整个生命之线的只有一条——深潜！让祖国的潜水器潜入海底，去领略那充满奥秘的海底画卷，去探寻那无穷无尽的海底宝藏。

徐芑南是浙江宁波镇海人，1936年3月出生，当时正是"国破山河在，城春草木深"的年代。镇海地处甬江入海口一带，招宝山被称为"浙东第一山"，地势险要，历代为海防要地。鸦片战争时，钦差大臣裕谦监防督战，在此顽强地抵抗英国侵略军。最后，强敌凭借船坚炮利攻破了镇海城防，裕谦宁死不屈，投海殉国。这种有海无防、落后挨打的屈辱，深深印在徐芑南的心灵里，他从小立下了好好学习、将来科学报国的志向。

1953年2月21日，毛泽东主席视察东海舰队"长江舰"，亲切接见年轻的水兵，合影留念，并挥笔写下了振奋人心的题词："为了反对帝国主义的侵略，我们一定要建立强大的海军!"这年，刚满17岁的徐芑南正巧在上海南洋模范中学毕业，深受毛主席题词的鼓舞，更加坚定了为保卫祖国海疆当一名造船工程师的理想。他如愿考入了上海交通大学船舶系。

后来，他曾多次深情地回忆说："在母校期间，我得到了良好的基础教育和专业训练，也受到了母校优良传统和严谨校风的熏陶。导师们深厚的科学素养、严谨的治学态度、勇于创新的钻研精神、博爱的大师风范深深影响着我，让我终身受益。"

四年半的大学生活，使徐芑南打下了扎实的理论功底。毕业时，他填报的分配志愿是船舶设计所或造船厂，一心想为国家造大船。不料，却被分配到了中国船舶科学研究中心（702所前身），他以为那只是一个研究单位，找到管分配的老师想换一换。老师说："研究也要设计，人家想去还去不了呢！你去了就知道了。"

"是吗？那我服从分配。"当时，我国海军建设和国防科研事业发展迅速，但基础薄弱、技术缺乏，急需科技攻关。来到船舶研究所后，徐芑南被派去做潜艇试验。本来他的毕业设计做的是"水面舰船"，这一下要改变方向，可想到国家需要，徐芑南毫无二话，由此他的事业就从水上潜入到水下。

说来有意思，分配研究潜艇的徐芑南，此前还没见过真正的潜艇，所有关于潜艇的知识都来自书本。刚工作就吃了个下马威，他意识到，年轻人光有勇气还不够，更重要的是要有底气，这个底气就是来自对知识的积累。正巧，当时各行各业要求多下基层，他就主动请缨，经有关部门审查批准，来到了青岛的海军潜艇基地，当上了一名舰务兵。

青岛是一座美丽的海滨城市，红瓦绿树，碧海蓝天，迷人的汇泉湾海水浴场，雄奇的海上第一名山——崂山，人们一般都要去观光游览。可这些丝毫引不起青年徐芑南的兴趣，他百倍珍惜这次"当兵"的机会，一步也舍不得离开潜艇基地，一共三个月。至今回想起来，徐芑南仍然觉得这是他人生中一段非常重要的时光："我终于知道我干的是什么、该怎么干了，连看图纸的感觉都大不一样了。"

当年轻的徐芑南开始建立起对潜艇的认识并准备大干一场时，美国、苏联等国家已经开始向大洋深处进发了，载人深潜技术突飞猛进。1964

年，美国的"阿尔文"号已经能够下潜到 1829 米之深了。年轻的徐芑南着急啊，他在工作之余找了很多外文资料来看，从中寻找灵感和思路。可惜，不久"文化大革命"开始了，科技界受到冲击，混乱不堪。受到"白专路线"批判的徐芑南，对那些所谓革命行动敬而远之，把心思全放在"促生产"上了。

人手少忙不过来，很多时候，他一个人都要完成几个人的任务。从行车指挥、设备安装、实验测试，到写分析报告，一个人全包了，慢慢成了个"多面手"，这也锻炼了自己的才智。就在那非常年代里，徐芑南主持与创建了最大深海模拟试验设备群，以及潜水器耐压壳稳性试验技术。

严冬过后绽春蕾。

20 世纪 80 年代，陆地资源日益匮乏，人们把目光转向大洋——这个地球上最后尚未开垦的资源地。美、法、俄、日先后研制出 4000 米至 6500 米级的深海载人潜水器。而我国海洋工程也在大力发展，对潜水器的需求越来越迫切，徐芑南作为总设计师，带领中船重工 702 研究所等 5 个单位的技术骨干，成功完成了我国第一台单人常压潜水器和双功能常压潜水器的研制，达到当时国际同类产品的先进水平，填补了国内空白。

80 年代末，徐芑南被任命为船舶总公司总设计师，提出了赶超国际先进水平、具有光纤通信的缆控水下机器人设计方案及其技术途径，这就是以援救为主，兼顾海洋油气开发的大功率作业型缆控无人潜水器。90 年代初，徐芑南任我国第一台自行研制大深度无缆智能型水下机器人"探索者"号的副总设计师，以丰富的经验成功完成了总体设计和载体系统的研制。1992 年起，徐芑南受"863 计划"自动化领域首席科学家蒋新松之邀，担任了 6000 米自治水下机器人的总设计师，这是当今国际高新技术先进水平的反映，它可到达地球 94% 的海域进行考察。

"无人、载人，有缆、无缆……几乎所有种类的潜水器，我都做过了。唯

"蛟龙"号海试母船"向阳红09"船

一想做而没机会做的，就是大深度的深海载人潜水器。"徐芑南不无遗憾地说。

20 世纪后半叶，随着人类对资源的需求与日俱增，各国越来越多地把目光投向了辽阔无边的海洋。深海技术被认为是与航天技术、核能利用技术并列的高新领域，而深海载人潜水器则是海洋开发和海洋技术发展的制高点。1992 年，徐芑南所在的中国船舶重工 702 研究所向国家科委提出研制 6000 米级大深度载人潜水器的建议。然而，正像前面所说，因当时条件有限，申请一直未获批准。

1996年，花甲之年的徐芑南办完了退休手续，同老伴一起远赴美国，与儿子、孙子同住，准备安度晚年。他以为自己为之奋斗一生的梦想就此搁浅了。

徐芑南不曾想到，6年后，他便有机会重新披挂上阵，担当了7000米级载人潜水器的总设计师，带领一批中青年科研人员，在大时代中续写深潜传奇，成就了事业的深度和人生的高度……

机会总给予有准备的头脑，只要你永不放弃心中的梦想，并且决心为之奉献一切，它终究会有实现的一天。

肩负重任的702所

702所，是负责研制总装"蛟龙"号的中国船舶重工集团公司第702研究所的简称。这是一所功勋卓著、为我国航海事业做出重大贡献的科研院所。

它坐落在风光无限的太湖之滨——无锡。它依山傍水，逶迤绵延数华里，规模宏大、设施配套齐全，堪称船舶研究机构的远东之最、世界之前列。高大宏伟的科研大楼顶上竖立着八个醒目的大字：兴船报国，创新超越。

这个研究所有着光荣的历史。1951年建立于上海黄浦江畔，主要从事船舶及海洋工程领域的水动力学、结构力学及振动、噪声、抗冲击等相关技术的应用基础研究，以及高性能船舶与水下工程的研究设计开发。前面所说的吴有生、徐秉汉、徐芑南等著名科学家都在此工作。1965年总部搬迁至无锡，设有上海分部和青岛分部。

几十年来，702所坚持科技创新，成功研制了小水线面双体船、水翼船、援潜救生设备、高速游艇、潜水器等多种高科技产品，开发了 SHIDS（船舶水动力性能集成设计系统）等专用软件。许多科研成果已转化为产品或应用于船舶设计、建造和标准规范的编制中，为我国船舶和海洋工程事业做出了重要贡献。

他们建有功能齐全、配套完整的大中型科研试验设施近 30 座，设有两个国家级重点实验室，两个国家级检测中心，一个国家能源海洋工程装备研发中心和一个省级重点实验室，占地 1300 余亩，职工 1500 余人，其中拥有中国工程院院士 2 名，国家"千人计划" 1 人，"新世纪百千万人才工程"重点培养对象 2 人，国防科技工业"511 人才工程"学术带头人 2 人，享受国务院政府特殊津贴专家 42 名，省部级有突出贡献中青年专家 19 名。1978 年以来共获国家级等各级科技成果奖 600 余项，1997 年起连续获得江苏省文明单位称号。

2002 年 10 月 17 日，一向宁静的太湖之滨的 702 所大院里热闹起来了，来自北京、沈阳、武汉、南京、杭州、广州、青岛等地的科学精英云集这里，参加一个具有里程碑意义的会议。

在办公大楼庄重而宽敞的会议室里，国家海洋局副局长倪岳峰、科技部高新司司长冯记春、大洋协会秘书长毛彬、中船重工集团 702 研究所所长邵焕秋等领导，以及中国科学院声学所、沈阳自动化研究所、702 所、701 所等单位的科研人员济济一堂，怀着兴奋而激动的心情前来出席。

红底黄字的会标高悬在主席台上方："7000 米载人潜水器总体组和总师组成立大会"。原来，国家"863 计划"重大专项组、中国大洋协会已经正式下文批准两个组的组成人员名单，今天特意在这里召开正式成立会议。

总体组组长刘峰，成员徐芑南、万正权、张艾群、吴崇建和朱维庆。总师组由徐芑南任总设计师，万正权任副总设计师，王晓辉（沈阳自动化研究所水下机器人室主任、研究员）任控制系统副总设计师，朱敏（声学所副研究员）任声学系统副总设计师，吴崇建（701 所副所长、研究员）任水面支持系统副总设计师，刘涛（702 所副研究员）任结构设计副总设计师，胡震（702 所水下工程师、副研究员）任动力与设备副总设计师。

随着主持人一声宣布："现在请总体组成员上台领取聘书！"年富力强的刘峰第一个走上台，从毛彬秘书长手中接过大红的聘书，紧紧握手，转过身来面对会场，迎来一片热烈而羡慕的掌声。

可是，细心人发现刘峰只是笑了一下，很快就绷起了脸庞，当然随之绷起的还有他的神经和心弦。他心里清楚，这不是表彰或获奖的证书，而是一纸"黄榜"、一纸"军令状"啊！

如此重要的大会，可以说是"7000 米载人潜水器"重大专项启动仪式和誓师会（此时我们的国宝还不叫"蛟龙"号），而是通称"7000 米潜水器"，为何放在无锡的一个研究所内举行呢？

说来话长，其间充满了复杂的程序和传奇的故事——

这里，穿插一段我参观采访 702 所的亲身经历，读者可以跟随我去探寻一番：

2014 年 8 月 12 日，我随同"蛟龙"号从西北太平洋执行试验性应用航次归来。按照惯例，工作母船——"向阳红 09"船驶进长江，靠泊在江苏江阴市苏南国际码头，而后将"蛟龙"号卸载到大型载重卡车上，通过公路运回位于无锡的中船重工 702 研究所。现场指挥部和临时党委在这里召开航次总结会、评审会，各路随船工作的科研人员就此下船返回原单位。

这是每一次"蛟龙"出征都要例行的程序。因为她的"娘家"就在702 所的水下工程实验车间里，从最初画在图纸上的一点一线，到一个个零配件组装到框架里，都是由总设计师徐芑南领导下的工程技术人员一步步"立"起来的。就像一个小小的胚胎，在母亲的子宫里，依赖滋养茁壮成长。每一次出海试验之后，再回到这里休整补充，等待下一次远航。

按照大洋协会的安排，我早就计划专程前来无锡702所参观采访。是啊，要想写好"蛟龙"号，不亲眼看一看她的诞生地，不亲身体味一下"娘家"的气息，那怎么行？正好接"蛟龙"号回家的车队来了，我立即决定跟随他们前往702所。总指挥刘峰和临时党委书记刘心成得知了我的想法，面露赞许之意："许老师你太敬业了！在海上熬了这么多天，不先回家看看歇两天，马上就进入新的采访啊？"

"呵呵，主要是你们的敬业精神感动了我，我想抓紧时间多了解些情况。要不然，回到青岛还得再返回无锡，那就多跑一趟，没必要。再说我家老夫老妻了，不像小青年那么黏糊了！"

在他们的支持联系下，我整理好行李箱，跟随前往迎接"蛟龙"号的副总设计师胡震，乘车来到了当年"7000米载人潜水器"项目的大本营——中船重工702研究所。胡震刚过不惑之年，现任702所水下工程室主任、研究员，也是一位培育"蛟龙"并在历次海试中立下汗马功劳的功臣。这一次试验性应用航次，他培养出来的学生完全胜任了，就没有随同出海。可"蛟龙"号的出征与返航，他都是要在第一时间送行和迎接，亲自指挥着装卸工人小心翼翼地吊装潜水器。我在等待他的时候，观察到他看"蛟龙"号的神情，完全就像一位父亲看自己的孩子一样……

当天下午，我们的车驶进了702所的大门。一排长方形的灰白色建筑赫然矗立，中间一条长长的镶嵌着浅蓝色玻璃窗的走廊连接，宛如巨大的轮船造型，墙体上标记有中船重工图标和"中国船舶科学研究中心"字样，背后是青翠欲滴的山峦。胡震主任告诉我："这是我们所在无锡滨湖区的新址，依山而建！总装'蛟龙'号的车间就在办公楼后边。"

"好啊，那我先去参观一下吧。"作为一名报告文学作家，我来到心仪已久的现场，如同探矿者发现了矿苗一样，十分兴奋，恨不得马上亲临其境。

"用不着那么急，所里安排了，明天派人陪同你参观、联系采访。今天王飞局长也来所里视察工作了，晚上翁所长请你们一起吃饭。"

"太好了！我正好都采访一下。"

国家海洋局副局长、党组成员、中国大洋协会理事长王飞，也是"蛟龙"号海试领导小组组长，数年来呕心沥血，为海洋事业和"蛟龙"号的成功做出了巨大贡献。2014 年春天，我专程去北京采访了他，一见如故。他是我的山东老乡——潍坊寿光人，早年毕业于山东海洋学院（现中国海洋大学）海洋水文气象系海洋水文专业，母校老师淡泊名利、甘于奉献的崇高品格，求真务实、严谨治学的优良作风和勇于探索、开拓创新的科学精神给他留下了深刻的印象。

晚上，在 702 所食堂一间餐厅里，我们高兴地相见了。王飞局长用力握着我的手说："好啊，你精神状态不错嘛！在海上漂了 50 多天，晕船了吗？感觉怎样？"

"我还行，可能当过兵吧，身体不错，没感到晕船。这一次参加出海科考，收获太大了，回来我得慢慢消化。"

"我们在北京时时关注着，看到下潜成果，就很兴奋；看到台风来了，就很揪心。作为作家，你是第一个亲临'蛟龙'现场的，经受住了考验，就凭这一点，我觉得你会写好这部作品的。"

"谢谢局长关心和信任！我一定加倍努力，争取不负众望，为'蛟龙'团队，也为海洋强国梦写出一本大书来。"

同时，中船重工 702 所的现任所长、博士生导师翁震平，水下工程研究室总支书记侯德永等人也都与大家见面握手，亲切交谈。翁所长毕业于哈尔滨工程大学，已在 702 所工作了 30 多年，2007 年就任所长后，从科研体制改革、确定科研方向以及整合相关资源，到不拘一格选拔人才，宣传科研项目，为了推广与合作而奔走于全国各地，为保障 702 所可持续发展功不可没。尤其是在"蛟龙"号研发与海试中，他与党委书记蔡大明一起带领全所给研发提供了坚实的保障。侯德永书记更是"蛟龙"号的直接参与者，曾任海试现场指挥部办公室副主任，尽心尽力。

对有心的作家来说，任何时候都是体验生活、积累素材的过程。一顿晚餐，又使我了解到一些关于"蛟龙"号的故事。第二天，702所党群办刘洪梅副主任专程陪同我参观、采访。说来也巧，她原籍也在山东，大学毕业后跟随着爱人的脚步来到了无锡，见到我这个山东作家犹如家乡的亲人，热情有加，积极帮助联系有关事宜。就这样，我来到了具有"'蛟龙'号之父"之称的总设计师、去年光荣当选中国工程院院士的徐芑南的办公室——只要不出差开会，他每天都要来这里上班。

这是一间宽大的总师办公室兼设计室，摆满了书柜、写字台、画图板、电脑等物品。最令人眼前一亮的是：写字台桌面上摆放着一只小小的精致的"蛟龙"号模型，旁边还竖立着一面"'蛟龙'号海试队"的旗帜。看得出来，"蛟龙"号是我们的主人公时时刻刻情牵梦萦的掌上明珠，确实如同自己的孩子一样。

当时，徐芑南和他的夫人方之芬正准备外出，见我来了，微笑着握手让座，只是抱歉地说："今天有事情，不能多谈了。咱们再约时间吧！"

"没关系，我就是想先见个面，看看你的办公室，等你不忙时再详细谈。"

徐芑南院士已经78岁了，一头华发梳得整整齐齐，一副高度近视眼镜保护着积劳成疾的眼睛，但精神矍铄、思维敏捷，一派学者风度。方之芬女士既是他的生活伴侣，又是他的工作助手，实则这是他们两个人的办公地点。自从重新"出山"加入"蛟龙"号研发团队以来，夫妇二人就在这里与整个"龙之队"一起，迎接了一个个挑战，收获了一个个喜悦，度过了一个个难忘的春秋。

告别了徐芑南夫妇，我在洪梅主任的陪同下，专程前去参观"蛟龙"号的总装车间。那是办公大楼后边的一座红砖旧厂房，属于水下工程研究室，里边不允许拍照摄像。中间停放着刚刚远航深潜归来的"蛟龙"号，舱盖打开，准备检修保养，犹如一名满身征尘的战士，卧在这里静静地休息。两边是行车、脚手架、工具台等，与一般的车间大同小异。

我站在门口，感慨万千地凝望着眼前的一切，心中如同涨潮的大海一样，波翻浪涌，久久不能平静。哦！我曾随"蛟龙"去探海，今天又在它的家里见面了——这里不豪华也不富丽，甚至有些简陋，可恰恰就在这里，中国大洋协会、702所携手我国百余家科研机构和企业，打响了深海技术领域的攻坚战，一举使中国的载人深潜到达了7000米海底！创造了当今同类型载人潜水器的世界纪录！这不能不说是一个令世人震撼的奇迹。

蓦然，我的眼前闪过一个个镜头，当年联合会战的场景又如同《清明上河图》一样地展现出来……

7000米载人潜水器立项之初，我国曾研制过的载人潜水器只有600米。从600米到7000米，这是一道很难跨越但必须跨越的天堑。根据设计方案，项目领导小组和总体组明确了分工：中船重工702所负责本体设计加工、组装联调，中国科学院沈阳自动化所负责自动化装置，中国科学院声学研究所负责水声通信设备，中船重工701所负责水面支持系统，国家海洋局北海分局负责试验母船改装。此外还有725所、6971厂、青岛海丽雅集团、河南新乡电池研究院等单位组成的攻关团队，开始了"蛟龙"号的研制之路。

其中，以徐芑南总设计师为主的702所水下工程研究室，承担着潜水器本体成型以及组装联调的重任。从方案的初步设计、详细设计，直至一步步落到实处。也就是说：7000米载人潜水器最终要在这里诞生、长大成人。这样，就不难理解科技部、海洋局为什么要把誓师大会一样的启动仪式放在702所召开了！为此，702所专门组成了"7000米载人潜水器"领导小组和办公室。全所一盘棋，合力攻难关。

"拿任何一个任务前，我都要做足够的思想准备。能不能做好？怎么才能做好?"多年以后,徐芑南在接受采访时,脸上浮现出一丝不易察觉的严肃,眼神也随之变得沉稳深邃起来,"这是一项系统工程,完成这样一项工程,在我看来最重要的是八个字:全局观点,统筹兼顾。"

这八个字说来简单,实施起来难度却非常之大。总师徐芑南从容应对,调动起自己全部的人生智慧和积累,与所内吴有生、徐秉汉等专家学者密切探讨,利用大家丰富的经验,严格遵循"设计理念、专家咨询、样机试验、实物考核"的研制程序,确保"下得去,能干活;上得来,保安全"的总体设计理念充分落实。

一个潜水器有多个分系统,即使每个分系统单个都做得很先进,放在一起却未必会拼成一个性能优良的潜水器。所有系统之间一定要相互配合、相辅相成才行。当时最大的困难是缺人。702所的水下工程研究室正处于人才青黄不接的"断档期"。可是,要研制"蛟龙"号,总师班子就需要好几个人:总设计师、副总设计师、总质量师……除此之外,深海潜水器的分系统有12个,每个都需要主任设计师。而且,由于国外技术封锁,从最初设计到最终海试,都得自己闯。这支研发团队怎样搭建呢?

这次,徐芑南所花费的心血,比以前所任的总师要多上几倍。"总师重要的是做好顶层设计,但更重要的是在实战中带出一支年轻的队伍。"说这话时,徐芑南俨然是运筹帷幄、决胜千里的统帅了。他与第一副总师、702所副所长崔维成商量,将几位已经退休的老研究员请了回来当顾问,又加紧培养年轻人,并让他们担当重任。他说,年轻人有干劲,但需要指点,总师一定要让他们领会要干什么、怎么干。

然而,研制7000米的载人潜水器,整个本体组只有徐芑南总师在国外参观过潜水器,但也没有参加下潜。其他人还只是从照片上、视频资料里看到过,真正的潜水器内部是什么样,没人知道。为了让大家首先有个基本了解,徐芑南听说浙江大学的陈鹰教授曾去日本访问,进入过"深海6500"号潜水器里边,便组织各系统的主任设计师们,如胡震、刘涛、叶聪、程斐等人前去拜访。

由于大家都想多了解一些情况，各自准备了很多问题，有的用 A4 纸打印出来几大张，十几个人组团结队地奔赴西子湖畔，团团围住陈鹰教授，七嘴八舌地询问。开始，陈教授还吓了一跳，以为出了什么事情呢，继而他就释然了，为这些科学同行的探求精神所感动，便尽自己所知来了个"竹筒倒豆子"，和盘托出。

"你们看，这是我拍的'深海6500'照片，外观与'阿尔文'差不多，只是这几个地方有些改动……"

"那他们的巡航设计采用什么原理呢?"

"内部电力系统是如何分配的?"

分工不同的设计师们最关心本专业信息，连珠炮似的发问。

"这个……说实话，当时我没想到咱们这么快也搞起来了，就没在潜水器身上多留心，只是专注于我的研究方向了。"

"那请陈教授多讲讲印象深的观感吧!"

"好好!"陈鹰结合着当时拍下的一些图片，尽量回忆、介绍着……

尽管杭州之行收获不大，但还是给702所的来访者们一定的感性认识。回来后，他们便在徐芑南、崔维成等人的领导下，经过热烈而细致的讨论，分头考虑自己的方案，然后制作一个"1∶1"木制模型，将它平卧在那座红砖车间里。

各个分系统的设计者们就围绕着这个"假家伙"，一点一点地摸索着、研讨着，有时皱着眉头瞅上半天，茶饭不思;有时陷入针锋相对的争论，面红耳赤。

"龙之队"，这是人们授予徐芑南为总师的研制团队的"集体称号"。打造出一条地地道道的"中国龙"，是这个团队更是中国人多年的心愿。然而，实现这个梦，横亘在前边的难关一个接一个，"龙之队"的人们真是"压力山大"啊！

——根据压强计算公式，水深到达 7000 米，压强会达到每平方厘米 700 公斤，即每平方米要承受 7000 吨的压力。陆地上坚固的钢板，此时变得像纸片一样"软弱"，听任海水挤压折叠。什么样的材料，才能让"蛟龙"在水下成为一条真正的中国龙？

——与太空空间站可利用太阳能不同，深海潜水器在海底只能靠自身携带的能源。浸泡在可以导电的海水中，潜水器的能量之源——电池系统需承受的考验更为严苛。

——整个潜水器上的电线电缆多达几百根，有些故障只有在深海几千米的水压下才会发生，等潜水器返回，电缆状态已经改变，很难再排查故障。

…………

"一块块难啃的技术骨头"背后，是数不清的尝试、挫折、改进和提高。

钛合金结构，此前没有做过，没有规范和标准。为确保水下 7000 米的安全，他们按照 1 万米水深的压强来进行设计。钛合金强度高，每打一个孔都非常困难，但整个结构上仅 M6 螺丝孔就得打 700 多个。壁薄，开不了几牙，螺丝很难吃牢。为解决这个难题，有着丰富经验的师傅想得头发都白了……

多年后，徐芑南回忆说："这台潜水器有 12 个分系统，每个分系统都有自己的难点，每个问题都必须解决，不能有短板。我们通过不断地仿真分析和模型实验，实现了 12 个系统在技术上的无缝对接……"

就这样，为统筹组织好载人潜水器 12 个分系统的工作，他根据以往的工作经验，通过与其他技术、管理人员的研究实践，进一步提高了输入、输出、约束、支撑四要素分析法，协调和固化各分系统之间的技术接口和管理接口，将每一个分系统的时间节点、约束条件、支撑性能串连起来，制成表格，按表工作，大大提高了效率和质量。

众所周知，载人潜水器要想在海洋中自由上下，按常规就必须有足够的能量来源，但这无疑会增加潜水器的重量，而增加重量必然会影响整个潜水器的技术指标，怎么办？

最后，设计师们把宝押在了"深海潜水器无动力下潜上浮技术"上。

徐芑南说："我们在潜水器两侧配备4块压载铁，重量可根据不同深度与要求调整。在下潜过程中，压载铁使潜水器具备负浮力，按照一定速度下潜；当潜水器到达设定深度时，可抛弃其中2块压载铁，使潜水器基本处于零浮力悬停状态，保持在这个深度上实现作业，包括航行、拍照、取样等；当任务完成，再抛弃另外2块压铁，使潜水器具备正浮力，按照一定的速度上浮，到达水面。"

按照这样的设计，"蛟龙"号载人潜水器最快下潜上浮速度是每分钟42米，也就是说到达7000米海底大约需要3个小时。然而，即使下去了，直接面对的就是复杂的海洋环境，7000米深海区，要求载人潜水器上的所有设备都必须承受相当于70兆帕的深海压力，并且耐得住海水的腐蚀。

此外，还要有高超的语音、文字和画面传输的技术，在深海潜水器内部配备完善的水声通信系统、水声定位系统和视频系统、自动化控制系统等。这些都需要我们的"龙之队"精心设计、密切配合，才能获得成功。

整整五年的时间里，四面八方的有志之士会聚无锡。整个702所全力以赴，除了本体组的人们天天忙碌在设计室、车间里之外，还有中国科学院声学所、沈阳自动化所等单位的科研人员，也一连几个月"蹲"在这里上班，以至于传达室的保安员、食堂里的炊事员，以为他们已经调到本单位工作了，熟悉地叫着他们的名字。

按照中国特色的"土办法""攻坚战"，这台充满中国人智慧和精神的深海载人潜水器，一点点成型，一步步壮大，越来越像样地矗立在702所的车间平台上……

北京、上海、伦敦……

双管齐下，兵分数路。

与此同时，另一条战线的同志们同样在紧锣密鼓地拼搏着。

自从启动仪式举办过之后，设在北京的"7000米载人潜水器"总体组就开始了紧张而繁忙的工作。几位成员分工把口，齐头并进：

徐芑南、崔维成负责潜水器本体设计和组装联调，吴崇建带领701所余建勋等人负责水面支持系统，张艾群、王晓辉在沈阳自动化所负责研制潜水器控制，朱维庆指挥学生朱敏等人研发水声通信设备。而组长刘峰则如同一部大片的总导演一样，总体通盘考虑，负责整个潜水器从设计制造、材料经费到培训人员、海试验收等工作，上对科技部、国家海洋局、大洋协会、"7000米载人潜水器"重大专项领导小组，下对分布在全国的各路攻关大军，横向与各有关单位联系协调，以及负责与国外合作的谈判与签约，简直就是一位"总舵主"。

据不完全统计，参与研制单位达到了103个，涉及北国江南的研究所、高校、公司企业等，分为四大系统，也就相当于四个方面军。一是潜水器本体研发试验；二是水面支持系统——包括母船改造与布放设备；三是潜航员系统——这是载人潜水器重要的一环，从招收到培训；四是应用系统——潜水器研发出来，要考虑怎样去应用，由谁管理维护经营。后来衍生出国家深海基地管理中心。四大系统缺一不可，只有把它们有机地衔接起来，才能使载人潜水器真正发挥作用。而这正是总体组的重任。

进入2003年以来，人们的研发热情和办事效率空前高涨，整个工作进程明显加快了：

2月24日，中国大洋协会与科技部"863计划"自动化领域办公室正式签订《7000米载人潜水器研制合同》。

2月26日—27日，7000米载人潜水器方案设计通过了由国家海洋局在北京组织的专家评审。

4月4日—5日，7000米载人潜水器本体子课题，通过了由大洋协会在北京组织的专家评审。

7月31日，大洋协会、总体组分别与中船重工702所、中国科学院沈阳自动化所、声学所签订了子课题合同。

8月30日—31日，《7000米载人潜水器本体研制的初步设计》，通过了国家海洋局在无锡组织的专家评审……

这里显示的仅仅是某月某日、具体什么工作和任务，以及哪些人参加做了什么事情，表面上看轻松简单，有条不紊地按计划进行，实际上每一项工作里都饱含着太多的酸甜苦辣、喜怒哀乐。

下面，笔者根据深入采访讲几个小故事，从中可了解他们遇到的困难和工作状态——

"舍命陪君子"

这天晚上，北京一座星级酒店包间里，正在举行一场别有意味的晚宴。

一方是中国大洋协会、"7000米载人潜水器"总体组的成员。有大洋办副主任、总体组长刘峰，中方代理商等人。另一方是以俄罗斯圣彼得堡克雷洛夫船舶研究院院长拉维奥罗夫院士、副院长彼拉也夫教授为首的俄方人员。

"干杯！尊敬的院长，中国有句古话：买卖不成仁义在。我们还是朋友。请干杯！"

"好好，话是这么说，但是我们都很忙，不是专程来喝酒的……"

尽管中方上的是国内最好的高度白酒，主陪副陪们也在不断地敬酒，可俄罗斯人总是打不起精神来，只是闷着头大口大口地喝酒。

事情起因于一场不欢而散的谈判。

我们的载人潜水器走的是一条自主设计、集成创新的道路，站在世界高科技的前沿，到国际市场上购买材料、委托加工，完成自己的设计理念。这样就比等待国内工艺材料都达到先进水平再做快得多。这在当今各国科技界都是非常认可、惯用的一种方式。其中，载人球体需用钛合金制造，强度大，重量轻，且耐高压耐腐蚀。经过反复权衡对比，总体组决定请具有高超工艺和成功经验的俄罗斯克雷洛夫船舶研究院加工制造。俄方的"和平"号深海潜水器就是他们的产品。为此，以刘峰为团长的大洋协会代表团数次前往俄罗斯访问、洽谈，终于在价格、标准、工期等方面有些眉目了，便邀请他们前来北京最后敲定、签字。

由于历史和现实的原因，俄方专家愿意与中方合作，共同研制开发深海载人潜水器。他们一行七人，包括两位院长高高兴兴地来到中国，经过一周的友好磋商，就所有合作细节比如付款方式、交货日期等都达成了协议。大洋协会办公室决定利用召开常务理事会之机，搞一场正规而热烈的签字仪式，大造声势，为全面建造中国深海载人潜水器开一个好头。不料，计划报到有关部门，却卡壳了："立项还在走最后程序，先不要签。"

一句话，让具体参加谈判的总体组很为难：技术上都已经谈妥了，总不能在国际合作中失去信誉吧？可又不能告诉俄方实情，只好采取拖的办法，请他们去参观或者休息。一天过去了，两天过去了，还是没有回音。人家看出是中方出了问题，在一次例会上，拉维奥罗夫院长一摔笔记本，脸色不悦地说："不谈了，我这个院长，还是俄罗斯科学院院士，国内还有许多工作呢，没有时间在这里空等。马上订明天的机票回国。你们如果有诚意，就到圣彼得堡来谈吧。"

稀里哗啦，几位俄罗斯人拉开椅子，起身要走。这可使中方人员有点着急了，因为好不容易谈好了合同，各方面条件都有利于中方，过了这个村就没这个店了。如果不能及时签字生效，时过境迁，难以预料，那就可能影响载人球舱的制造，进而会拖整个潜水器的研制后腿。刘峰与在座的同事们互相看了看，不甘心就此作罢："对于这种情况，我们十分遗憾也很抱歉。你们明天要走，今晚我们请各位吃饭，也算是饯行吧。"

此话合情合理，俄方人士尽管心中不快，也不好推辞："好吧！"

一场表面热烈而实则尴尬的宴会就这样开始了。刘峰和中方代理商作为东道主不断地向客人劝酒："来来，多喝点，这酒还是不错的，不管怎么说，咱们还都是朋友嘛！""是啊，是啊。来，干杯！"俄罗斯人大多有酒量，也喜欢中国的白酒，看到陪同人员如此客气，慢慢缓解了情绪，一杯一杯地干了起来。为了表示主人的诚意，几位中方人员不管平时酒量如何，也都"舍命陪君子"了。

酒过三巡，菜过五味，气氛愈加热闹了，刘峰决心再争取一下，斟满了一杯白酒，悄悄将院长拉到一边："我个人再敬你一杯，瞧，干了！"一仰脖子，足有一两的酒热辣辣地灌了下去，由于已经喝了不少了，加上急了点，眼泪差点激出来。拉维奥罗夫感动了，也毫不犹豫地干了，一亮杯子，两人笑了起来。刘峰接着说："院长啊，你们先回国，能不能让你的副院长留一留，再等等看，好不好？"

铺垫做好了，一切顺理成章，拉维奥罗夫爽快地点头了："可以！就让他晚走两天吧。"

最后，双方喝得痛快淋漓，一个个摇晃着走出了餐厅。俄方人员好说，就在本饭店里住宿。而刘峰和代理商送走了客人，互相搀扶着不知从哪儿出了门，一溜歪斜地竟找不着自己的车了。一个说："我……记得在东边。"另一个说："不不……在西边……"冷风一吹，差点吐了出来，两人只好赶紧上大街各自打了一辆出租车回了家。

第二天，刘峰来到办公室见到单位的司机，劈头就问："你车停哪儿了，怎么不等我们就走了？"

司机揉揉眼睛，责怪地说："还说呢，我就在你们下车的地方整整等了一夜，也没见个影子啊，我还纳闷呢，难道你们没走？"

幸亏这一顿昏天黑地的"大酒"，最后挽留住俄方副院长彼拉也夫又等了三天，程序终于走完了，传来好消息："合同可以签了！"

事不宜迟，得到消息已经是下午5点多了，刘峰马上组织有关人员加班加点做好准备工作，连夜举行签字仪式。就在俄方人员所住的饭店里，临时布置了一个主席台，拉起一条横幅：中俄合作加工潜水器载人球舱签字仪式。正式开始时，已经是凌晨1点多了，可在场人员没有一丝睡意，刘峰代表中方，彼拉也夫代表俄方，万正权、中间代理商和几位工作人员作为见证人出席。当双方郑重签完字，交换合同副本时，响起几下不多却很响亮的掌声。

原本计划中的仪式应该轰轰烈烈的，现在虽说显得有点冷清，却是经历了几次三番磨难，来之不易啊！这一签，7000米载人潜水器最关键的部件落实了，其他均可正常推进。在北京、无锡、圣彼得堡来回跑的当事人刘峰感慨万千，拿协议文本的手不由得有些颤抖……

有惊无险

在重量轻、强度高方面，深海潜水器除了钛合金球舱之外，还需要一种优质的浮力材料，使其在水中具有超强的浮力，便于完成工作后迅速上浮。经过在国际市场上反复比较、遴选，总体组选中美国一家公司生产的浮力材料。

这种产品主要取材于玻璃微珠聚合物。玻璃微珠是近年来发展起来的用途广泛、性能特殊的新型材料。它由硼硅酸盐原料经高科技加工而成，具有质轻、低导热、较高的强度、良好的化学稳定性等优点，表面经过特殊处理后，容易分散于有机材料体系中。现已广泛应用于人造玛瑙、大理石、玻璃钢保龄球等复合材料及高档保温隔热涂料中。

7000 米载人潜水器使用这种浮力材料，密度小，重量轻，整体性能优越，与其相配套的水面支持系统和整体布局也就愈加简便。为了达到物美价廉的目的，总体组以刘峰组长为首的专家们，与美国这家公司进行了十分艰苦的谈判，承诺不用于军事、不转让第三方，终于达成协议。

不料，出口这种材料却没有通过美国政府出口许可审查。美方出口审查小组，对合同仔细审查。最后得出一个结果："你们给中国人的材料太好了，有可能做军事用途。不行。必须降一个等级出售。"

那家公司负责人只好找到中方，双手一摊说："没办法，我们只能服从政府的决定。"

这可不行！这一来比重太轻，强度不够。要抗 7000 米海水压力，又要有浮力，就可能在海底被压坏渗水，刘峰他们十分着急，据理力争。但对方只是耸耸肩，表示爱莫能助。经过紧急磋商，中方为了不影响大局，决定接受现实，但这对潜水器整体设计产生了很大影响，如按原设计，潜水器将浮不上来。这样就需要马上启动另一个方案，更改设计，增加浮力材料。向美方公司提出："材料等级降低了，价格也应该降下来。"

"No（不）！No！"对方把头摇得像个拨浪鼓，看得出来，他们吃定了中方急需这种材料，而国际市场上别无二家，"价格不能降，你们不要就算了。"

人在屋檐下，无法不低头，谁让你自己没有这种产品呢？过去说，落后就要挨打。现在看，落后还要受气。可为了早日拿出自己的潜水器，忍了吧。最后按原价执行了合同。

一波刚平，一波又起。按计划，由于国内工艺水平有限，这种材料需运到英国，按照中国的设计方案加工成材。签字后，美方也没有食言，分两批将浮力材料运往英国。第一批顺利完成交货，而第二批却遇到了麻烦。美国人还是冷战思维在作祟，竟通知英国方面："你们要认真检查，这种材料是不是超标了。"

英方一听紧张了，马上采取行动，将已经运到伦敦希思罗机场的货箱扣下，不准转运到工厂去，等待检查结果。消息传到北京，负责此事的总体组长刘峰坐不住了，立即上报主管领导，得到一句话：马上出国解决，尽快促成英方按照合同规定的期限交货、发运。他用最短的时间办妥手续飞往伦敦，首先找到中国驻英大使馆科技参赞，简要汇报并请求帮助："快想想办法吧，老兄！这么扣在机场，可真耽误事了！"

参赞略一沉吟，说："如果已经进入检查程序了，是不能取消的，我们只能抓紧协调，请他们加快进度。咱们先去看看吧。"

两人马不停蹄地驱车赶往机场，查看美国发来的材料。好家伙，英国人真是雷厉风行啊，已经派人在货箱上钻洞取样，拿到研究室去化验了。在科技参赞的积极沟通协调下，他们终于缩短了审核过程。不到两个月，根据化验结果——完全符合要求，及时召开了听证会，批准放行。

有惊无险。谁知，其他货品却在我们国内机场又遇到了麻烦……

提不出来的"货"

上海浦东国际机场，繁忙而有秩序。

这天，一架来自俄罗斯圣彼得堡的客货两用班机飞临浦东机场。漂亮的流线型机身轻盈地掠过蔚蓝色的天空，从地面看，犹如一条硕大的鲨鱼畅游在海洋里。在塔台的指挥下，安然降落下来滑往停机坪。

地勤人员驾车飞快地围拢过去，卸运货品、检修加油。

前来提货的人们手拿货单，焦急地拥挤在海关窗口。不知过了多长时间，忽然传来一阵争执声：

"哎，这是怎么说的，我们为什么不能提货？"

"因为你们没有完税单！"

"不对啊，这是国家'863计划'高科技项目，不需要交税的。现在研制单位急需这批零部件，不然就耽误整个项目了。"

"那也不行。我们没接到有关方面通知免税，就得交上税才能办手续。"

哎哟哟，提货人磨破了嘴皮子也不管用，急得满头大汗。这正是7000米载人潜水器项目组前来提货，却遭到了"扣压"。事情紧急反映到北京中国大洋协会总体组，又把刘峰推到了第一线。

原来，我们采取的集成创新路线，所有在国际市场上采购加工的材料、部件，均需经上海浦东国际机场运进来，再转到各设计制造单位去。

谈判时好不容易费尽口舌争取来的工期，却可能因为无法顺利提货而耽搁了。另外，863项目的研发经费本来就非常紧张，根本没有考虑关税款项，项目承担单位也无力支付这笔税款。

按说，人家海关、机场尽职尽责没有错，问题出在当初制订863高新科技计划时，没有写明"凡是属于国家重大专项的可以免税"这一条，结果造成了今天的麻烦。然而，负责总装联调的702所，还在眼巴巴地等待这些材料呢，不然就得停工待料了。特别是载人球舱，所有的零部件均需安装固定调试。刘峰他们抓紧找科技部高新司，做了详细的汇报……最后事情报到了国务院。

有关领导当即表态："当然要快办，不能耽搁。"

这个问题最终得到解决，海关根据国务院专题研究的方案，特事特办，全部予以放行了。702所的车辆终于拉着潜水器部件返回车间。终于，"蛟龙"号进入总装联调的阶段。

中国有了深海潜航员

载人潜水器，顾名思义，就是需要人来驾驶操作，并且载着科学家或探险人员深入海底的。不然的话，即使制造出来潜水器，也无法使用，连最起码的海试都试不了。

这在7000米载人潜水器立项之初，就是需要解决的四大系统之一。然而，当时的中国大陆，连真正见过深海载人潜水器的人都很少，更别说潜航员了。一切都需要白手起家，从零开始。

紧锣密鼓。总体组在抓紧进行潜水器本体研发制造的同时，也把潜航员的选拔和培训提上了日程。2004 年 1 月 12 日，大洋协会发出了第 1 号文件：成立了载人潜水器驾驶员选拔专家组，刘峰任组长，史振耀任副组长，尹开连、魏金河、滕征光、李士明、陈鹰、冷建兴、彭利生为成员。

首先，要有能够承担海试任务的试航员，他们既能完成研制潜水器的全部程序，又像一颗优良的种子，生根开花陆续蔓延。刘峰组长利用去美国参加"全球地质大会"的机会，专程找到伍兹霍尔海洋研究所，洽谈中方人员利用他们的"阿尔文"号潜水器，到深海中去下潜体验的事宜。

伍兹霍尔海洋研究所，是美国大西洋海岸的综合性海洋科学研究机构，也是世界上最大的私立非营利性质的海洋工程教育研究机构。其前身是 1888 年在伍兹霍尔建立的海洋生物研究所。第二次世界大战期间该所大量接受海军任务，研究力量迅速增强，设有海洋生物学、海洋化学、海洋地质学和地球物理学、物理海洋学以及海洋工程 5 个研究室。拥有 4 个大型实验室、4 艘研究船、"阿尔文"号潜水器、电子显微镜中心和计算中心等。1957 年以后，积极参与国际印度洋考察等国际海洋科学活动，研究课题广泛，涉及海洋基础学科和海洋工程各个方面。在海洋生物研究、深海大环流模拟等方面取得了重大成果。

它是国际上公认的深海研究权威，其"阿尔文"号深海载人潜水器不仅在发现海底热液、冷泉生物群方面功绩显赫，也为世界各国科学家提供了深海平台。

刘峰来到这里与所长、首席科学家 Susan Avery 先生，进行了友好坦诚的洽谈，达成了"中美联合深潜"项目协议：中方计划派出 8 名海洋科学家、工程技术人员，搭乘"阿尔文"号下潜 4 个潜次，深入海底科学考察，同时体验、学习潜水器的操作运行，并承担下潜母船航度费用。

大功告成，刘峰高兴地打道回府，向国家海洋局和中国大洋协会领导汇报后，立即通知全国有关部门做好准备。特别是负责 7000 米潜水器本体研制的 702 所，选派第一代试航员赴美培训。就这样，年轻有为的小伙子叶聪走上了研发"蛟龙"号的前台。

叶聪

叶聪是湖北黄陂人，出生于 1979 年，像所有聪明的男孩子一样，上学之余总有过剩精力"调皮"。他家住得离黄陂河不远，经常与小伙伴们跑去玩水，尤其喜欢摆弄舰船模型，《舰船知识》是他最爱的杂志之一。1991 年夏天，连续的暴雨使黄陂城内严重积水，妨碍了人们的出行。正在大家着急的时候，少年叶聪从附近的工地找来搭建脚手架的竹篙，用绳子编成了一个竹排，在积水中撑行接送被困住的人们："上来啊，叔叔阿姨，别看这'船'小，可不会湿了鞋。"

这一举动赢得大家的一致好评："好小子，将来能当个造船工程师。"

这大概是后来的深海潜水器主任设计师兼首席试航员叶聪的第一个设计成果了！"从小看大"，这话有一定道理。1997 年 7 月，他在家乡名校黄陂一中参加了高考，取得了高出重点线 10 多分的好成绩，填报第一志愿时，他毫不犹豫地写上：哈尔滨工程大学船舶工程专业。

多年后，叶聪笑着对记者说："相比而言，我动手能力更强一些。上课喜欢走神，高考分也并不高，同学中分比我高的多了去了。千万别说我是学校的尖子生啊，要不然我那些同学会骂我的。"

就是这样一个喜欢动手的学生，2001 年毕业双向择业时，谢绝了某些大单位的聘任，来到了位于无锡的中船重工集团 702 研究所。一是这里离湖北老家近一点，孝顺的他可常回家看看；二是专业对口，特别是可以从事自己喜欢的船舶设计。生逢其时，叶聪参加工作第二年，就有幸参加了

"7000 米载人潜水器"的研发项目，在徐芑南、崔维成等专家老师们带领下拼搏攻关。甚至可以说，他就是跟随着"蛟龙"号从图纸到海试、应用，一步步成长起来的。

年纪轻轻被赋予重任，对这一代大学生来说既是挑战，又是机遇。叶聪担任了潜水器本体主任设计师之一，负责编写、绘制设计报告、计算书、说明书和设计图纸，并参与总布置以外的潜水器结构、推进、观通导航和控制、水声、水面支持等分系统的设计工作。在老专家们的教导指挥下，他干得井井有条。按照一般规则：设计师应承担试航任务——自己设计的潜水器首先自己敢下。7000 米项目总师徐芑南年事已高，不可能下潜，作为他的学生叶聪当仁不让，第一个报名担当试航员。

经过综合选拔、短期培训等，最后只有五人顺利取得了签证。以科学为己任的伍兹霍尔研究所感到为难，来电询问："人员大打折扣，有些项目无法实施，还做吗？"

"做！哪怕只剩一个人，我们也做。"负责此事的刘峰咬紧牙关，斩钉截铁地回答。因为对于渴望走向深蓝的中国人来说，任何一点学习机会都很重要。

"2005 年中美联合深潜"项目人员名单就这样定下来了：中船重工702 所的叶聪、黄建诚，同济大学的彭晓彤，沈阳自动化所的郭威和浙江的张佳帆。彭晓彤教授任领队。2005 年 8 月上旬，他们接到通知带上行装赶赴北京集合，准备赴美执行体验学习深潜计划。

不料，正当大洋办为参训人员开了欢送会，第二天就要登机出发时，一个来自美国伍兹霍尔研究院的加急电话又打到刘峰的手机上："尊敬的刘先生，我们遗憾地通知你：这个航次还有问题，我国政府要求必须有中国政府的正式照会，不然不能执行。"

"啊！怎么能这样？我们的人员签证都办好了，马上就要出发了……"当时，刘峰刚刚下班回家，闻听此言，"嗡"的一下，头都大了。

"是的，我们也很抱歉。不过，如果在周日前发来照会，还是来得及的。"

原来，"阿尔文"潜水器属于美国海军，由伍兹霍尔研究所代管。美国军方得知了这个联合深潜项目，冷战思维又作怪了，怀疑中国以科学合作的名义，用作军事方面，紧急踩了一脚刹车。

"周日？"刘峰看了看桌上的台历，现在是北京时间周四晚上，正是华盛顿的周四上午，还有一天半就到周末，注重休息的西方人不会上班了。而预定的"阿尔文"号将在周日出航，如果此前不能搞定此事，我们的人上不了船，深潜体验就将"泡汤"。要在一天半内再走一遍程序，出具政府公文，恐怕来不及，真是忧心如焚……

放下电话，他在房间里转了两圈，定了定神：绝不能放弃，必须尽快解决照会问题。猛然间，他想起之前在国家海洋局国际司的老同事，现任中国驻美大使馆一秘的梁凤奎，他眼前一亮，立即拿起家中电话，拨通国际长途，找到这位梁秘书，简要介绍了情况，说："兄弟，你帮个忙，以中国大使馆的名义出个公函吧！"

"刘主任，你别着急，我可以马上向大使报告。不过，具体措辞还要你们提供，这样既规范又节省时间。"

"好，我马上起草。"刘峰当晚顾不上吃饭，简明扼要起草了一份中国方面的照会，在通过电话征得国内有关领导的同意后，立即用电子邮件发了过去。

地球另一端的中国驻美大使馆，丝毫没有怠慢，梁凤奎拿着刚收到的文件来到了周文重大使的办公室。当年刚来美国任职半年的周大使，原任中国外交部副部长，十分熟悉国际交往程序，也深知这次联合深潜对中国的意义，当即批准盖上了中国大使馆的"印鉴"，送交美方并表示立等回复。

如此高度重视、高效率运转！美国方面同意按协议执行。消息传到国内，一宿没睡的刘峰心中一块石头落了地，告知彭晓彤、叶聪他们如期赴美……

这一次中美联合深潜活动，虽说只有 21 天的时间，下潜了 4 个潜次，可收获是巨大的，在中国深潜史上占有重要的一页。这是中国人第一次零距离、正规化、全面系统地体验和认知深海潜水器，未雨绸缪，先行一步，体现了组织者的超前眼光，为我们日后研发、海试 7000 米载人潜水器发挥了直观而又重要的作用。

特别是叶聪，回来后积极投身于"蛟龙"号的研发海试之中，不仅仅在设计、建造方面成绩斐然，同时成为当时国内唯一的深海载人潜水器试航员和教练员，为培训第一代潜航学员傅文韬、唐嘉陵做了大量工作，堪称他们的大师哥。

傅文韬

美丽的杭州西湖，清清的湖水微波荡漾，柳浪闻莺、三潭印月等景点名闻遐迩。时令进入初秋，正是游湖赏景的好季节，兴致勃勃的游人络绎不绝。这天傍晚，有一个年轻的小伙子独自来到湖畔，却没有一般游客的兴致，眉头微皱着，似乎心事重重。

他的名字叫傅文韬，一年前毕业于兰州理工大学通信工程专业，曾在深圳某企业工作，表现出色，不久就干到部长了。可他从小志向远大，不满足于这样一眼望到头的生活。恰巧曾经的大学女友在浙江某高校读研究生，小傅干脆辞职来到了杭州，一边兼职打工，一边复习准备考研，换一种活法。然而，考研大军浩浩荡荡，不一定成功，换句话说，即使读研拿到了硕士学位，又会开始怎样的人生之旅呢？傅文韬还是觉得前程迷茫。这些日子，他托朋友介绍住在某大学宿舍里，刻苦攻读考研课程，累了就到西湖边上散散心，思考一下今后的道路。

这是 2006 年 9 月的一天，小傅转了一圈回到住处，打开电脑上网浏览，突然发现了一则中国大洋协会、国家海洋局北海分局发布的"载人潜水器潜航员选拔公告"，条件是：

（一）具有中华人民共和国国籍，热爱祖国，拥护中国共产党的领导，热爱海洋事业，志愿成为我国载人潜水器潜航员。（二）男性，年龄在 22 至 35 周岁之间，身高在 165 厘米至 176 厘米之间，BMI（身体质量指数）满足 20≤BMI≤25，裸眼视力 0.8 或矫正视力在 1.0 以上。（三）全日制高等院校本科及以上学历，同时取得相应的学位证书；专业限定为：机械工程、电气工程、电子科学与技术、信息与通信工程、控制科学与工程、船舶与海洋工程及相关专业；具备大学英语六级（不低于 425 分）或以上水平，或具备同等外语水平，能够熟练使用一门外语进行交流。（四）身体健康，无家族遗传病史，无外伤史，无畸形和影响舱内工作的肢体障碍；具备良好的体格和心理素质；具有良好的生活习惯……

申报人员经资格审查合格后，组织专家进行面试审查，以及一系列的身体检查和心理测试，最后确定 2 人参加潜航员培训学习，驾驶我国自行研制的深海载人潜水器。

深海潜航员，这个新鲜而又富有挑战性的职业，使傅文韬眼前一亮，虽说他的家乡在湖南益阳，并不是海边长大的孩子，但早年读过的科幻小说《海底两万里》、童话《海的女儿》等关于海洋的作品，还是给他带来了种种兴奋好奇的感受。对于到大海上去乘风破浪，特别是探索海底的奥秘，更充满了期待和向往。当然，如果能够成功，就是国家海洋工作者了。自己符合应试条件，他当即决定报名！

"当时感兴趣的人不少，最后报名的却不是很多，主要还是因为这个

傅文韬在舱内操作

事情在中国还处于起步阶段。一想到要下到几百乃至几千米的海底去，大家都觉得风险太高。"

　　还是在这次随同"蛟龙"号科考的母船上，我利用他们休息的时间，来到傅文韬的舱室采访，他回忆报名参加潜航员选拔时的情景，依然历历在目："在我看来科学探索本身就是挑战风险，必须有先行者站出来。再说我政治条件不错，高三时就入了党；身心素质也很好，上大学时体育成绩名列前茅……"

　　无论从形象还是口才来说，傅文韬都是一个棒小伙，如果从事演艺事业，也具有成为明星的潜质。他思维敏捷，身手矫健，尤为重要的是不安于现状，喜欢去探求未知而有兴趣的东西。整整一个上午，我们俩在小小的舱室里，围绕着深潜事业，漫谈着关于人生、社会和国家的话题……

　　报名不久，傅文韬接到了通知：你的材料通过了审查，请于近日前往位于青岛的国家海洋局北海分局——大洋办委托他们代为选拔管理首批潜航员——参加面试和身体检测。此时距离研究生考试也只有一个月了，他心里有点打鼓：如果不行可别影响了考研，转念一想，机会难得，还是要去试一试。

他回忆道："那一次，我们一共去了15个人，包括哈工大的唐嘉陵。接连考了一周多，各种测试，身体的，心理的，大概有100多项。"傅文韬对我说："许老师，你想象不到多么严格，据说是比照航天员选拔的。印象最深的是抗压测试，把候选者关进高压氧舱中，压力设定成相当于18米水深的水平，必须在里面撑45分钟才算合格。在高压的环境下，耳膜一阵阵剧痛，差一点就受不了了，我还是咬牙挺了过来，但很多人在这个环节就被淘汰了。"

考核结束，所有人返回原地等待结果。傅文韬回到杭州继续准备考研，可心思还在青岛呢。一个多月过去了，无声无息，他以为没戏了，不免有一丝失落。这天——2006年12月25日，正是西方圣诞节之夜，在校大学生们张罗着过节。可傅文韬没有心思，斜倚在宿舍床上，捧着一本英语教材复习，忽然手机响了，一个陌生的号码。他接起来一听："你是傅文韬吧，我是北海分局人事处的陈立新，现在正式通知你，你通过了潜航员选拔考试，被录取了！你愿意吗？"

"是吗？真的？太好了！我愿意，愿意……"意外的惊喜使傅文韬不知说什么好。

"那好，请你于2007年2月5日到青岛北海分局报到吧！"

"好好，谢谢陈主任，谢谢！我一定按时报到。"放下电话，傅文韬"噢"地大叫了一声，把手里的课本一扔，我要当潜航员了！心情感到无比放松。说实话，本来前途未卜，生存压力大，总有一种被什么追赶的感觉，现在起码有了一份稳定的工作：第一代潜航员。只要勤奋努力，对国家是个贡献，对个人也是一种很好的提升。他的眼前展开了一条金光大道。

杭州的冬季，屋里没有暖气，是很冷的。因为这一个电话，傅文韬觉得这个冬天温暖起来了……

唐嘉陵

后来，媒体公开报道"蛟龙"号深潜海试成功的新闻，总会这样说：中国第一代潜航员叶聪、傅文韬、唐嘉陵。

后来，中共中央、国务院授予"载人深潜英雄"称号大会上，排在前三位的也是他们"哥儿仨"。

然而，如果说叶聪还是702所的主任设计师兼职潜航员的话，那么作为国家首批招录培养的职业潜航员，就是傅文韬和唐嘉陵了。

每当跟随母船"向阳红09"出航的时候，唐嘉陵总是与傅文韬住在一间舱室里，门上清晰地印着"潜航员"字样。这是从"蛟龙"号海试到试验性应用几年来的惯例了。两人同一天入职，已经共事八个年头了，早就如兄弟一般。我采访傅文韬时，小唐礼貌地让出房间出去了。反过来，小傅也是一样。

唐嘉陵比傅文韬小两岁，个头也稍矮一点，但同样生得眉清目秀、身材匀称，剪着小平头，一双黑亮亮的眼睛，透着聪慧和机敏。让我印象深刻的是，年龄不大的他，却十分老成持重，善解人意，看到我端起杯子，马上主动提壶续水："许老师，你喝水。想了解什么，你就问吧。"

"没什么，我想趁还没有展开下潜作业的时候，聊聊你们学习、成长的历程。作家与记者采访不一样，主要是想听听其中的酸甜苦辣……"

一提到唐嘉陵的名字，人们马上会想到这是个四川人，老家在嘉陵江畔。实际上，小唐是四川人不错，可他并不是生活在嘉陵江周围，而是在其上游的一条支流涪江边长大的。1984 年 4 月 20 日，四川遂宁市一个普通工人家庭里，传来一阵阵喜悦的笑声：家里添了一个大胖小子。取个什么名字呢？妈妈杨秋云个子不高、身子不壮，却是个意志坚强、心胸远大的女子，希望儿子将来像那条有名的嘉陵江一样，一路奔腾向大海，就叫嘉陵吧！

上学前班时，由于名字笔画太多，他写起来比较麻烦，一度改成谐音唐加林，直到小学二年级了，还是按照妈妈的意见，重叫嘉陵了。看得出来，妈妈期待儿子志在远方的心愿多么强烈啊！实际上，嘉陵也是受妈妈影响大一些。父亲崇尚实干，不怕吃苦，但进取精神不太强，而妈妈杨秋云眼光看得远，教导孩子一要遵守纪律，二要用功学习。小嘉陵 10 岁的时候，父母因为性情不合离婚了，嘉陵跟着母亲生活，自然更是受母亲的影响较大了。从小学到初中，母亲再忙，也要检查他的作业、做辅导。他家与学校——遂宁二中只有一墙之隔，可他从没有翻墙去上学，是一个懂规矩的好孩子。在慈爱加严格的母亲照管下，他一路茁壮成长起来。

功夫不负有心人。2003 年，唐嘉陵参加了高考，一举超过了重点线。填报志愿时就想到去远方、上军校，早年读过大学的外公有见识，说当年的哈军工很好！于是，他就报了第一志愿：哈尔滨工程大学通信工程专业。录取通知书来了，要去那么远的北方上学，可唐嘉陵长这么大还没出过四川呢。妈妈决定送他去学校，顺便也去旅游一下。第一站到了北京，母子俩看了天安门、八达岭，又转车前往北戴河。时值 8 月底了，海滨旅游已是淡季，可从未见过大海的唐嘉陵兴高采烈，到了宾馆，把行李包一扔，就跑到海边上去了。

正是一个阴天，傍晚起风了，灰蒙蒙的海水一望无际，白色的浪花翻卷着，如同高举着一簇簇花束前来欢迎似的。唐嘉陵兴奋地张开双臂，在沙滩上奔跑着，忘情地大声喊着："大海，你好！大海，我来了！"哪里想到，几年后，他就将与大海终生相伴，甚至畅游海底世界了。仿佛冥冥中，命运已经给他安排好了。他这条"嘉陵江"早晚是要奔向大海的……

站在北戴河石碑前，面向海洋，唐嘉陵和妈妈照了一张合影，留作永恒的纪念。如今，这张照片还一直摆放在他的宿舍里呢。

大学四年，学校虽然已不是当年的"哈军工"了，但还是那个校园，那些老房子，那种精气神。唐嘉陵如鱼得水，畅游在知识的海洋里，品学兼优。大四上半年，同学们都在考虑是找工作呢，还是考研，学校转发了大洋协会选拔"深海潜航员"的公告，这引起了唐嘉陵极大的兴趣：一个新兴的行业，机遇和挑战并存，尽管有风险，但值得去闯荡一下，可能会使自己发挥出更大的潜能。当时他已经与广州一家企业签了工作合同，为了更广阔的天地，他决心报名试一试。

通过报名资格审查后，唐嘉陵和另一个学生前去面试考核。这样，大四下学期开学不久，唐嘉陵就乘船从大连经烟台来到了青岛，与傅文韬等15个人参加了严格的测试，在身体和心理上就像选拔潜艇兵一样，而在知识层面上显然有更高的要求。尤其经过一轮轮考核，只剩下4个人了，去面对直接坦率的综合面试，从里面选拔2名。房间里摆着一圈桌子，后面坐着各位专家，考生坐在中间的凳子上，灯光暗淡，气氛严肃，提问开始了：

"为什么想从事这项工作？"

唐嘉陵从容回答："我从小就有当兵的愿望，也向往海洋，潜航员与海军接近，所以我愿意做。"

"你对生命是怎样认知的？"

"人到这个世界上来，生命是有限的。不管长与短，只要干好了这辈子的事，就没有白活。"

有的老师一针见血："你怕不怕死亡？"

"实话说，人都怕死。但我觉得做好分内的事情，就值了！"

他不知道这样的回答对不对，但确实是内心实实在在的想法。测试完毕，返回学校等通知，唐嘉陵马上就把这事忘了，一门心思投入毕业论文的写作中去。直到这年12月25日，他接到了北海分局人事处陈立新主任的电话："祝贺你，通过了考核，成为潜航学员，愿不愿意来青岛工作？"啊？小唐愣了两三秒，立刻反应过来，兴奋地答道："我非常愿意！""那好，你明年2月5日来报到。"

"嗷——"同宿舍的哥们儿得知了，纷纷围过来庆贺：第一代潜航员，光荣啊！海洋局工作，羡慕啊！请客请客！唐嘉陵大方地回应着：没问题，我请我请。那天晚上，他花了200多元请同学们吃了一顿饭，那可是他平生以来最大一笔餐费了。饭前，唐嘉陵先给妈妈打了一个电话。原先曾说过参加考试，以为希望不大，现在成了现实，自然要赶快与妈妈分享了。杨秋云既高兴又挂心，声音都有点颤抖。唐嘉陵听出来了，大声说："妈妈请放心，我不会让你失望的……"

班级和学校领导很快知道了，给予了全力支持，破例允许唐嘉陵提前半年离校，前去接受潜航员培训，要求他利用业余时间完成剩余课程和毕业考试，同时资助他2000元钱。此后，小唐一边参加培训，一边精心完成了毕业论文。2007年7月6日毕业典礼，他从培训基地抽空赶了回去办理毕业手续。只是前几天全班同学就身着学士服照了毕业合影，缺少唐嘉陵。可他很看重这张照片，专门要了一张珍藏起来，虽然上面没有自己……

他们三人是我国第一代潜航员。

其中叶聪还担负着"蛟龙"号主任设计师的任务，严格来讲是设计制造单位的试航员。傅文韬和唐嘉陵则是真正职业潜航学员。他们入职后，除了跟着702所研制人员学习训练之外，还被特别安排到昆明基地，实地

作者（右一）与中国三位第一代潜航员合影。左起：唐嘉陵、叶聪、傅文韬。他们均获中共中央、国务院授予的"载人深潜英雄"荣誉称号（图片由中国大洋协会提供）

参加深水湖 300 米艇的下潜实习。

与此同时，7000 米载人潜水器在中船重工 702 研究所、中国科学院沈阳自动化所、声学研究所等部门的通力合作下，已经圆满完成了总装、联调，进入了 50 米水池试验阶段。两位潜航学员从昆明回到无锡，立即投入紧张有序的水中调试。

由于一切都是第一次，从零开始，没有一套规范的操控程序，在一次次训练、碰撞和摸索中，随着潜水器各项性能达到了设计要求，他们也逐渐形成了自己的下潜、作业、上浮方法。

中国第一台深海载人潜水器——此时因没有正式起名字，还不叫"蛟龙"号呢，与即将驾驭它的试航员叶聪，潜航员傅文韬、唐嘉陵沐浴着新时期"863 计划"的春风阳光，同步前进，茁壮成长起来。

未来的征程在向他们召唤，远方的大海在向他们召唤。"蛟龙"号和驾驭它的勇士们能不能战胜深海的挑战，还要经过海试的锤炼和风浪的考验……

第四章 "蛟龙探海" 初试水

扑向大海的怀抱

海为龙世界，云是鹤家乡。

大海啊，无边无际的大海，对于胆小的弱者来说，那是充满了神秘和风险的地方，而在真正的勇士看来，却是一个验证自己能力与施展身手的大舞台。

公元 2009 年 8 月 6 日上午，一个具有历史意义的日子终于来临了——

位于江苏省江阴市的苏南国际码头上，红旗招展、鼓乐喧天，一片隆重热烈的景象。主席台背景布上以大海和蓝天为衬底，写有"1000 米载人潜水器海试启航仪式"字样的大横幅光彩夺目。

人们怀着激动兴奋的心情，簇拥在那艘印着"向阳红 09"、节日一般挂满旗的科学考察船前。四个硕大无朋的气球将四条条幅高高地带向空中，上面写着："衷心感谢领导和同志们的关心支持""牢记祖国和人民重托，坚决完成海试任务"……

此时此刻，由国家海洋局和中国大洋协会主办的 7000 米载人潜水器第一次海试——1000 米海上试验的启航仪式，正在这里举行。史无前例的第一次，破天荒开先河的第一次，既让人对它充满了期待与祝福，又不可避免地让人怀着一丝忐忑和担心。高楼万丈平地起，万里长征第一步。因此，它的重要性和里程碑意义就更加突出了，因而我们有必要浓墨重彩地记录下这个平常而又不平常的日子。

9 时整，全体参试人员身着统一海试服装整齐地列队在试验母船左舷甲板上，现场指挥部和临时党委成员、潜航员、科研人员代表等 15 人，则在码头主席台正面列队。一片热烈的掌声中，主持人金建才走到话筒前，庄严宣布："下面请海试现场总指挥刘峰带领参试队员代表宣誓。"

刘峰（现场总指挥），刘心成（临时党委书记），于杭教授（专家咨询组组长，长期旅居海外，国际著名的深海科学家），徐芑南（潜水器总设计师），吴崇建（701 所副所长），崔维成（702 所副所长），张艾群（总体组成员），李志强（国家海洋预报中心预报员），陆会胜（总指挥顾问），窦永林（向九船船长），杨联春（向九船政委），刘军（向九船轮机长），叶聪（潜水器主驾驶员），傅文韬、唐嘉陵（潜航员）等 15 人昂首肃立。两名武警战士手托红旗，"啪啪"地迈着正步走到队列正面，分立、展旗，一面鲜艳的五星红旗飘扬在人们面前。

刘峰总指挥一声口令，全体队员代表举起右手，按照他的领诵齐声跟读："我们宣誓：一定服从命令，精心操作，同舟共济，不辱使命，战胜一切困难，确保海试成功！请祖国放心！请人民放心！"

语音铿锵，掷地有声，如同黄钟大吕、春雷激荡，传向会场四周，传向高天远洋。紧接着，15 名少先队员手捧鲜花跑来，向 15 名参试人员代表行礼、献花。队员在总指挥和临时党委书记的带领下，依次登上试验母船，与早已做好准备的其他海试队员会合。王飞副局长高声宣布："'向阳红 09'船执行载人潜水器 1000 米海试任务，现在启航！"

广播喇叭里立时响起雄壮的《歌唱祖国》乐曲，船上和岸上的人们纷

1000 米海上试验出征（图片由中国大洋协会提供）

纷招手告别。"向九"船一声长鸣，"呜——"，缓缓离开江阴码头，驶出

长江口、奔赴大海⋯⋯

初次命名"和谐"号

事实上，这是一次迟到的海试。

两年前——2007年8月底，7000米载人潜水器经过5年的技术攻关，完成了陆上总装调试，准备实施水池试验。9月1日上午，它被滑轨拖出总装车间大门。这是精心"打扮"的新娘，第一次走出闺阁见世面——因某些技术方面的要求，头部还戴着一个蓝色的头罩，如同新娘蒙着的"盖头"，带着娇羞与忐忑，吸引了众人欣喜而兴奋的目光。

按计划，吊装工人开来了大平板货车，小心翼翼地将潜水器吊装上车，而后在三辆警车的护送下，缓缓运往数公里之外的水池试验场。同时，时任中国大洋协会办公室主任张利民，主任助理、总体组长刘峰在702所召开了情况汇报会。总设计师徐芑南，副所长、副总设计师崔维成，水下实验室总支书记侯德永和北海分局潜航员管理办公室主任吉国等人出席会议……

十月怀胎，一朝分娩。在座的科技人员、行政领导回顾以往的历程，都非常兴奋，展望未来的宏图，充满信心和向往。最后，有人提出："咱们的孩子出世了，总不能老叫7000米潜水器吧，那只是个项目代号。虽然很有气势，但太长，太直白。应该起个名字，朗朗上口，又有意义。"

"说得对！名正才能言顺嘛！"大家的目光集中在张利民、刘峰和徐芑南身上。

"这个意见不错，潜水器是该有个名了，不妨就议一议。"

片刻安静后，会场上活跃起来，人们经过思索七嘴八舌地讨论起来：

"我国登月工程命名'嫦娥'，与其相对应，潜海工程可以叫'精卫'嘛！嫦娥奔月，精卫填海，都是中国古代著名的神话传说，一个上天，一个入海，有意思。"

"哎，我看叫精卫不太好，那是说恨海淹死了人，要填海。咱们的潜水器是探海、爱海、利用海，两回事嘛！"

"是啊，我国极地考察船叫'雪龙'，大洋船上的无人潜水器叫'海龙'，都挺有气魄的。要不咱就叫'潜龙'？都是龙字辈，也有传统文化的色彩。"

主持会议的张主任说："潜龙不错，但只是初步讨论，还需要上级把关审批。不过潜水器已经出世了，总得有个名称，我看就先取个小名叫'潜龙一号'吧。如果各方都认可，以后再正式报批命名。"

"好好……"大家都表示赞同，暂时定下来了。

不过，后来报到上级主管部门，经过研究讨论，有关领导认为目前正在提倡建设和谐社会，既然是和平开发利用海洋，不如直抒胸臆，就叫"和谐"号吧。由此，在正式进行第一次海试时，潜水器的身躯上赫然印着"和谐"两个大字。

就在潜水器定居实验水池的新家，与702所、声学所、沈阳自动化所等单位的科技人员，以及两位潜航学员互相配合调试时，准备出海试验的工作也进入了程序。

2007年11月27日，潜水器命名和水池试验启动仪式在无锡举行。科技部高新司、国家海洋局国际司、大洋协会办公室等单位领导出席会议。7000米载人潜水器正式命名为"和谐"号。

2008年3月2日，国家海洋局在无锡组织召开了"7000米载人潜水器总体与集成子课题"出所检测确认会议。确定潜水器本体达到了海试大纲规定的技术状态，具备出海试验的技术条件。计划在2008年春夏之际进行海试。

万事俱备，只欠东风。这个东风就是决心和经费。

本来，此项目是科技部高新司管理的"863计划"重大专项，研发经费1.8个亿，完成了制造、总装联调，但没有包括海上试验经费，下一步需由海洋局支付。而海洋局已经专为海试拿出1亿元改装"向阳红09"母船，无力再承担海上试验经费。海试经费到底该从哪里出，需要协商一个渠道。再说，毕竟是第一次走向大海载人深潜，试验有失败的可能，人命关天，风险太大，有关领导一时难以拍板、决策。

然而，研发潜水器的科技人员、承担配合试验的北海分局期盼着早日进行海试，拿出成果，都在积极准备着。702所本体组一遍又一遍检测着潜水器各个系统，三位潜航员不停地操练、熟悉驾驶程序。北海分局的"向阳红09"号船的船员们检查保养船舶、加油充电、采买主副食品，紧张备航……

时间一天天过去，出海命令迟迟没有下达。正当大家疑惑之时，3月18日，根据国家海洋局办公会议精神，考虑目前实际情况，为稳步扎实推进7000米载人潜水器海上试验工作和解决海试经费问题，大洋协会办公室不得不决定暂缓执行海试任务！

犹如一列正在疾奔的汽车，突然踩了一脚刹车，相关各方既惋惜又无奈，只得做好善后工作。潜水器又被推进了车间，暂时封存定期保养；潜航员继续学习培训；最感到措手不及的是"向九"船的窦船长，已经上满了油料、采办了近两个月的粮油和蔬菜肉蛋，短时间用不上，可就造成浪费了。

北海分局领导体谅他们的困难，发动各兄弟船舶来购买"向九"船上的存货，分忧解难。那几天里，"向九"船停靠的青岛团岛码头上，车来人往，买肉的、卸菜的、抽油的，简直成了一个小市场。嘀，这成了一个海试前的小插曲。

多难的 2008 年啊，汶川大地震震惊世界；荣耀中华的 2008 年啊，北京奥运会成功举办。神州大地上的大事太多了，海试受到影响在所难免。然而，载人潜水器究竟行不行？最终必须经过海上试验，这是不可回避的。

这一天，2008 年 9 月 28 日，国家海洋局副局长、大洋协会理事长王飞，带领大洋办主任金建才、副主任兼潜水器总体组长刘峰，以及海洋局科技司、中船重工 702 所的相关人员一行六人驱车来到了海淀区复兴路乙 15 号。这里是中国科技部所在地。在会议室里拜访了预先联系好了的副部长曹健林、杜占元，高新司冯记春司长等人。一个小型的专题汇报会开始了。

首先由金建才和刘峰汇报了潜水器项目进展情况，以及面临海试遇到的困难。继而，王飞代表海洋局党组谈了有关意见，最后笑着说："二十四拜都拜了，就差这一哆嗦了。两位老兄再设法支持一下，咱这个大事就成了。"

科技部几位领导都非常关切这个重大专项，听完汇报连连点头："是啊，好不容易研发出来了，不试验还算不得成果。我们再研究一下，争取尽快落实。"

由于种种原因，双方对后续事宜还需商榷，当天没有形成会议纪要，但引起了有关领导的高度重视。后来，载人潜水器项目由科技部高新司转到了社会发展科技司管理。社发司负责海洋科技的工作，熟悉海洋事务，特别是那位副巡视员闫金，事业心强，勇于担当，对于启动海试给予了积极的支持。海试终于来了……

不穿军装的"司令员"

时势造英雄。由此，整个海试期间的另一位重要人物走上了前沿阵地。他就是国家海洋局北海分局副局长、海试领导小组成员刘心成。

那天会间休息时，王飞副局长特意找到参会的刘心成，紧紧握住他的手说："心成，党组研究了，决定成立海试临时党委，由你担任党委书记。随后将下达正式文件，你要立即进入海试工作状态啊！"

"是！感谢海洋局党组的信任，我一定努力工作，与总指挥一起带好海试团队，圆满完成任务，绝不辜负上级领导和同志们的期望！"刘心成胸脯一挺，就像当年在部队上接受军事任务一样，充满了激情与责任感。

实际上，刘心成转入北海分局工作还不到两年，却是一位"老海洋"了，对祖国的海洋事业充满了深厚感情。他1954年出生在豫南的一个农村，由于极左思潮的影响，那些年农民家里十分贫穷。小心成从小便懂得为父母分忧，每当雨天上学时，都是手拎着鞋子赤脚走路，因为做一双鞋子要用去母亲三四个夜间的忙碌，舍不得让泥泞弄脏弄坏了。

1969年春天，刘心成应征入伍当兵了，这是当时农村子弟最好的出路，可以到外面吃上饱饭了。离开家乡的前夜，姥姥把他叫到一边，小心翼翼地从棉袄大襟里拿出一个布包，里边有6块钱。天哪！这是怎样的6块钱呀！有面额壹分、贰分、伍分、壹角、贰角的纸币和硬币，最大的面额是伍角纸币。花花绿绿一堆，不知道有多少张多少枚，也不知道积攒了多少天了。姥姥说："小成要出远门了，我拿点盘缠。""哦，姥姥……"刘心成鼻子一酸，流下了眼泪，心里暗暗发誓：到了部队上，一定要好好干！

艰辛的生活磨砺了刘心成的性格和意志。自打来到海军南海舰队后，从小没见过大海的他，很快克服了晕船晕浪的感觉，吃苦耐劳，好学上进，在新兵连里就被上级看好了：是个好兵苗子。分到部队，从当舰艇轮机兵开始，摸爬滚打几十年，历任班长、机电长、科长、海军快艇某支队司令部机电业务长、海军装备部处长等职，参与执行了海军舰艇编队首次环球航行等多次重大任务，并且通过了海军工程大学和国防大学培训，获得了研究生学历、正师级大校军衔。

进入新世纪，由于工作出色，刘心成升任海军青岛保障基地司令员，来到风景如画的岛城，他更是把全部精力放在部队建设上。一次下基层调研，他听到一位士官谈体会说："我的想法是，只要人人做到我的工作无差错，我的岗位请放心，我们的设备就永远保持在最佳状态。"

"说得好！"刘心成眼睛一亮，朴实的话语传递着强烈的责任心，"你再详细谈谈，你们是怎样做的？"

随后，舰队大力推广基层士官的先进做法。后来实施潜水器海试时，他再次把这条经验贯彻到科研团队中，并制作成标语张贴在母船上——"我的工作无差错，我的岗位请放心"，成为每一位参试人员的座右铭，为海试成功奠定了坚实的基础。

时光荏苒，不知不觉，刘心成已经过了知天命之年，即将达到本级别服役的最高年限。按规定，他可以退休回北京干休所颐养天年了。然而，39 年的海军生涯使他深深爱上了祖国的海洋，他不想这么早就休闲养老，主动提出转业到地方继续工作。一些朋友听说了，纷纷劝慰："老刘啊，干了一辈子了，歇歇吧。干脆趁这个机会回北京，过了这个村可没这个店了。"

"谢谢老兄关心，我还没干够呢，要是闲下来，可能真会闲出毛病来……"

2007 年 9 月 21 日，刘心成来到北京，走进国家海洋局办公大楼报到。时任局长孙志辉专门接见谈话，称赞他是部队培养的海洋专家，勉励他到北海分局后尽快熟悉情况，进入状态。几天后，他来到青岛北海分局所在地，王志远局长和滕征光书记热情接待了他，分工他负责海监维权、大洋调查等工作。不久，就赶上了深海载人潜水器即将海试。机缘巧合，也是历史的选择，这使刘心成大有用武之地，而潜水器海试更是迎来了一位"帅才"，如虎添翼。

本来计划于 2008 年进行首次海试，由于种种原因，整整延后了一年，直到 2009 年春天，重新启动起来。一天，刘心成带领装备处同志到北京汇报母船准备情况，见到了国家海洋局王飞副局长，攀谈起来。王飞说："心成局长，这次海试有那么多不同单位参加，没有一个核心不行。我们考虑成立一个临时党委，你看呢？"

"我觉得应该。这是我们的优良传统，党委有凝聚力、向心力。"

"对，刘峰总指挥技术方面的工作很多，也很专业。我想你在部队上当过司令员，带队伍是强项，你来当这个书记吧！"

刘心成没有思想准备，停顿了一下，继而表态说："王局长，让我干就一定要干好。不过我刚来，局党组能同意吗？"

"那不是你的事了，我要的就是你这个态度。"王飞满意地笑了。

过了几天，王飞副局长向国家海洋局长兼党组书记孙志辉汇报临时党委的事情，刚说到北海分局有一个人很合适担任海试的书记，孙局长就接上说："我知道你说的是谁，刘心成，对吧！"

王飞一愣，忙问："对啊，你怎么知道？"

"这个同志转业到海洋局，海军首长专门做了介绍，我也与他谈了话，印象很深，是个能带兵、打硬仗的干部。"

真是英雄所见略同。经过局党组研究讨论，此事就这样确定下来。7

月 28 日，国家海洋局党组正式下发《关于同意成立载人潜水器海上试验任务临时党委的批复》文件，批准成立了载人潜水器 1000 米海上试验临时党委，党委由刘心成、刘峰、崔维成、吴崇建、窦永林 5 名同志组成，刘心成为临时党委书记，刘峰为副书记。文件明确指出：

"载人潜水器 1000 米海上试验工作，实行临时党委领导下的现场总指挥负责制。临时党委的主要职责是领导、监督、协调，为海上试验任务的实施提供思想和组织保证，全力支持现场总指挥工作，保证海上试验任务的顺利开展。"

这是国家海洋局在实施国家重大项目科研试验任务中，体现和加强党的领导的重大决策，以及组织方式的新探索。在全国"863 计划"科研工作中，也是一种党建工作的新模式。实践证明，它起到了至关重要的中流砥柱作用。

文件下达，刘心成却睡不着觉了：海洋局党组第一次明确赋予他这一艰巨而光荣的任务，他深感责任重大，忐忑不安。7000 米载人潜水器研制了这么些年，凝聚着多少人的心血，虽然还没有公开宣传，但国内有关部门和国际深潜界都高度关注。既然是试验，就有不确定性，有可能成功，也有可能失败。更令人牵肠挂肚的是，一条母船上 96 名队员，来自全国十几家不同的单位，互不隶属，如何既保证安全，又能拧成一股绳，尽善尽美完成任务，这是个新课题。

从军 39 年的历程，海上迎风斗浪的磨砺，使刘心成很快进入了临战状态，他认真谋划，精心组织，与刘峰总指挥一起，准备带领整个海试团队，充满豪情地去迎接新的征战。后来，整个海试期间，大家都亲切地称呼他为"刘司令"，这可不是名义上的尊称，而是发自肺腑的心声。因为刘心成不仅当过真正的司令员，并且确实带出了一群能征善战的科技战士……

不去奔丧的船员

利箭在弦，一触即发。

2009年8月4日上午，江阴苏南国际码头上马达隆隆，吊机起落，人来车往，一派繁忙景象。"向阳红09"船的备航工作在紧张有序地进行。载人潜水器以及各种装备均已装船就位，所有参试队员也已陆续到齐，再过一天，这艘试验母船就将承载着"和谐"号奔赴南海某海域，进行7000米载人潜水器首次海试了……

突然，正在忙碌的船员李永玉的手机响了，拿起一看，是家里哥哥打来的："永玉啊，咱老妈突然肚子疼得厉害，已经送医院了。医生说需要做手术，你快回来看看吧！"

"啊?！"李永玉惊得手一抖，差点摔了手机，"我们马上就要出航了，实在走不开。你们多费费心吧，甭管花多少钱，你听着，请医生好好治疗。"

放下电话，他一时还是心神不宁。老母亲已经82岁了，在老家随哥嫂一起生活，身体一直不是很好，这一回不知能不能顶过去。

李永玉是辽宁省大连人，1978年3月入伍来到隶属北海舰队的北海分局，1982年4月随集体"兵改工"转业留在了青岛。如今他在海监一支队所辖的"向九"船甲板部担任服务员，负责全船的接待服务、会议室保障、公用设施和餐厅保洁等工作，平时话语不多，勤劳朴实，一天到晚几乎没有多少休息时间。此次随船去海试，初次出海的外单位技术人员多，有些还是年老体弱的老科学家，而管服务的船员只有他一人，十分忙碌。

无论怎样，不能影响了工作，李永玉转身下了大舱。就在这时，衣袋里的手机再次急促地响起来，可他正忙着为大家分发劳保用品，一时没顾上接。这个电话是他的妻子打来的，见没打通，便直接打给了船长窦永林说：李家老母亲确诊为肠癌晚期，大肠90%已经坏死，医院下达了病危通知书！家人希望他马上回来看望。

啊！这么大的事，窦船长丝毫不敢怠慢，立即向临时党委书记，也是北海分局的副局长刘心成汇报请示。刘心成闻言先是一惊，继而感到棘手为难：因为备航就绪，人员保险也都办理完毕，就等一声开船号令了。如果让李永玉下船回家看望，肯定不可能返回来了，再换人也因政审、体检、办保险等手续，时间上来不及，只能减少一人。他的工作表面平凡简单，实际上很烦琐很重要，一般人摸不着头绪。可那毕竟是生他养他的娘呀！老人病危，万一不治，连最后一面也见不上了……

怎么办？刘心成沉思片刻，拿定主意："窦船长，咱们还是要以人为本哪！你和政委正式与他谈一次话，一是代表领导向他表示慰问，二是征求他个人意见，如果他要回去，我们就放，如果他不回去，则派人与他爱人一起去大连老家，代表组织去看望。"

"好，我这就去跟他谈。"

窦永林扭头找到船政委杨联春，把李永玉约到船长室，向他通报了电话内容和分局领导的意见，关切地问道："老李，你的意见呢？"

李永玉沉默了，心里十分清楚：母亲这么大年岁，又是癌症晚期肠坏死，全家人让他回去，就说明母亲很可能不行了！自己是她的三儿子，男孩里边最小的，从小母亲对他疼爱有加，假如见不上最后一面，那可是终生遗憾啊！他的眼眶湿润了，可是，手头的工作，即将到来的海试……种种纠结，一下子集中在他身上了！刹那间，李永玉抬起头，擦擦眼睛，说："我给家里打电话，船上离不开，就不回去了，让妻子代我回老家……"

"好兄弟啊……"窦永林拍拍他的肩膀，自己眼圈也红了，"刘局长决定安排一支队领导，陪同你爱人回老家，代替你去看望老人家。"

"谢谢，谢谢……"李永玉没想到领导考虑得如此周到，声音哽咽了。

得到窦船长的报告，刘心成也受到震撼，为自己队伍中有如此舍小家为国家的好同志而感动和自豪，马上给海监一支队陈福支队长打电话，要求他派人去大连看望并送去慰问金。陈支队长答应立即落实。

当时，李永玉的妻子和孩子已经到了烟台，准备从那里乘船去大连。陈支队长打电话让他们在烟台码头稍等，一支队副政委刘跃鸿、干事刘光明二人受领导委托赶去会合。船到大连，早已接到通知的二支队连夜派车将他们送回李永玉老家。

不幸的是，他们还没有赶到家——8月5日凌晨，老母亲最终没有摆脱可恶的病魔。家人的第三次电话打给了李永玉，只有一句话："老妈去世了，回来奔丧吧……"

"啊，妈妈……"噩耗传来，他不由得大放悲声，眼泪夺眶而出，可当定了定神后，他却说道，"明天就要出海去海试了，这个时候我怎么能去奔丧呢？你们就代我给妈妈送终吧……"

奔丧！简简单单的名词，埋藏着多么沉痛的含义啊！

这是汉族丧礼仪式之一，即居他处闻父母长辈逝世，不管多远立即归家服丧。一个"奔"字，道出了其中的人伦大礼，可说是自古以来鉴定孝子的试金石。在封建社会，不奔父母丧，是属于大不孝的行为。战国时，军事家吴起贪恋权位，母丧不奔，曾子与其绝交。汉代陈汤在等待升官调任之时，父死不奔丧，司隶奏告，也被下狱论处。

可是，在举国上下艰苦奋斗、为中华民族伟大复兴拼搏奉献的今天，有多少戍边巡防的将士，多少抢险救灾的英雄，多少背井离乡的游子，因了在外执行各种任务和完成使命，面对父母长辈撒手人寰，期盼看上儿女最后一眼的临终愿望，却无法或者不能回家奔丧啊！他们虽说表面上看不能尽人子之孝，但更令人尊敬和钦佩。忠孝不能两全。这句从古代流传下来的话语，涵盖了多么浓厚多么深重的情义和责任啊！此时此刻，我们的李师傅就是这样的人！

当天晚上，李永玉躲在自己的舱室里，拿出与母亲的合影，摆在小桌上，找了两个苹果放在前面，长跪不起，泪流满面："娘啊娘！原谅儿子不孝吧……"

这只是所有海试队员的一个缩影。在接下来四年的"蛟龙"号海试中，还有许多队员遇到类似亲人病重、妻子生育、孩子考学等家庭事务，他们也都像李永玉一样咬紧牙关挺了过来，从未影响工作。

潜水器成了"旱鸭子"

8月15日——一个特殊的日子，几十年前的8月15日，正是日本侵略者宣布投降的日子。也许海试团队不是刻意地选择，但冥冥中却成了中国人民昂首挺胸进军深海的开端。现场指挥部决定在这一天，在三亚锚地南25海里处，实施水面布放调试试验，也是整个海试的第一潜。

哦，南海！碧波荡漾、蓝得醉人的南海！

我们的第一台载人潜水器的海试场就选在这里。2009年8月初，试验母船"向阳红09"船载着海试团队和精心打造的"和谐"号，出长江，入东海，在绿华山锚地避让"莫拉克"台风，同时做好海试文件宣传贯彻、组织制度建设、机械设备检查、操作规程演练和队员抢险救生等各种准备工作，一路乘风破浪，驶到了南海三亚以南某海域。

按照预先确定的试验原则：由浅入深，逐步推进。载人潜水器海试划分为1000米、3000米、5000米和7000米级深度四个阶段，其中第一阶段又包括 50 米、300 米和 1000 米等三个小阶段。每一步都有详细的试验计划，阶段试验结束后召开专家会议，对试验结果进行评估，海试领导小组再根据专家意见集体研究决定是否进入下一阶段。

经过严密的分析研究，他们把南海试验海域分为 A1、A2、B1、B2 等几个海区。50 米级海试主要在 A1 区，这里也就作为中国深海载人潜水器的摇篮，走进了光辉的当代科技史……

天蒙蒙亮，水天线刚刚分开，"向九"船的后甲板上就忙碌起来。水面支持系统、担负解挂缆的"蛙人"小分队和各个保障岗位的海试队员们，按照各自的分工和平时的演练，各负其责有条不紊地工作着。上午 8 点 30 分，两位年轻人——潜航员唐嘉陵、声学所的技术人员张东升先后进舱。

紧接着，载人潜水器第一副总设计师、702 研究所副所长崔维成沿着小梯下到舱内。他兼任现场指挥部成员，负责潜水器本体组织领导，从一开始研制就明确表态：作为设计者，我们有信心先下潜。徐总师年纪大了，这就是我义不容辞的责任！所以，他胸有成竹，一点儿也不紧张。早上船医傅晋领按惯例给他测量血压：120/80 毫米汞柱，十分正常。

8 点 55 分，主驾驶唐嘉陵熟练地检查完各种设备，一切正常，向指挥部做了报告。随着一声"布放"的口令，机声隆隆、轨道车后移、A 型架前摆、主吊缆下放并与潜水器对接、起吊、副钩接上、A 型架向后摆动。突然，A 型架摆到位了，潜水器吊离船体，却发现副钩无法脱开，反复操作几次仍不能脱钩。负责操作 A 型架的 701 所大个子工程师余建勋，脸上冒汗了，本来就白皙的面庞更显苍白。

潜水器舱内，三名试航人员被吊在空中，迟迟下不了海，满腹狐疑，尤其两位年轻人，面面相觑。还是崔所长沉着冷静，安慰说："你们不要紧张，紧张也没用，就把紧张留给外面的同志吧。我们该干什么就干什

"蛟龙"号海试母船"向阳红09"船乘风破浪（图片由中国大洋协会提供）

么。"小唐和小张脸色缓和了,相互讨论起潜水器操作规程来。这时,现场指挥部下达"收回潜水器"命令。A型架把潜水器放到轨道车上带回甲板。技术人员迅速检查:发现是在起吊时主缆收得不到位,两只副钩只挂上一只,由于作用在一只副钩上的力过大,从而使受力的副钩不能解脱。

故障排除,注意了操作要领,潜水器再一次起吊并顺利入水,试航员开始进行水面检查。张东升启动声学系统调试,结果与水面联系不上。承担母船与潜水器无线电通信的甚高频(VHF)一片嘈杂声,根本听不清楚,急得主驾驶小唐和声学技术员小张抓耳挠腮,一筹莫展。事情报告给负责声学团队的朱敏研究员,他同样是忙得满头大汗,却始终解决不了问题,后来无线电信号干脆中断了。

按照海试规范,水面与水下通信建立不起来,潜水器是不能下潜的。总指挥刘峰不得不再次下令:回收潜水器。接连两次布放入海、水面调试都出现了一定问题,出师不利。但这检验了组织指挥系统的通畅性、融合性,提高了各岗位操作的熟练程度,保证了首次海试的安全,探索了实施海试的特点和规律,也算是一个收获。

当晚,指挥部深入分析,认为水声通信不畅是主要问题,必须立即解决,否则海试将无法进行下去:潜水器入海如果没有建立通信联系,等于"盲人骑瞎马,夜半临深渊",相当危险。潜水器准备组和声学组人员真是"压力山大",特别是中国科学院声学所的研究员朱敏。他是7000米载人潜水器通信系统总设计师朱维庆教授的学生,也是副总设计师,代表朱教授担任海试团队的水声通信总负责人,带领一批年龄多在30来岁的年轻人张东升、杨波、徐立军、刘晢瑶等,冲上了调试水中通信的第一线。

当然,他们不是孤军奋战。"老总"朱维庆教授最初也来到了船上,只是因身体原因没有前往南海,坐镇三亚基地。而整个中国科学院声学所,更是他们的强大后盾,热线电话随时保持联系。潜水器本体总设计师徐芑南,也与大家一起攻关。"向九"船大副李玉波曾当过无线电师,主动帮助查找问题。经过连夜的故障排查、紧急抢修，终于有了好的结果。

在指挥部会议上，徐芑南总师报告，采取了三项措施解决 VHF 问题：一是放掉天线护管内油液；二是将母船上原来只有的一根天线改为两根，并且分别部署于船左右两舷；三是将天线罩屏蔽隔离。同时用小艇上的对讲机操作手中转声学控制室与潜水器内的无线电通话。声学所朱敏报告，通过调试，已经实现声学吊阵与模拟器水下通联，试验证明软件没有问题。会议决定继续试验。

8 月 17 日，"向阳红 09"船奔赴 A1 海区 50 米等深线，"和谐"号将在这里进行 50 米深度第一次下潜。清晨，东方海面上刚露出一片鱼肚白，隔海相望的三亚城灯光，还像调皮的孩子眼睛一闪一闪地眨着，"向九"船装有潜水器的后甲板上已经热闹起来了。

试验开始了，"和谐"号顺利布放入水，主要内容为调节潜水器均衡。然而，就在蛙人顺利解开龙头缆和拖曳缆，水面检查正常，刘峰总指挥发出"下潜"指令后，意外发生了：压载水箱注水系统启动，直至注满，按说应该自由落体逐步下潜了，可是潜水器仍然浮在水面上，不往下走！

指挥部里一片茫然，不知发生了什么事情。刘峰手拿着话筒，一遍遍呼叫着："和谐、和谐，检查水箱！"

"注水正常，已经全部注满。"

"使用自身推力器。"

"是。"试航员一边应着，一边操作下潜装置。不料还是不行，潜水器好像与大家开玩笑似的，在水面上漂浮着，就是不沉下去。好家伙，潜水器成了不敢扎猛子的旱鸭子！

后甲板上，总设计师徐芑南一直站在那儿默默观察着，心里完全明白毛病出在哪儿了，自言自语地说："太保守了，太保守了……"原来，"和谐"号采取的是配重和抛载的无动力下潜上浮，毕竟是第一次来到大海上试验，原则是"下得去，上得来"，确保潜水器和试航员的安全。因而在配重压载铁时过于求稳，计算过轻了，以至于注满了水箱，潜水器还是轻于海水比重。下潜失败。

总结会上，徐芑南心情沉重地说："不应该犯这样的低级错误，真是丢人哪……"

"徐总言重了，你和方老师这么大年纪跟我们出海，这就很不容易了！"临时党委书记刘心成劝慰道。

总指挥刘峰接上说："是啊！徐总，试验嘛，就是这样不断总结经验教训，一步步前进的，下回就好了！"

7000 米载人潜水器总设计师徐芑南，接受任务时已经 67 岁了，可他怀着一颗热爱祖国海洋事业的红心，毅然挑起重担，组织带领全国 50 多家科研院所的精英团队联合攻关，历时 6 年，完成了潜水器总体设计、总装建造和水池联调，培养了一大批年轻技术骨干。同时也为海试做了精心筹划，领导大家编制完成了海试大纲。

其间，徐芑南的老伴方之芬始终默默陪伴在左右，关心照顾他的起居生活，帮助整理各种文件材料。2009 年，海洋局下达海试任务时，徐芑南已经 74 岁了，方之芬也已 68 岁，按说不能再赴大海参加海试了。可为了能够亲眼看到自己多年的努力变为现实，徐芑南坚决要求上船："作为总设计师，如果不参加试验，那是不完整的，也是不能交工的！"

"你在现场那当然好了，可是你的身体……"

"没问题。不让我去倒可能牵肠挂肚，身体会出事的。呵呵……"

海试领导小组破例批准，徐芑南夫妇成为此次海试中年龄最大的队员，而且是带着一大堆药品和氧气袋上船的。但他们丝毫没有特殊化，与年轻人一样开会学习、探讨技术细节、穿上救生衣参加逃生演练。在锚地躲避"莫拉克"台风之际，方之芬老师克服晕船和生活上的不便，一边照顾着徐总的身体，一边担负着试验日志和文件管理工作，还经常写文章投稿给《海试快报》，鼓舞大家的斗志。

此外，海试团队中还有三位年过 60 岁的老科学家，702 研究所的 68 岁研究员许广清，62 岁的张桂宝和 61 岁的华怡益。他们与徐总夫妇一样，老骥伏枥，志在千里，多年来为我国载人潜水器的研制辛勤劳作，面临海试又不顾年老体弱主动请战，把年轻人扶上马送一程。登船以来，他们严格要求自己，认真准备操作，赢得了大家的尊敬。

海试团队就是在这样的情感氛围和必胜信念的支撑下，不断迈步向前的。

吃一堑，长一智。接受了失败的教训，总师组在徐芑南率领下，连夜修改配重方案，同时水声通信系统也进行了改进，指挥部决定趁热打铁，再次海试。

8 月 18 日，一个晴好的天气。东南风 3—4 级，浪高 0.6—1.4 米，流速 0.7 节，气温 29.1℃。海试团队在 A1 区继续进行 50 米载人潜水。潜水器本体主任设计师之一的叶聪担任主驾驶、唐嘉陵担任左试航员。而右试航员座位上则是于杭教授——这位著名的深海科学家，担任此次海试的技术专家组组长，本来不需要亲自下潜海试，可他有过多次在海外乘坐深海潜水器的体会和经验，特别是对祖国深潜事业的一颗赤子之心，使他毫不犹豫地身先士卒，以身作则，给我们年轻的深潜人以巨大的信心和勇气……

"各部门准备！"随着刘总指挥一声令下，又一次海试，也是总第 8 次下潜开始了，内容还是以潜水器均衡调节为主。

10 时 35 分进入部署，10 时 48 分试航员进舱，潜水器布放入水。而后在水面注水 10 分钟，叶聪操作推力器下潜，在 28.5 米深时停下，进行各项调节试验。于杭教授和唐嘉陵在一旁协助，分别对避碰声呐、测深侧扫声呐等 5 种声呐进行了测试，工作良好。进而，"和谐"号下潜到 38 米，稍作停留开始上浮，距海面 10 米时进行抛载试验，随后迅速返回，当它红色的脊背露出蓝色的海面时，"向九"船甲板上的人们一片欢呼。

海试队员遥望"蛟龙"号下潜（图片由中国大洋协会提供）

虽然仅仅是下潜 38 米，与 7000 米设计目标相差很远，但毕竟是海试团队通过努力，迈出了走向大海深处的第一步，也是中国载人深潜的第一步。叶聪、于杭教授、唐嘉陵同时成为中国载人深潜的第一人。当"和谐"号被吊装回母船，三名试航员依次出舱时，按照预先计划，拿出携带至水下的一面鲜红的五星红旗，并肩携手展示在大家面前。"哗——"迎来一片热烈的掌声。

指挥部成员与三名试航员一起振臂高呼，合影留念，然后一起在国旗上签名纪念。《海试快报》则以《热烈祝贺我国载人潜水器首次潜水成功》为题发表特刊。

高楼万丈平地起，万里长征第一步。相比之后的一次次百米、千米的巨大成功，这个小小的38米在深度上微不足道，但意义却十分重大。这说明我们自主设计、集成创新的潜水器可以安全下潜和上浮了！

水声通信的悲与喜

通信，指人与人或人与自然之间，通过某种行为及媒介进行的信息交流与传递。在各种各样的通信方式中，利用"电"来传递消息的通信方法称为电信。这种通信具有迅速、准确、可靠等特点，且几乎不受时间、地点、空间、距离的限制，因而得到了飞速发展和广泛应用。比如无线电、固定电话、移动电话、互联网等等。

陆地、天空通信主要靠电磁波，但由于海水是电的导体，电磁波在海水中衰减得很快，这一利器到了水中特别是深海中却没了用武之地。另一种水中通信的宠儿——声波，可以在海水中传播很远，因此水声通信技术应运而生。

它的工作原理是首先将文字、语音、图像等信息经过编码、调制处理后，由功率放大器推动声学换能器将电信号转换为声信号。声信号通过水这一介质，将信息传递到远方的接收换能器，这时声信号又转换为电信号，经过放大、滤波和数字化后，数字信号处理器对信号进行自适应均衡、纠错等处理，还原成声音、文字及图片。

迄今为止，水声通信是唯一可在水下进行远程信息传输的通信形式，其自身的技术特点和独特优势，使它已经成为海洋资源开发和海洋环境立体监测系统中的重要技术之一，在海洋工程、灾害预防和环境保护、航海等领域具有重要的应用价值。依靠水声通信技术，可以实现对水下机器人的远程控制，还可在载人潜水器和母船之间实现无缆语音通话和数据传输。

做个形象的比喻，有了水声通信技术，浩瀚无垠深不可测的海洋立即就变得"透明"起来，大洋的各种观测数据可以实时地呈现在面前，这是人类认识深海、研究海洋技术手段的一次重大突破。正因如此，水声通信技术是当今海洋高技术领域最前沿的技术之一。由于它的敏感性以及巨大应用价值，国外长期将之列为禁止向中国出口的高技术产品。

20世纪90年代初，我国科技部"863计划"访问团去法国考察，中国科学院声学所研究员朱维庆随同前往。一次洽谈会上，他向法方提出想了解一下水声通信技术，那位热情有加的法国人突然变了脸色，生硬地拒绝了："对不起，其他什么都可以谈，就是水声通信不能谈！"

这句话严重地伤害了中方科学家的自尊心。

20多年过去了，朱维庆等水声研究人员至今仍难以忘怀。从那时起，他们就暗下决心：一定要把中国的水声通信技术搞上去！

机会总是会垂青有准备的人。中国科学院声学所和朱维庆终于等到了机会。随着我国海洋资源开发事业的发展，2002年6月，7000米载人潜水器正式成为"863计划"重大专项。搞了大半辈子水声技术的朱维庆，意识到了深海载人潜水器对于水声通信技术的迫切需求。经过层层申请和筛选，朱维庆和他的弟子朱敏带领团队，承担起了水声通信系统的研制重任。

这个项目应该走什么样的技术路线？朱维庆第一时间就想到了"高速数字水声通信技术"。这是当今一项代表大深度水声通信的前沿技术，目前世界上只有美国、日本等国开始这方面的研究。它在语音通信的基础上，还可以在大洋深处实现对数据、文字、图像的高速即时传输。

科学研究有其自身的规律，而前沿技术研究是一项需要智慧的事业，光有勇气远远不够。这是朱维庆一直秉持的科研理念。在他眼中，科研创新从来就不是一蹴而就的，必须有足够的积累和积淀作为基础。要挑战高速数字水声通信系统这个难题，此前十几年的相关技术跟踪和积累给予了他相当的信心。

从"七五"时期开始，在国家"863 计划"的支持下，声学所一直持续不断地进行着水声通信核心技术的研发，取得了一系列进展。在"八五"和"九五"期间，他们与沈阳自动化所、702 所合作研发，针对 6000米无人潜水器等设备，开展了基于多相移键控技术的相干水声通信机关键技术研究，并研制了通信机样机。

在对比国外相关技术和立足中国载人潜水器实际需求的基础上，声学所团队决定自主研发水声通信系统的核心设备——水声通信机，并制定了通信机的具体技术方案，即采用了相干水声通信、非相干水声通信、扩频水声通信、水声电话四种通信技术手段，使之能够在不同的水声环境下实现图像、文字、指令等数据的即时传输，从而使水下通信功能由"电话"升级为"QQ"。

在朱维庆教授的指导下，他的得意弟子朱敏带领张东升、杨波、刘哲瑶等一批年轻人奋力攻关了。经过几年的不懈努力，他们设计制造出了具有完全自主知识产权的水声通信机，安装在 7000 米载人潜水器上，经过了陆上、水池，以及太湖、千岛湖等地试验，证明完全可以胜任水下联系了，这才踌躇满志地登船出海进行海试。谁料，竟出师不利，遭遇了滑铁卢……

夜深了，烟波浩渺的南海平静下来，在星光下随着微风缓缓波动着，海试队员们悄悄进入了梦乡……

正在 A1 海区连日海试的"和谐"号载人潜水器，终于走出了令人满意的第一步，回收到了母船后甲板上，安详地俯卧在轨道架上。如同一个玩累了的大孩子，伸展开身体，舒适地躺在那里休息。各个部门的海试队员们回到自己的住处，享受着这难得的短暂的轻松，养精蓄锐，准备再战。

然而，有一间舱室里却灯火通明，五六个脑袋凑在一起，时而在纸上默默地画着草图，时而你一言我一语地讨论着什么，没有一丝睡意。这是担负水声通信系统重任的中国科学院声学所小组。中间那位戴着一副近视眼镜、个子不高、说话慢条斯理的人，就是他们的负责人——声学所研究员、载人潜水器水声通信系统副总设计师朱敏。

虽说通信系统经过不断排除故障，勉强可以使用，但没有从根本上解决问题，时好时坏。VHF通信距离偏短，而原先设计安装就位的水声通信则一直无法正常建立起来，以至于每次下潜试验，都让人提心吊胆。指挥部和深潜部门不得不精密测算，何时到达目标地，何时抛载上浮，将潜水器下潜后的每一个动作精确到分钟。第10次下潜时，"和谐"号比预定返回时间晚了10分钟，而联系又中断了，整个甲板上的人们心急如焚，却束手无策，只能看着波浪翻涌的大海，一遍遍焦急地搜寻着潜水器的影子，直到发现她的红顶子冒出海面的那一刻，才长长地舒了一口气。

水面与水下的通信问题，成了制约海试的最大挑战。如果不彻底攻克这个难关，载人潜水器试验将无法继续进行下去。每当指挥部召开各部门负责人例会时，声学设计师朱敏就成了大家"炮轰"的对象："你们到底行不行啊？说个准话！在家里试验不是好好的吗，怎么一到海上就不行了呢？"

"是啊，通信联不上，啥也试不成。"

"这套水声通信系统是可靠的，水池和湖泊试验都正常啊！我们分析可能是船舶噪声影响通信质量，目前正在积极想办法……"

生于1971年6月的朱敏，浙江青田人，中等个头，整齐的短发，鼻梁上架着一副无框眼镜，温文尔雅，平常就说话声音不大，这时被问得急了，更是像什么堵在嗓子眼里，声音低低的听不清楚。他和他的声学团队肩负着巨大的压力。

如同多数优秀者一样，朱敏经历过成绩优秀的学生时代，小学升初中时，他考了县里的前三名；高考时，他是县里的理科冠军。1989年，带着这份优越，他进入了中国科学技术大学电子工程与信息科学系。1994年7月毕业，考入中国科学院声学研究所。

无论是学习还是工作，朱敏从无懈怠，而是真正地沉下心去做研究。他明白学生时代多半是些基础功，而工作中是要根据具体情况来应用知识解决问题的，这就需要不断的实践和学习。从朱维庆等前辈老师身上，朱敏学到了很多东西。1999年4月，朱敏成了助理研究员；2000年10月，他晋升为副研究员；2001年7月，他获得工学硕士学位；2002年9月，他晋升为研究员。

这时，为推动中国深海运载技术发展，科技部启动了7000米深海载人潜水器的自行设计、自主集成研制工作。凭借着出色的表现，朱敏协助他的老师朱维庆，投身到打造这项国家重器的光荣任务中去，主要负责载人潜水器声学系统的总体设计和装备使用。

初次参加海试，这支由朱敏负责的声学系统团队还很青涩，多是毕业没几年的"70""80"后硕士生、本科生，被称为"娃娃兵"。当时很多条件不具备，一切都是靠他们自己摸索；加上试验的季节正值台风多发季节，海况很差，试验母船又是一艘30多年船龄的老船，相当于一个耄耋老人，船体噪声大，50米海区的海洋背景噪声也大，所以母船与潜水器的通信就成了大难题。

面对大家焦急的目光、急切的催问，年轻的朱敏心情十分沉重。这可是自从参加工作以来遇到的前所未有的挑战啊！个人名誉事小，影响了海试那可是不容原谅。他成宿成宿地睡不着觉，眼睛里布满了血丝。恰在此时，爱人的产期也快到了，可他一点也顾不上，一门心思扑在攻坚克难上面了。

好在他并没有惊慌失措，也没有怨天尤人，而是沉下心仔细剖析检查了整个系统，并随时向朱维庆老师、声学所领导请教。一连十几天，他带领队员白天顶着烈日参加海试，晚上则挑灯苦战，查问题、改软件、编程序，几乎没有在凌晨1点前休息过……

经过几天的反复调试，水声通信功能仍然不理想，已经成为制约海试的主要矛盾了。8月22日上午，"和谐"号再一次下潜，在44.2米水深处成功坐底。至此，50米水深试验计划除声学通信外全部完成，达到了试验大纲的要求。海试团队返回三亚基地。领导小组将召开技术咨询专家组会议，总结分析评估海试成果。

这天傍晚，"向阳红09"船在三亚锚地锚泊。现场指挥部和临时党委认识到，水声通信问题没有一个说法，很难通过专家评审，一个个都非常着急。晚饭后，总指挥刘峰、专家组长于杭教授、船长窦永林等相约来到刘心成的房间，商量对策。

水声通信系统就像是潜水器的嘴巴和耳朵，它是维系这个在黑暗海底摸索前行的孩子与母亲之间的纽带。如果不能建好这条纽带，那么试验就很危险。50米还好说，万一到了300米、1000米出现问题，上浮困难又不知发生何事，甚至找不到其所在方位，三位试航员的生命就危在旦夕了，那可是重大事故啊！

"这个问题要是解决不了，领导小组是不会同意海试的。只有打道回府，等于宣布载人潜水器海试失败。今后能不能重新启动，就很难说了……"深刻了解载人潜水器来龙去脉的刘峰忧心如焚。

"是啊！我们一定要在评审会前拿出个措施来。不然，后果不堪设想。"

这是整个海试阶段遭遇的一次重大危机！

半晌，在场的人们都不说话了，陷入了沉思：倘若试验中止，50多个单位、众多科学家付出巨大心血为之奋斗了 8 年，国家投入巨资的 7000 米载人潜水器项目就会付诸东流，更重要的是我国所有载人深潜项目在若干年内难以再立项，正处在国家审批阶段的深潜基地项目也会夭折，中华民族"下五洋捉鳖"的梦想将还只能是梦想。

"绝对不能回去！"刘心成不愧当过带兵的司令员，又是临时党委书记，关键时刻意志十分坚定，"没有达到预期目的就撤了，那就是前功尽弃、半途而废，我们这些人就是历史的罪人。我看只要坚定信心，办法总是能找到的。"

于杭教授从科学家的角度分析说："声学所走了一条新路，难免发生问题，闯过去就会海阔天空的。他们认为：声学通信在 50 米水深海区的理论有效作用距离仅 240 米，不在母船声学吊阵覆盖扇面范围，因此无法建立水声通信。这是有道理的。"

"好！不管多么难，也要攻克它！我建议发动全体队员、各部门，都为水声通信动脑筋，一定要打掉这个拦路虎！"总指挥刘峰豪气倍增。

一番细致讨论后，现场指挥部决定：由窦永林船长和声学所朱敏研究员以降低母船噪声为主线，立即制订一个 1000 米水深海区的试验方案，进行船舶主机不同工作状态下的母船噪声和通信拉距试验。同时，为了解决母船对潜水器的应急通信问题，要求中船重工北京长城无线电厂（6971 工厂）尽快提供一部水声电话，还从国家海洋局南海分局借调了一套单波束测深仪。将上述两台仪器安装于"向九"船前甲板左右两舷，使用时将吊阵布放入水，确保水下与水面联络畅通。

这次轮到窦永林船长显身手了。凌晨 2 时，母船从三亚锚地起航，向西沙群岛方向航渡，到达 1000 米试验海区后立即开展试验：前甲板左舷布放着水声电话吊阵，传感器布入水下 30 米左右；前甲板右舷布放着单波束测深仪吊阵，传感器布入水中 2 米左右；船尾拖曳着声学通信主缆，声学吊阵布入水中 300 米左右；要求母船与潜水器水平距离不超过 2000 米；为了降低船舶自身噪声，关闭右主机，左主机单车微速航行，航速不超过2.5节。

内行清楚：这种做法不符合船舶安全航行规定。不过，"向九"船是1978年建造的远洋科学考察船，那时没有控制船舶噪声的要求，2007年选择载人潜水器母船时也没有采取降噪措施，现在只有通过采取特殊的船舶操纵措施来弥补噪声大的缺陷了。窦永林感觉就像一名参赛运动员，先捆住他两只胳膊，再别住他一条腿，叫他匀速跑直线，还要争取好成绩，这确实太难了。

在6个多小时试验中，这位爱写诗的窦船长一直站在驾驶台上，精心指挥船舶各种情况下的机动，积极配合声学部门获得大量测试数据。他深知责任重大，稍有闪失就会损害水下设备，甚至影响船舶航行安全，所以，时刻小心翼翼。

终于，他以敢于担当的拼搏精神和无比精湛的航行技术，与声学工程师们精诚合作，实现了母船通过声学吊阵与水下"蛟龙"号通信的畅通，形成了基于"向阳红09"船模式的声学通信保障方案，为我国载人潜水器海试蹚出一条本来没有的路。后来，现场指挥部将上述船舶操纵方法纳入海试操作规程，为进一步海试打通了道路。

潜水器的通信系统得到了极大改善。摩尔斯码、水声电话（人们习惯称为"6971"）一举成功，高速数字通信也取得进展，遇到问题可以互相转换，等于加了双重保险。朱敏和他的声学组终于可以松口气了。

可是，此前一直牵肠挂肚的另一大事又浮上了心头：8月31日，朱敏的妻子在北京生下了一个健康的女孩，体重五斤六两。而朱敏正随着母船在海上攻关，直到9月2日回到三亚凤凰港时才得知。"向九"船政委杨联春在大喇叭里广播了这一喜讯，这是海试期间增添的第一个宝宝啊，大家纷纷向朱敏表示祝贺。刘心成书记指示厨房煮了一锅红鸡蛋，交给朱敏。当晚，他高兴地带领声学组助手，给每个队员分发了两个喜蛋，全船洋溢着浓浓的喜气……

毕竟是初为人父，而且得知妻子因身体情况，提前剖宫产，孩子还放在保温箱里，朱敏放心不下。请示指挥部同意，他利用母船靠港补给的空隙，买上机票心急火燎地赶回北京，跑到医院去看望。在病床前，他紧紧握着妻子的手，喃喃说着："对不起对不起，我不能陪你……"

深明大义的妻子，仰起苍白的脸，坚强地露出一丝笑意："没什么，我理解。试验怎样了？"

"有困难，但会成功的！这里边也有你和小宝宝的贡献啊！"

"好，我这里有医生、有妈妈，你不用多待了，试验要紧啊！"

朱敏听到这句话，眼圈红了，轻轻地亲了一下妻子的额头。确实，试验要紧啊！他在医院只陪了一个晚上，第二天就登机返回了三亚，回到了"向九"船上。

后来，在四年的海试期间，许多年轻的科研人员家陆续增添了可爱的孩子。他们为了祖国的"深海蛟龙"成长，没有机会陪伴在妻子身边，不免有些愧疚，然而家人却给予了极大的理解和支持。于是，大家亲切地称这些孩子为"海试宝宝"。

从某种意义来说，这些可爱的"海试宝宝"还在妈妈肚子里时，就已为"蛟龙"号做奉献了……

南海上的中秋节

2009年10月3日，恰巧是中华民族传统节日——八月十五中秋节。

家家户户欢乐团聚的日子。"人逢喜事精神爽，月到中秋分外明。"参加我国载人潜水器海试的队员们，怀着对祖国母亲的热爱，带着国庆中秋双节的喜悦，一大早就迎着朝霞，披着晨露，奋战在南海1000米等深线附近的"C2"海区里，进行"和谐"号1000米水深第一次下潜试验。

大家的心情都很激动。根据国际惯例，1000米海水以下叫深海，5000米海水以下叫深渊。下潜超过1000米才是真正意义上的深潜，目前世界上只有美、法、俄、日四个国家有此能力。我们如果能够成功，就是创造了一项共和国的新纪录，也是一跃成为国际深海俱乐部一员了，怎么能不令人心潮澎湃、豪情万丈呢?!

两天前的10月1日，正是我们的新中国诞生60周年的生日!"蛟龙"号海试队员过了一个特殊而难忘的国庆节——

早上7点30分，细雨霏霏，"向阳红09"船上挂了满旗，一派隆重热烈的节日气氛。全体人员集结在前甲板上，试验母船的船员们穿上了海员服装，头戴威严的大盖帽。海试队员穿上了统一的缀有深潜标志的蓝色半袖衫，喜悦和激动洋溢在每个人的脸上。

8时整，刘心成书记庄严宣布:"升旗仪式开始!"在雄壮嘹亮的《义勇军进行曲》歌声中，窦永林船长亲自将一面崭新的五星红旗，徐徐升至主桅顶。

此时，风雨交加，越来越大，队员们身上衣服全都湿透了，可是没有一个人动一动，队员们向着国旗一边放声高歌，一边行注目礼，而海监船员们则将手举在帽檐边，行举手礼，心中都充满了火热的激情和神圣的使命感……

乘着庆祝共和国成立60周年的东风，全体参试人员像加满油充足电的战斗机，摩拳擦掌，跃跃欲试。10月2日上午，现场指挥部在三亚锚地组织了试验演练。各个部门如同真正下潜那样，试航员进舱，水面支持系统布放，蛙人解缆，直到顺利回收。完全合格。这就验证了靠港期间各项检修工作安全可靠，为正式开展 1000 米深潜打下了坚实的基础。

中午 12 点 50 分，"向阳红 09"船出航，以每小时 14 节的速度，开足马力向 C2——1000 米水深试验海区驶去。5 个多小时后，抵达预定海域。随即展开了 CTD（温盐深仪）测量（包括海水温度、盐度、深度等），为潜水器压载配重和选择下潜地点提供了依据，为冲击 1000 米大关做好了准备。

浩瀚的南海，没有了昔日"凯萨娜"强台风带来的狰狞，蔚蓝的海面微波荡漾，温柔得似一只小绵羊，热情地迎接耕涛牧海的人们。当天计划进行 8 项试验：无动力下潜上浮、1000 米深度潜水器姿态调整、航行功能验证、测深侧扫声呐、6971 应急通信、布放纪念物、高速水声通信等。执行下潜任务的是突破 300 米的原班人马——于杭教授、叶聪和杨波。

7 时，现场指挥部发布"各就各位"指令，在后甲板上举行了简短的出征仪式。三位试航员穿着蓝色的专用连体服装，胸前印有鲜红的五星红旗图案，英姿飒爽、信心百倍地站成一排。

临时党委刘心成书记首先进行了动员："今天是'和谐'号载人潜水器 1000 米海试关键的一个潜次，科技部、国家海洋局的领导、海试领导小组都在等待我们的胜利消息。你们要坚决服从命令，严格规程，精心操作，沉着冷静。我相信你们一定能够圆满完成试验任务，全体队员预祝你们凯旋！"

主驾驶叶聪代表试航小组表态："我们一定牢记领导的嘱托，服从命令，沉着冷静，精心操作，坚决完成本潜次试验任务，请领导放心，请祖国放心！"

紧接着，现场指挥部刘峰总指挥有力地一挥手，发出命令："载人潜水器 1000 米试验现在开始，试航员进舱！"

"是！"试航员们健步登上潜水器平台，依次入舱，尤其在进舱的瞬间，都再一次回首，向欢送的人们招手，那是表达对完成任务的坚定决心和必胜信念。

远处波涛里，担负警戒任务的中国海监 72、76、77 船部署在"向九"船周围半径 5 海里范围内，各船雷达开机，警惕地搜索着海面，护卫着"向九"母船和已经在水下的"和谐"号。

很快，一连串的喜讯通过水声通信系统不断传来："向九向九，和谐报告：潜深 200 米、500 米、600 米、800 米、900 米……"每次报告都引起母船上阵阵掌声。

9 时 17 分，主驾驶叶聪响亮的声音再次传来："我们到达 1109 米深度，身体状态良好，潜水器一切正常！"

"好啊！我们成功了！"母船上现场指挥部、潜水器控制室（炮楼）、潜水器准备室、值勤甲板上，甚而包括驾驶台、实验室、厨房等各个部位都一片沸腾。欢呼声、鼓掌声，冲天而起，久久不息。此时，鬓发染霜的徐芑南总师走进现场指挥部，所有人员起立鼓掌，向这位 7000 米载人潜水器总体设计制造的领军人致敬！刘心成、刘峰等人情不自禁地迎上前去，与徐老紧紧拥抱在一起……

11 时 20 分，潜水器顺利回收到甲板，试航员们依次出舱，共同展示出一面五星红旗，随船记者饶爱杰、郭锐，还有许多摄影爱好者纷纷举起相机、手机"啪啪"地拍照。当他们走下平台时，海试队员们欢呼着拥向后甲板，夹道欢迎勇士们归来。大家激动地高呼："向试航员致敬！""祖国万岁！"

随后，在"向九"船值勤平台上举行了隆重的欢迎仪式。试航员叶聪向总指挥报告："我们完成预定试验计划，安全、顺利归来了！"

刘峰总指挥说："同志们辛苦了！"

三名试航员齐声回答："为人民服务！"

"现在我宣布：我国载人潜水器于 2009 年 10 月 3 日上午 9 时 17 分，

在中国南海北纬 17 度 27 分、东经 110 度 25 分，成功下潜到 1109 米！"

鼓掌声、欢呼声再次响起来。随船参试的科技部海洋办的女处长孙清，手捧花束走上前来向试航员献花。紧接着，三位试航员每人开启了一瓶香槟酒，晃动着喷向人群，只见酒花四溅，欢声雷动，把欢乐的气氛推向高潮……

这是神州儿女向国庆 60 年献上的一份厚礼！这预示着从此打开了进军深海的大门，使我国成为继美国、俄罗斯、日本和法国之后，世界上第五个拥有载人深潜能力的国家。我们可以骄傲地宣布：深海领域，中国人来了！

当天，一封贺电飞到了南海上的海试团队中，给大家带来了巨大的鼓舞。因为目前"和谐"号海试还没有正式向外公布，所以贺电还只是来自内部单位——中国大洋协会办公室：

> 在举国同庆伟大祖国六十华诞之际，喜闻载人潜水器今日成功下潜到 1109 米的水下深度并顺利回收。你们取得的这一优异成绩，是海洋人为庆祝祖国生日献上的最好礼物，是我国挺进大洋、走向深海的历史突破。值此中秋佳节之际，对你们取得的圆满佳绩致以衷心祝贺！向作出这一深度突破的下潜勇士致敬！

第五章　国旗在海底"飘扬"

重整旗鼓再出征

一个目标的实现，意味着另一个目标的开始。冬去春来，周而复始。人类万物就是这样层层推进、螺旋上升的。

自从上一年10月胜利完成了载人潜水器1000米级海试之后，整个海试团队在科技部、海洋局的统一领导下，立即转入了总结、休整、准备新的试验阶段。2009年11月12日，中国大洋协会办公室在河南洛阳召开了载人潜水器技术改进项目研讨会。针对1000米海试中暴露出的问题，经过认真梳理，确定了八大项目技术改进：潜水器液压源、VHF、视频、潜水器支架、螺旋桨保护支架、接地检测、控制和声学系统。

边试验、边改进、边提高，这是切实可行、行之有效的科研路径。各有关单位——中国科学院声学研究所、沈阳自动化所、702所、701所，以及北海分局等，立即行动起来，结合自己的任务，从机械设备硬件到操作规程软件上，都抓紧整改修订，杜绝再次发生同样的问题，同时不断优化各岗位的操作程序……

一切都在紧锣密鼓的进行中。2010年3月5日，国家海洋局、大洋办在北京召开了"载人潜水器关键技术改进与3000米级海试研究项目启动及领导小组成立会议"，标志着正式吹响了"中国载人潜水器3000米级海试"的号角。实践证明，这一套中国式的海试组织机构卓有成效。

海试领导小组仍由海洋局副局长、中国大洋协会理事长王飞担任组长，罗季燕、金建才为副组长，科技部、财政部、外交部、海洋局、中船重工等有关单位领导为成员，其中包括亲身参加海试的刘峰和刘心成。领导小组下设办公室，由刘峰兼任办公室主任。现场指挥部仍由刘峰任总指挥，崔维成、窦永林、余建勋任副总指挥，张艾群、朱敏、苏博、叶聪任成员，于杭教授和陆会胜任总指挥顾问。

瞧，完全是去年的原班人马！只是"向阳红09"船的政委由陈崇明接任。这也是一位当年"兵转工"的老海军战士，浙江宁波人，个高而瘦削，两只眼睛十分明亮，曾当过海监第一支队政治处主任，为人谦和，办事细心，一上船便与船长配合默契，成为临时党委的得力助手。对了，在去年海试中发挥了重大作用的临时党委，如今更受高度重视。启动会议期间，王飞理事长专门找到北海分局副局长刘心成，说："老兄，今年的海试还需要你继续出征，管好思想，带好队伍。去年的团队一个都不能少，换人我不放心。"

"好！既然组织上信任我，我一定要干得更好！"说实话，刘心成已经有这个思想准备：去年海试临时党委准确把握工作定位，狠抓团队建设，打造不怕困难、敢于担当的胜利之师，为海试的成功提供了坚强的思想和组织保障，得到各级领导的高度评价。他个人的工作能力和敬业精神也得到了领导的充分认可。可以说，他把自己几十年积累的带兵管理和组织实施重大任务的经验，全部用在了1000米海试当中，取得了圆满成功。

雄关漫道真如铁，而今迈步从头越。

在南临大海、风景如画的青岛市南区江苏路上，矗立着一座气势恢宏的建筑，通体洁白，神态安详，犹如一位慈爱有加的老人守望着芸芸众生。这就是青岛大学医学院附属医院，简称"青医附院"，它是一所具有百年历史的省属综合性三级甲等医院，科室齐全、设备先进、技术雄厚、环境优雅，堪称青岛市民的健康守护神。

2010年5月的一天，一位中等个头、身手干练的中年汉子快步走来，脸上露出焦虑的神情。他手里提着一些营养品，闪身进了住院部大楼的一间病房。靠窗的一张病床上，躺着一位重病的耄耋老人，沉沉昏睡着。来人悄悄问陪床者："怎么样？还好吗？"

"不太好。一会儿清醒一会儿糊涂的，医生说还需观察。只是……老人时不时叫着你的名字！"

中年汉子将带来的东西放在床头柜上，而后蹲在病床边，轻轻握起病人的手，贴在自己的脸颊上，眼睛里泛起了泪花，喃喃地说："爸，这个时候我多么想陪在你身边啊！可是，我又要出海了，你多保重……"

他，就是"向阳红09"船的船长窦永林，刚刚接到正式通知：我国载人潜水器将于5月下旬实施3000米级海上试验，作为它的试验母船"向九"船，定于5月25日从青岛港出发，前往长江上的江阴国际码头搭载潜水器和科研人员，进而开赴南海某海域执行海试任务。恰在此时，窦永林的老父亲突发疾病住院了，正在密切观察阶段，实在不行还要动手术呢！

身为一船之长，在本船即将起航之际，有多少事情需要他来考虑、需要他去做啊！可是，年迈的父亲躺在病床上，命悬一线，且不说自己不能朝夕侍奉看护，甚至都不能常来常往地看上一眼——这一走，远离家乡和大陆，连通信信号都没有，也不知需要多长时间才能完成任务返航。也许这期间就会发生不测，至爱亲人阴阳两隔，再也见不上一面了……

每每想到此，窦永林都心如刀绞，不能自已，泪水在眼眶中打转……

"咱家里有这么大的事，跟领导请请假，不去行吗？"家属怯生生地商量着。

"不行!"窦永林收住眼泪,斩钉截铁地说,"我是船长,我的船出海怎能没有我呢?再说这是国家载人深潜海试任务,去年我经历了全过程,有经验有感情,我是一定要去的!记住,老爸住院的事,连提也不要提。这里就多辛苦你们了!"

说完,他站起身来,为还在昏睡中的老父亲掖了掖被角,"扑通"一声跪在地上,磕了一个响头:"爸,不孝儿跟你告别了。你可要等着我回来啊……"两行豆大的泪珠再也控制不住,扑簌簌滚落下来,他用衣袖一抹,毅然跑出了病房……

5月23日,在"向阳红09"船的会议室里召开了载人潜水器3000米级海试出航准备检查会议。专程从北京赶来的国家海洋局王飞副局长、大洋办金建才主任、中国海监总队吴平副总队长和科技部"863计划"海洋领域办孙清处长,以及北海分局,中船重工702所、701所和南海分局、国家海洋环境预报中心的有关人员出席了会议。

听取了各方面汇报后,王飞副局长发表了重要讲话:"在科技部领导下的3000米海试,所有的参试单位和科学家都在期待着这一天的到来,期待着为我国大洋事业的发展做出自己的贡献。越是在这种情况下,我们越是要冷静下来,对工作进行落实再落实。细节决定成败。我们既要总结遵行1109米海试的经验,又不能唯经验论,要把可能遇到的困难考虑得复杂一些,来完成这次光荣而艰巨的任务。千万不能有任何麻痹思想,要把过去的荣誉归零。有1000米成功的经验不一定有3000米成功的把握。3000米是真正意义上的考验,更加严峻的挑战在等待着我们……"

此时,这台寄托着中华民族海洋强国梦的潜水器,正式命名为"蛟龙"号!蛟龙是拥有龙族血脉的水兽在朝龙进化时的一个物种,只要勇于拼搏、渡过劫难就可以化为真龙。龙在汉族传说中是一种善变化、能兴云雨、利万物的神异动物，也是炎黄子孙的象征。我们素有"龙的传人"之说。深海载人潜水器取名"蛟龙"，寓意深远，既取探海之意，又有气势，朗朗上口。后来，中国"蛟龙"名扬天下。

5月31日上午9时40分，"呜——"，一声长啸，"向阳红09"船在一片鲜花、鼓乐声和人们的招手致意中，缓缓离开了码头，载着海试团队，奔向广阔的南海，一场新的"蛟龙闹海"大戏即将上演。

载人潜水器 3000 米级海试出征仪式（图片由中国大洋协会提供）

各位海试队员昂首挺胸、摩拳擦掌，准备大干一场。可是，世界上从来没有一帆风顺的船，尤其是变幻莫测的深海大洋上……

祖国利益高于一切

果然，这第二次海试第一潜就出师不利。

"蛟龙"号海试指挥部内，刘峰总指挥神色严峻，与身旁的于杭教授、刘心成书记等人简要商量了一下，果断下达命令："各部门注意，我命令，试验终止，回收潜水器！"

海试队员们闻言心情十分沉重，这意味着首战失利：下潜受挫，拍摄任务也未能完成……

尽管做足了准备工作，还是出现了百密一疏、意料不到的情况——

2010 年 6 月 8 日上午，"向阳红 09"船驶抵三亚以南 A1 海区，实施"蛟龙"号第 22 潜次的海试，也是本年度的第一次下潜试验。同时，进行水下拍摄作业，为潜水器的工作情况留下宝贵的影像资料。

9 时 16 分，试航员进舱，9 时 51 分，载人潜水器布放入水。就在这时，出现了从未遇到的复杂情况：执行水下拍摄任务的潜水记者，在母船尾部较近距离下水，由于海水流速较大造成母船出现不规则紊流现象，使潜水器入水后向母船尾部靠拢，差点冲撞上潜水记者。船上的人们一片惊呼："快闪开！"

紧接着，潜水器原地转向，致使拖曳缆缠绕上了潜水器上方的通信机换能器，"啪"的一声，巨大的拉力将换能器拉断了！指挥布放的Ⅲ-3 水面支持系统负责人余建勋紧急报告："向九、向九，换能器受损！无法建立水下通信。"

"向九明白。试验终止!"

甲板上队员们急忙回收潜水器。不料,在此过程中,又发生了前甲板水声电话吊阵电缆受损的故障,一系列问题集中发生,让队员们一时不知所措。

紧急召开的指挥部会议上,大家先是沉默思考,继而深刻讨论,对造成种种故障的原因进行了分析,归纳起来就是:准备不充分、协同不到位;操作程序不够严谨;对海流与母船和潜水器布放的影响程度估计不足,出现复杂情况时有些慌乱;有的岗位还没有进入状态,存在麻痹思想。

两位领导人——刘峰总指挥和刘心成书记,首先检查了本身的不足,继而指出:出现了意外情况,说明我们的试验队伍还年轻,缺乏现场经验,对作业环境的准备工作不够充分,岗位间的协同配合不够到位,面对突发事件有些慌乱。这都需要进行很好的总结,加强思想教育工作,增强责任心,将坏事变成好事,将经历变成经验。同时,现场人员临危不惧,勇于担当及时处理,只是造成了有限损失,最终保全了大局,使潜水器和潜水记者都没有受到不良影响,这是失利中的胜利!有关部门及时检查整修受损部位,做好次日再次试验的准备,指挥部和临时党委也提出了表扬。

吃一堑长一智,不能被同一块石头绊倒两次。海试团队就是在这样不断总结经验教训的情况下,一步步前进的。第二天早晨,在继续下潜海试并进行水下拍摄之前,指挥部和临时党委召开了全体参试人员大会,通报目前的海试情况,提出具体工作要求,强化大家的安全工作意识。

刘峰总指挥首先说:"昨天是3000米级海试的第一次作业,是一次实战检验,结果证明我们的工作还有很大差距。必须承认,海试团队还年轻,缺乏处置复杂情况的经验。全体参试人员必须猛醒,认真整改,争取打一仗进一步。"

刘心成书记说："请同志们记住，2010年6月8日，我们在50米海区又一次走麦城，考试不及格，其原因就是准备不充分，协同不到位。实际上我们还是沉浸在去年的捷报里。首战失利，教训深刻，但不能沮丧泄气，要把教训变成财富，坚决杜绝此类事情再次发生。"

响鼓不用重槌。果然，在接下来的第23潜次海试中，完全重复上次的课目，各个部门高度警惕，瞪圆了眼睛，竖起了耳朵。8时56分，"蛟龙"号布放入水，各方面完全正常。10时18分，潜水器下潜至37米，记者完成了水下摄像。11时26分，载人潜水器顺利回收至甲板，一举取得了这个潜次的试验成功。

毛泽东主席说过：世间一切事物中，人是第一个可宝贵的。只要有了人，什么人间奇迹都可以创造出来。这话千真万确。当然，他说的这个人，是那些勇敢智慧、无私奉献的人。我们的海试团队不乏这样的人。就在他们积极筹备海试的时刻，两位队员的家中接连传来了令人难过的消息……

6月7日，北海分局潜航员傅文韬接到了家中打来的电话：父亲突发疾病，正在湖南岳阳市医院里抢救。啊?! 犹如晴天霹雳响在头顶上，年仅28岁的小傅登时天旋地转、六神无主了：他是家中唯一的男孩，从小深受父母的疼爱。朴实耿直的父亲话不多，一年到头忙里忙外，与母亲一起辛辛苦苦把他们姐弟拉扯大，还没有享受到一天儿女的侍奉，竟被生活的重担压倒了。

怎么办？一边是天降横祸、生死难料的父亲，一边是正在进入3000米级海试的"蛟龙"号，而今年他将作为主驾驶之一去耕洋牧海。虽说自古忠孝不能两全，可事情摊到谁身上，一时也难以轻易做出选择。傅文韬把自己关在舱室里，呜呜大哭起来。无情未必真豪杰，怜子如何不丈夫。何

"蛟龙"号布放入水

况还是生他养他的爸爸啊!

同屋的另一位潜航员唐嘉陵得知了此情,立即向北海分局副局长、海试党委书记刘心成和现场总指挥刘峰做了汇报。此情况引起领导们的高度重视,马上研究,决定利用"向九"船靠港停泊的时机,安排傅文韬休假,让他赶快回家探望一下重病的父亲,具体假期可酌情而定。

"谢谢领导关心!"傅文韬归心似箭,连忙打点简单行装,打车从三亚港速奔凤凰机场,买上最早的一班飞机票直飞长沙,继而乘车赶赴岳阳。当他赶到医院时,父亲已经被推进了重症监护室,下了病危通知书。

按说此时严禁探视病人,医生了解到傅文韬的特殊情况,破例让他换上隔离衣、戴上口罩进了病房。看到才 50 多岁的父亲被病魔折磨得面色苍白、形销骨立,小傅一阵心酸,上前握住父亲的手,叫了声"爸——"就哽咽了……

傅爸爸神志还清醒,只是不能动不能说话,看到儿子来了,两行眼泪不由自主地流下来,心脏监视仪猛增到每分钟 180 下,爸爸的手使劲儿攥住儿子的手,生怕一松手,就与儿子分别了。

探视时间长了对病人不利,傅文韬只得在医护人员催促下,一步三回头走出了重症室,与母亲在外面抱头痛哭。好在母亲十分坚强,很快便擦干眼泪,对文韬说:"孩子,你看望了你爸爸,你工作忙,海试正是需要你的时候,抓紧时间回去吧!"

"妈,爸爸这个样子,我怎么能放心走呢?"傅文韬心如刀绞。

是啊,傅文韬与唐嘉陵是我国第一代职业潜航员,千里挑一,定向培养,今年冲击 3000 米,仅有他们和叶聪三位主驾驶。养兵千日,用在一时。可是父亲重病在身,生死未卜,他怎么能忍心不管呢?

"这里有医生在,有我和你姐姐在,你就放心吧!马上给我回去。"妈妈正色说道,"你做的是国家大事,如果因为家事给耽误了,你爸知道了也要怪你的!"

好一个深明大义的母亲！傅文韬点点头，说："好，我明天就返回，一定好好干，绝不辜负爸妈的苦心。今天就让我在医院守候爸爸一晚上吧……"

第二天，傅文韬将积攒的工资取出来留在家里，告别病中的父亲，告别疲惫的妈妈、姐姐，匆匆返回三亚港，正赶上准备出发去海试的母船，一点也没有影响下一个潜次。只是在有信号的时候，多往家中打几个电话，算是尽了自己的孝心。

无独有偶。6月8日晚上，人称"大力水手"的船员冷日辉接到家中电话：父母家中因电器故障，突然失火，虽说没有伤着老人，却烧得一片狼藉，损失很大。啊？他眼前一阵发黑，不知所措……

这位冷日辉，是工作多年的老水手了，原在"大洋"一号科考船上工作，年初刚刚远航归来。他膀大腰圆、孔武有力，常年在海上生活，风吹日晒成了一副古铜色的脸庞，与美国知名的漫画人物大力水手相似，大家爱称他为大力水手。因比较适合"蛙人"小分队的工作，本次出海前，海监一支队特意把他调到"向九"船实验部。只一个潜次，大家便感觉到这位水手的超强能力了。他能在上下颠簸的海浪中牢牢抓住潜水器，为潜水器安全解、挂缆提供了有力支撑。

家中发生如此灾难，谁也无法淡定啊！当总指挥顾问、海监一支队副支队长陆会胜代表分局找他征求意见时，冷日辉哽咽得说不出话来。是啊，曾经有过多年出海经历的陆会胜，感同身受，深深明白他的无奈和遗憾，想安慰几句，却不知说什么好。这个时候，一向孝顺的儿子就是家中二老的依赖，年老无助的父母是多么希望儿子陪伴在身边，抚慰那颗受伤的心灵啊！可是远在南国的海试现场，也真的需要他。

冷日辉不愧是受党教育多年的老水手，片刻冷静下来，坚定地说："领导不用太担心，我是不会耽误咱们海试的。我爱人已经把父母接到家里居住了，亲友们也都去看望了。只要组织上需要我留下，我是责无旁贷的。"

"冷师傅，好样的！"陆会胜紧紧拉住他的手，表示自己的感动和鼓励。过后，他向刘心成书记做了详细汇报。刘心成还是北海分局副局长，分管潜航实验及海监一支队工作，当即给有关人员打电话通报此事，要他们酌情关照。

让参试人员感到欣慰的是，整个海试团队不是一两个人在战斗，而是有着强大的组织后盾。北海分局得知了冷日辉和傅文韬的家事后，立即行动起来。分局党办潘杰主任亲自带人赶往湖南岳阳医院，看望小傅的父亲并送上慰问品。海监一支队陈福支队长也马上安排专人，去到冷日辉家中看望受惊的老人，了解目前遇到的实际问题，一一给予解决。

这就是普普通通的"蛟龙"号海试队队员，在国与家面前，在事业与个人面前，永远把国家利益和科研事业放在首位。他们用自己朴实无华的言行举止，谱写了一曲又一曲热爱海洋、默默奉献的感人乐章。

祖国利益高于一切。

这不仅仅是一句口号，更是海试团队的实际行动。6月12日中午，第25潜次正在紧张进行中。12时40分，"蛟龙"号布放入水后，突然发现主吊缆的固定端部出现松动现象，失去了正常起吊功能。水面支持岗位人员无法现场修复。主吊缆是潜水器布放回收的关键设备，若不及时解决，就不能回收正在水下试验的载人潜水器，那就是一场重大事故。

险情十万火急，故障就是命令。现场指挥部和临时党委立即协调船上相关部门，研究处理。要求必须想尽一切办法，利用"蛟龙"号在水下试验返航前的这段时间，将主吊缆修好。窦永林船长当仁不让，马上召集实验部、轮机部的师傅们，紧急磋商，针对故障点一遍遍地画图、拿方案。最后确定实验部人员登上A型架，用大号扳手修复。

具有丰富经验的实验部主任马波，带领刚刚驾小艇解缆回到母船上的

"蛙人"——冷日辉、张建华、张正云开始了令人眼晕的抢修工作。A型架主吊缆根部离甲板七八米高，船员要从潜水器的工作架上一点点爬上去维修。海浪扑打着船舷，使船东摇西晃，真让人为他们捏一把冷汗。挂安全带、递工具、接力登高，这些船员有着多年的工作经验和强健体魄，更重要的是有一颗责任心，干起活来得心应手。

站在最上边的，是手劲最大的冷日辉，这会儿他早已将家中失火之事置之度外，而且特别感激组织上的关心照顾，解除了后顾之忧后，一门心思用在海试上。总指挥和党委书记一边指挥着下潜，一边不断地出来查看检修情况。看着"大力水手"爬上A型架顶端，挥动着大扳手，一下一下地工作着，他们心里也在默默地为他加油使劲。两个多小时过去了，主吊缆终于重新安装固定完毕，经过试验一切正常。人们心里悬着的一块石头才落了地。

可是，冷日辉、张正云他们从A型架上下来时，全身上下已经被汗水湿透了。只喝了一杯水，回收"蛟龙"号的时间到了，他们马上准备橡皮

"蛙人"在工作（图片由中国大洋协会提供）

艇，又冒着风浪下海了。这些勇敢的水手，大家敬佩地称他们是"蛙人突击队"。

勇敢地冲向"敌舰"

炮声隆隆，硝烟弥漫。一艘身中数弹、拖着烟火的军舰在飞驰，敌人拦阻的炮火雨点般飞来，激起一道道冲天水柱。然而这艘已经负伤的战舰毫不理会，义无反顾地冲向前去。指挥台上，站着一位满脸血痕、双目喷火的军官，挥舞着指挥刀指向前方大吼道："目标吉野，冲！"

对了，这正是长影拍摄的彩色故事片《甲午风云》中的镜头：经过激烈的黄海大战，管带邓世昌率领身负重伤、弹尽油绝的致远舰向日寇主力战舰吉野撞去。尽管最后被敌舰发射的鱼雷击中，饮恨沉没，但那种大无畏的民族气节和拼命精神，世世代代留存在炎黄子孙的心里，历经岁月风雨的吹打，永远不会磨灭……

而今，在"蛟龙"号3000米级海试区也上演了这气壮山河的一幕。

6月20日，"向阳红09"船到达北纬18度41分、东经116度32.9分的D2海区。风力4级，浪高1.2米。经过认真准备，今天进行第26次，也是3000米级海区第一次潜水试验，计划潜水深度1800米。

南海分局的警戒编队"海监74""海监72"船已经到达试验海区，并向指挥所报到，按要求在试验区周边执行警戒任务。

8时半，现场指挥部发出"各就各位"指令。刘峰总指挥通过对讲机提出要求："这是3000米海区第一次下潜试验，各岗位要认真操作，确保试验安全顺利进行。"之后"蛟龙"号布放入水，完成"水面检查"程序后，注水下潜。

9时左右，"向九"船驾驶室值班员观察到右舷110度、距离12海里处有一艘大吨位外国商船迎面驶来，迅速接近我试验区。他马上通过电话向指挥部报告。党委书记刘心成告诉总指挥刘峰："你继续指挥'蛟龙'号作业，我去处理。"而后迅速到达驾驶台。

雷达显示，这是一艘万吨货轮，船长190米，宽32米，以14.3节的航速正向我们海试的海区压来。两艘警戒船已经发现"敌情"，正在向其靠近。刘心成立即通过甚高频下达指令："'海监74''海监72'：'蛟龙'号已经下潜，你们两船加速前出拦截，绝对不能让其进入试验海区。"

"74明白"，"72明白"，"坚决完成任务！"

通话间，"海监74""海监72"船在警戒编队指挥员组织下，正面迎着货轮高速驶去，同时通过国际16频道不停地用英语呼叫货轮："你船进入我试验海区，马上转舵离开！马上离开！"

双方越来越近，如不采取措施，就会相撞了。那我们的两艘小吨位海监船肯定吃亏，但他们毫不畏惧，全速冲上前去……

实际上，这已经不是第一次采取如此非常措施了。

1000米级海试时，恰巧也是南海分局的"海监74"船担负警戒工作的时候，"海监74"船就遭遇了同样的险情。那是2009年9月7日，正当我们的载人潜水器在B1海区，执行第14次下潜任务时，一艘不明国籍的货轮突然进入试验海区，径直向试验母船方向全速而来。窦永林船长一边报告，一边采取措施："因为有突发情况，我要立即回收声学吊阵，并双机操船。"

而此时，潜水器已经进入了此次试验尾声，为了防止意外，保证安全，刘峰总指挥下令："立即上浮！"双眼紧张地盯着显示器。

刘心成书记和于杭教授马上奔到驾驶台，通过即时电子海图了解到详细情况后，不禁倒吸一口凉气：这是一艘名为 Victera Trader 的货轮，简称 VT 船，长 166 米，宽 25 米，不听劝告，以 18 节的航速越驶越近了。此时，原本在正北方向 2 海里处担任警戒任务的"海监 74"，急速南下，力图拦截这艘从东北方冲来的不明船只。从吨位上看，长 77 米、宽 10 米的我海监船比它小了一半多，速度最快 7 节，无法与其抗衡。按双方当前航速，"海监 74"船将在 8.7 分钟后与 VT 船相撞。后果不堪设想。

"你船已进入我海试区域，请马上离开，马上离开！"无线频道里，"海监 74"船船长一再用中、英文双语向 VT 呼叫，希望其改变航向，以免干扰"向九"船和正在上浮的潜水器。可是，不知是没听明白，还是故意挑衅，VT 船拒不回应，也不变向，甚至毫不减速地驶来。

就在这时，我们的载人潜水器已经在正前方浮出水面，如果被不明船只撞上，将是一场巨大灾难。窦船长眼明嘴快，沉着果断地下令："左舵，前进三！"指挥"向九"船稍作转向冲过去，将潜水器护于自己的左舷。而"海监 74"一边保持航向迎向 VT 船，一边呼叫位于"向九"船东面的"海监 77"船速速增援。"海监 77"船立即开足马力向 VT 全速冲去，形成了夹击的态势。

"海监 74""海监 77"两船虽小，但具有气吞山河的气势，果断地插入"向九"船和 VT 船之间，在远大于自己的外轮面前寸步不让。宁可自己粉身碎骨，也不允许外轮损伤我们的试验母船和潜水器！那情形、那气势一如当年民族英雄邓世昌指挥致远舰冲向吉野一样，一往无前，势不可当。这就是炎黄子孙的血性！这就是中华民族的精神！

在这种强大的压力下，VT 船不得不屈服了，在即将相撞的关头改变了航向，远远地驶出了试验海区。全体海试队员这才松了一口气，进而对我们的海监警戒编队的敬佩之情油然而生！有心的于杭教授特意把当时的电子海图截图保留下来，并在日志里写道："看过电影《甲午风云》的人都会记得大清水师迎着日军指挥舰冲过去的壮烈片段，这一幕，使我难忘，尤其是在海上。热爱生活的人们、热爱和平的民族在危难之时，就会有这种大无畏的精神和挺身而出的勇气。……在我眼前，'向九'护卫着'和谐'（当时潜水器暂名），74 船护卫着'向九'，77 船又策应援助 74 船。各自挺身而出，寸步不让。这是何等英勇、何等忠诚的海上部队！那一刻，在我的心中充满了无限的敬意。我保留了这些记录，我要让中国深海载人潜水器的历史永远记住这样的果敢和忠诚。

"和平年代很少需要我们展现这种高尚的品格，可是在 B1 区的每一天，我看到每一个人都接受了这种挑战。这个整体没有在经费不到位的困难面前退却，没有在突发恶劣的海况面前退却，没有在难以解决的各种技术问题面前退却，也没有在那个早已报废了的电池面前为我们自己寻找任何退却的理由。每一个人的英勇行为，最终使我们这个整体没有在 B1 区的深度面前作出一分一厘的让步。在过去的 22 天里，这个整体就像 74 船一样，挺身而出，寸步不让，坚守了自己的使命。"

这种气壮山河的情景，又在 2010 年的 3000 米 D2 海区重演了。我们的海监警戒编队同样交上了一份优秀的答卷。

正如上次一样，"海监 74"与"海监 72"两艘警戒船舶，迅速形成从货轮正前方和左侧对其阻截、逼其向右调整航向离开试验海区的态势。毫不犹豫地高速冲向那艘闯进来的不听话的不速之客。

终于，就在外轮距离"向九"船 7 海里处，它不得不停下了、转向了，向海试区域外驶去。我们英勇的警戒编队又一次成功地将不安全因素，阻截在试验区域之外。

丝毫没有受到影响的"蛟龙"号，不断传来佳音。在叶聪、于杭、杨波三位老战友的精诚合作下，9 时 45 分，下潜深度到达 1109 米，平了去年纪录。以后的每一个数字都是一项新的纪录，1300 米、1500 米，到达 1580 米时第一次抛载；10 时，到达 1700 米，17 分钟后 2000 米，21 分钟后到达 2067 米。这是"蛟龙"号首次突破 2000 米深度。母船"向九"上一片欢呼!

本潜次试验项目全部完成,"蛟龙"号第二次抛载,开始以每分钟 40 米的速度上浮,11 时 48 分出水。早已等候的蛙人小分队立即上前,挂缆,拖曳,水面支持系统启动,一刻钟后,潜水器和三名试航员安全回收到母船甲板……

成长在水下

"怎么样?近来感觉如何,下潜都准备好了吧?"刘心成亲切地问道。

"准备好了。刘局长,我俩从老师们身上学到了不少东西,这一段也一直在学习、体验,早憋足劲儿了!"傅文韬和唐嘉陵挺挺胸脯答道。

"好!要的就是这种精神状态。"接下来,刘心成又询问了小傅父亲的病情,以及小唐家中的情况等,话锋一转,要求他们针对目前的海试情况做一个思想汇报……

胜仗是人打的,机器是人来操作的,再先进的武器,没有得力的人也是废铁一堆。所以,在 3000 米海试过程中,不仅仅要试验载人潜水器"蛟龙"号的各项性能,还有一项重要任务,就是培训考核我国第一代职业潜航员。

海洋部门严格选拔的两名潜航学员——傅文韬和唐嘉陵能不能挑大梁,独立驾驶"蛟龙"号完成任务,还有待于进一步磨炼与考验。

在 2009 年的 1000 米级海试时,指挥部只安排小傅和小唐在 50 米水深作为主驾驶下潜。50 米以下直至 1000 米,以及今年的 3000 米级海试,都是由参与"蛟龙"号设计、装配，并且有过去美国"阿尔文"号潜水器体验的叶聪，担任主驾驶执潜的。可他的专业是设计师，试航完成后，就要交给深潜管理部门，由职业潜航员操作。因而，尽快让两位年轻的潜航学员"单飞"，已经是刻不容缓了。

如今，3000米大关已经成功突破，加紧培训职业潜航员就提上了日程。6月26日上午，海试临时党委书记刘心成特意把小傅和小唐叫到自己的舱室——他不仅是海上试验的领导，同时也是北海分局副局长，正是潜航学员的"顶头上司"，十分关心他们的成长，时常找他们谈心，了解他们的思想和工作、生活情况。

诚然，这不是第一次如此谈话了，在去年首次开赴南海进行1000米级海试时，也是在刘心成书记居住的这个103舱室，他们同样既正规又随和地进行过关键性交谈。按照中国大洋协会办公室的要求，凡是海试拟下潜的人员，各单位领导要亲自谈话，了解他们的思想心理状况，请下潜人员确认并签署《下潜承诺书》。

那天上午，刘心成和海监一支队副支队长、总指挥顾问陆会胜，"向九"船政委兼临时党委秘书杨联春一起，将两名潜航学员傅文韬、唐嘉陵找来，就签署《下潜承诺书》一事进行了深入谈话。当时，他们已在中船重工集团702研究所培训两年多了，完成了培训大纲规定的理论教学内容，并结合潜水器总装、调试和水池试验进行了大量实际操作应用训练，但是还没有真正在海上操作潜水器的实践经验。按照大纲要求，他们必须通过2000米深度驾驶潜水器的考核才能正式成为潜航员。这次海试给他们提供了宝贵的学习实践机会。

先是互相问候了几句，刘心成副局长说："现在，我们几位代表分局与你们俩谈话，再次征求你们对下潜作业的意见，如果同意就请签署《下潜承诺书》。潜水器虽然经过多种考核，但毕竟海试是第一次，你们俩虽然经过严格培训，但是还没有海上操作的实践经验。因此，下潜试验是有一定风险的……"

傅文韬毫不犹豫地表示："我们知道深潜有风险，但这更是我们潜航学员的责任，经过两年多的培训，我们有信心完成好任务，请领导放心，我没任何问题。"

唐嘉陵同样十分坚决："我们为海试准备了两年多，就是要下潜。当然，是试验，就有风险，但我们相信各级领导和专家的安排，有信心、有决心做好工作。"

"好！"陆会胜副支队长说，"也请你们俩放心，各级领导都把安全问题看得非常重要，会采取一切措施确保安全的。"

杨联春政委也说："大家都很关心你们，希望你们表现出自己的能力和水平，遇事要冷静，争取打一仗进一步。"

随后，他们郑重而愉快地签署了《下潜承诺书》：

参加潜水器海上试验是一件崇高和光荣的事情，作为潜水器研制项目组的一分子，本人接受了潜水器操作知识培训，经历了潜水器水池试验，具有操纵潜水器的基本知识、技能和经验，虽然海上试验具有一定的风险，本人仍愿意接受试航员工作岗位，并郑重承诺：

1. 服从海试现场指挥部工作安排，按计划执行50、300、1000米水深试验的下潜任务；

2. 在下潜试验中严格执行潜水器操作规程，确保下潜人员人身安全和潜水器安全；

3. 愿意接受相关的技术培训，确保试验操作成功；

4. 主动跟踪了解潜水器技术状态和试验准备情况，确保每次下潜成功。

承诺人：傅文韬、唐嘉陵

实际上，不仅仅是他们两名潜航学员，包括主驾驶叶聪以及于杭、崔维成、杨波、刘开周、张东升等所有下潜试航人员，都签署了这样一份承诺文书。这就等于立下了军令状，明知山有虎，偏向虎山行。从这个角度上看，这些敢于驾驶乘坐一艘刚刚试制出来的潜水器，到深海中从事科学试验的人，就是当之无愧的英雄！

转眼一年过去了，两名年轻的潜航学员茁壮成长起来，经受住了1000米海试的各项考验，将通过3000米级的考核，逐渐挑起中国深潜事业的大梁，怎能不让所有人兴奋激动呢？

刘心成书记细心倾听了他们的思想汇报和准备情况，非常欣慰，感觉年轻一代正在正确的道路上大步前进。他以一个过来人的体会和经验，语重心长，寄托了无限的期待：

"学无止境啊，不知你们注意了没有，海试一路走到现在，有一个人不可或缺，他就是兢兢业业、勇往直前的于杭教授，遇到问题时，他沉着冷静，科学解决，这种素质来源于长期的观察体验、总结规律，积累经验。还有大家熟悉的叶聪同志，作为深潜部门长兼主驾驶，日常承担许多工作，非常善于学习，优点很多。他们都是我们学习成长的目标。同时，对工作和事业要有激情。我们现在做的事情，虽然不是举国皆知，但意义却不亚于航天，作为第一代潜航员，也是探路者，有许多未知的困难和挑战，需要不断去克服，认识这一点，保持对工作的激情，对我们事业的成长，有非常重要的作用……"

两位年轻人认真听着，频频点头，老领导、老同志的这些肺腑之言，那是用长期脚踏实地的拼搏总结出来的啊！最后，他们动情地表示："感谢刘局长，今天的谈话，充分体现了分局党委对我们的培养和期望，在深海探索的路上，我们一定不负重托，努力认真学习工作，尽快成长起来，发挥应有的作用。"

2010年6月28日，两名潜航学员迎来关键的一天。第29潜次，由试航员主驾驶兼教练员的叶聪，带领傅文韬和唐嘉陵下潜，完成从受训潜航员到正式潜航员的深度跨越。此前，在几个潜次里，叶聪分别指导他们在50米、300米水深里，顺利进行了主驾驶的操作实践。今天将向1000米以上大深度冲击，跨过这道关口，就意味着我们自己培养的第一代潜航员成长起来了。

进舱，布放，入水，下潜……

按照现场指挥部的指令，各个部门通力合作，一切都在有条不紊地进行着。傅文韬和唐嘉陵先后担任主驾驶，而叶聪则轻松而欣慰地坐在一旁，充当起了"高级看客"的角色。300米、600米、1000米……"蛟龙"号一切如常，仿佛知晓两名年轻却经过努力已经成熟的新手在驾驭，兴致勃勃，"一路顺风"地遨游深海。当下潜深度突破1200米时，水面母船通过水声通信机发来了一条信息："祝贺两位受训潜航员通过千米考验！"

"哈！真好！"舱内的三人相视一笑。当时正负责通信的小唐，问担任主驾驶的小傅："你说，咱们对上面回复些什么呢？"

小傅想了想，说："这次下潜是我们实习训练的终点，也是我们下潜生涯的起点！"

其实，面对一次大深度的深潜试验，即使是一名经验丰富的潜航员，带领两名训练有素的实习潜航员，也难免让舱内的气氛略显紧张，但分工合作的他们却井井有条。在整个下潜过程中，他们都保持着高度冷静、精力集中，观察和聆听周围的一切，不放过任何一声异常的响动。只是当潜水器最后在2104米的海中坐底时，他们才终于抑制不住内心的兴奋，挥拳击掌，互相庆贺。不过，也只是那么几分钟，然后他们迅速重新专心致志地投入工作中去。

后来，小唐回忆说："我相信这虽然仅仅是几分钟的兴奋，却将烙刻

"蛟龙"号在海底科考（图片由中国大洋协会提供）

在自己记忆的深处，在人生道路上不断激励着我。直径 10 厘米的厚厚的聚丙烯玻璃窗外面就是我很多很多次在现实、在梦中向往的深海世界，是我曾经看过的书籍中大量描述的深海世界，我就如刚出生的婴儿对眼前的世界充满了好奇。映入眼帘的是漆黑一片，窗外不时漂过闪烁着或银色或蓝色或粉红色光辉的像萤火虫一样会发光的浮游生物。似乎它们也对我们的到来充满了好奇，一直伴随着我们即将到达水面才依依不舍地离开，而我有时候也像小孩一样用手罩住窗口努力地遮住舱内的光线，希望看到更多。

"短短的几个小时给我留下了很多很多宝贵的经历和无价的回忆，伴随着潜水器呼呼的排水声，我的第一次深潜经历即将结束，试验团队通过水声通信为我们传来了贺词，而平时难得一见的成百上千的鱼儿也在海面附近聚集着迎接我们的凯旋。阳光透过海面直射鱼群，它们散发出的银色光辉和蓝色海水中时隐时现的浅蓝光束相互辉映成了一道罕见的风景，恢复了我们的精力，让我们忘记了水面漂泊的不适……"

这是一个完美通过了考核的年轻潜航员在深海中的真切感受。

当他们圆满顺利地返回到母船甲板上时，早已等候在那里的领导和队友们以特殊的礼仪迎接着他们：一桶桶清凉的海水兜头浇下来，浑身顿时湿透了，心里却如同浇了油一样更加燃烧起来。

中国载人潜航史上新一页掀开了。

6月30日，在中国南海 B1 海区，由我国首批培训的潜航员唐嘉陵、傅文韬独立操作驾驶"蛟龙"号，圆满完成了第 31 潜次的海上试验。水下作业时间 528 分钟，完成了布放标志物、搜索标志物及航行控制等作业内容。

这次试验的成功意义非同寻常，它标志着我国拥有了自己的正规职业潜航员，同时也标志着我国自主研制的"蛟龙"号载人潜水器具备了深潜作业的能力！下潜试验由培训老师叶聪一人担任主驾驶的历史已经过去，今后试验计划的安排更加从容和得心应手了。

下潜归来接受"洗礼"（图片由中国大洋协会提供）

心惊肉跳的"指针"

经过两天的精心维护、检修、保养，"蛟龙"号潜水器重又斗志昂扬、整装待发。现场指挥部会议决定：6 月 22 日进行第 27 次下潜试验，计划下潜深度 2800 米，还是由比较成熟的试航小组叶聪、于杭、杨波执潜。

2800 米，是一个新的深度，也是一次新的挑战！或许遇到的问题会更多，困难会更大，两位领导人——刘峰总指挥和刘心成书记研究决定，早饭前召集全体人员在餐厅开会，进行第二次岗前教育动员活动。

首先，刘峰激情洋溢地宣读了中华人民共和国科技部、中国大洋协会和科技部"863 计划"海洋领域办发来的三封贺信。那是"蛟龙"号成功下潜 2067 米之后，上级主管部门给予的高度评价和表扬。特别是科技部的贺信指出："科技部谨向全体参试人员表示热烈的祝贺！并向你们艰苦奋斗、不畏艰险、勇攀高峰的探索精神表示崇高的敬意！希望全体人员不忘祖国的期望、人民的嘱托，为圆满实现这次海试任务，再接再厉，再创佳绩！"

随后，刘心成作动员讲话："贺信是上级机关对海试工作的充分肯定和关心支持。尤其科技部发来盖有国徽章的贺信，过去在科研试验过程中很少见过部级机关的贺信，这说明科技部高度关注载人深潜试验工作。是表扬更是鼓励，是肯定更是鞭策。我们要把上级的关心转化为高标准完成 3000 米级海试任务的强大动力。……海试道路坎坷不平。今天就要冲刺 2800 米深度。我们的背后是强大的祖国、伟大的人民和伟大的中国共产党，我们要坚决完成今天的 2800 米试验任务，以实际行动回报上级的关心。现场指挥部和临时党委坚信，胜利一定属于我们光荣的团队。"

8时30分，刘总指挥发出了"各就各位"的指令。9时20分，"蛟龙"号潜水深度1000米，36分时2000米，50分时2500米，此时已经刷新了6月20日创造的2067米纪录。现场指挥部和声学控制室全体人员目不转睛紧盯显示器，中央电视台记者的摄像机镜头牢牢对准指挥部的大屏幕，眼看着深度数字不断增加，大家心情愈发紧张。

因为下潜之前，于杭教授和叶聪都表示：如果情况正常，就不局限在2800米指标上，适时向3000米深度发起冲击。刘峰总指挥和刘心成书记笑着点了点头，期盼你们超额完成任务！然而，盼望是盼望，面对即将来到的现实，还是不免有些紧张。10时27分，叶聪报告：深度到达3000米了。指挥部里的人们静静地听着通信机，面露喜色又有点担心。10时30分，深度3039.4米！刘峰命令"蛟龙"号"抛载上浮"。好啊，指挥部里的人们再也抑制不住了，一片欢腾。

虽然下潜深度突破了3000米，但是试验项目还远没有做完。

2010年7月8日，"向九"船从三亚向3000米试验海区航渡，准备冲击新的深度和解决海试中出现的问题。因为世界海洋平均深度为3682米，科技部社发司领导要求载人潜水器本年度试验应超过这个深度。而原先确定的下潜点只有3500米，指挥部决定向东南方向移动4海里，坐标点为北纬18度35分、东经116度28分。

10时，指挥部发出"各就各位"号令，10分钟后"蛟龙"号入水。而后，一路顺利下潜。10时56分，潜水深度达到了1100米。11时06分，潜水器到达1700米左右。就在这时，一直紧盯着电力"接地检测仪"的副总设计师崔维成忽然说："不好！接地值又开始升高了！"

"是吗？"试航员叶聪和唐嘉陵也赶紧看了看仪表，果然指针在向高度数移动，心里不免有些紧张。

接地检测值是报告水密电缆和水密插件的漏水警报。要知道，载人潜水器身上布满了大量防水密封的电缆和插头，供给潜水器的控制系统、水声通信、生命支持系统和舱外机械手、摄录设备，甚而照明灯光的运作。简言之，这些电流通道就是潜水器的血管和神经，必须经受得住海底几百个大气压的压力，不漏水不短路，才能保证潜水器正常工作。万一电路上渗进海水，整个潜水器就可能断电失效，以致沉没海底……

所以，为了及时监测了解水密电缆和插件情况，本体设计者702所的专家们特意安装了一台"接地检测仪"，只要不超过1.2毫安，就是安全的。反之，说明电缆有可能进水，必须立即停止试验，抛载上浮。去年，在1000米以下海试时，这个问题不太明显，基本上保持在正常数值内。今年陆续超过2000米，进入3000米海深时，接地检测值不断偏高，甚至超过了1.2，以致不得不无功而返。

可是，试航员们发现了一个奇特的现象，当潜水器上浮到1000多米时，接地检测仪指针又恢复到0.07以下。特别是回收到甲板上，潜水器维护部门抓紧检查时，却什么故障也没有，所有电缆和插件都是正常的。几次三番，弄得大家十分头疼。如果这个问题不能从根本上解决，如同定时炸弹一样，是一个严重隐患，海试将无法进行下去。

这不，经过再一次全面细致的检修，更换了所有可能漏水的零配件，海试队满怀期冀地实施第33潜次试验了。702所副所长、潜水器本体副总设计师崔维成亲自下潜，看看到底是怎么回事。前边一直正常，到达2000米左右时，那个故障又一次出现了。0.09、1.0、1.05……三位试航员采取了相关措施，暂停通信联络，关闭舱内电源，都无济于事。

"向九"母船指挥部大屏幕上，同样能够适时反映潜水器水下情况。本来，大家都在期待奇迹出现，看到下潜接近2000米了，还在正常值内，以为已经攻克这个难关了。不料，就在超过2000米时，"潜水器接地检测报警"显示变成了红色字体，指挥部里的气氛顿时凝重起来，一下子变得鸦雀无声，进出的人们都小心翼翼地走路、开门，人人都捏了一把冷汗。

海水下面的"蛟龙"号舱内，更是一片紧张，接地检测指针一路上扬，从 1.05 到 1.16，即将达到最高限额 1.2 了。当潜水器下潜到 2050 米时，指针升高到 1.338，这预示着随时可能发生不测事件。母船上的现场指挥部不得不下了死命令："立即上浮！"最后，潜水器终止在 2088 米深度上，叶聪操作抛载了压载铁，上浮返航了。没有冲破曾经到达的 3000 米，也没有做任何试验课目，徒劳无功，这是一个失败的潜次。

令人啼笑皆非的是：就像前几次一样，当上浮到 1000 米左右深度时，报警自动消失，接地检测指针又回到了 0.07 以下。潜水器返回母船后，深潜部门长胡震立即组织电力与配电小组的工程师程斐、杨申申、王磊等人全面进行检查。拆开潜水器一点一点搜索故障点，并且邀请了专家咨询组一起深入分析，把可能想到的地方全部检查了一遍，还是没有找到真正原因。万般无奈之下，只能采取缩小故障范围的措施，把最受怀疑的电源至应急液压源一路直接接入舱内，若再出现异常，就依次断掉相应的线路。

这个办法行不行呢？只有到深海里去检验才能确认。可是，隐患未除，万一电路失效，后果不堪设想。

当天晚上，潜水器总师组召开扩大会议，分析问题，找出解决的措施。现实就这样严峻地摆在面前：要解决接地报警问题，也就是电路绝缘问题，在母船甲板上的检修手段非常有限，必须下潜！经过充分讨论，各系统的主任设计师们纷纷表态："我们的设备不怕压！下吧！"

"对，传感器就是坏了，也不会造成大事故，我们有备件，上来就换。"……

最后，总师组形成了统一意见：在保证安全的前提下，也就是说只要接地数值不超过 1.2 毫安，就大胆下潜，让深度把问题彻底压出来。上报现场指挥部，总指挥与专家组认真研究后，认为可行，决定第二天马上进行第 34 潜次试验。具体任务是：接地检测状况复核、海底航行机动、操作机械手、利用热液取样器取 3000 米深海水样、坐底试验以及其他功能验证。

指挥部决定一鼓作气，执行第 35 潜次的海试。潜水器下到了 40 多米后，接地值就开始升高，一路下潜一路报警，300 米，竟高达 1.5 毫安。再往下潜到了 800 多米，指针又回落到了 0.9。看来故障点极不稳定。为了安全起见，母船要求他们立即返航。

而执行此次海试的于杭教授，与主驾驶叶聪、试航员杨波商量：这样上去，还是找不到具体原因，我们只有再深入一步，在水下采取检测措施，才能把这一顽固的故障"逼出水面"。再说，通过这么多次的深潜，已经深刻感觉到潜水器性能安全可靠。只要密切观察，做好各种准备，安全是有保障的。是啊，不入虎穴，焉得虎子。同意！继续下潜！三人把手紧紧握在了一起。

这是需要冒极大风险的，万一不明故障造成了短路断电，甚至是爆炸进水，后果相当严重。这一大无畏壮举犹如董存瑞手举炸药包，黄继光飞身堵枪眼，我们的科学家试航员在不断报警的情况下，脸不变色心不跳，勇敢下潜、下潜……

写到这里，笔者手在颤抖、心在激荡，仿佛看到数千米的深海里，试航员们驾驶"蛟龙"号一步步向海底逼近，向阻挡中国人实现"海洋强国梦"的难关冲击。明知山有虎，偏向虎山行。他们是真正的勇士，是可歌可泣的英雄！

他们不是蛮干，不是硬拼，而是在科学应对的基础上，凭着对祖国载人深潜事业的挚爱和对"蛟龙"号安全性能的自信，将生死置之度外，沉着镇定果敢地处理面前的问题。当下潜至 1800 多米深度时，报警数值再次升高，他们冷静观察，对用电设备逐个采取隔离措施，同时继续加大下潜深度，延长报警出现的时间，以求固化故障点……

皇天不负有心人。他们终于揪住了这只时隐时现的"幽灵"的尾巴。"蛟龙"号顺利返回母船后，于杭、叶聪他们向维护人员反映了水下观察到的问题。电力与配电小组连夜检查，终于发现一根32芯线电缆的插头根部有电火花烧蚀的微弱痕迹，进一步检查，锁定了多次出现的副蓄电池泄露报警的原因：水密插头进水。两根导线在平时隔着绝缘胶皮，相安无事，可当进入深海1500米以上，压力增大，紧紧将导线压在一起，其中的细微毛刺穿透绝缘层，海水就会渗进去，造成报警。而当上浮到水面时，压力减小，两根导线分开，则一切又正常了。

哈！"众里寻他千百度，蓦然回首，那人却在，灯火阑珊处。"按照指挥部决定，各有关部门挑灯夜战排除故障、检查系统软件、修改作业流程，现场指挥部、潜水器准备室、声学控制室、后甲板……灯光下，到处都是忙碌的人影，直到天边亮出了鱼肚白……

海底机械手在行动

2010年7月12日，又是一个中国深潜人值得纪念的日子。

经过一夜的检查排故、维修保养，解决了长期困扰潜水器接地检测报警的问题，进而又更换上全新的蓄电池箱。全体海试队员增强了信心。现场指挥部决定进行第36次下潜，海试任务是：在南海海底插上中华人民共和国国旗、布放"龙宫三号"标志物、使用热液取样器提取海底水样、接地检测复核等。试航员为叶聪、唐嘉陵、刘开周。

原计划9时30分"各就各位"，但在8时对潜水器下潜前综合检查、安装轻外壳时，责任心很强、技术高超，曾获"江苏省技术能手"称号的技工顾秋亮——702所的老师傅突然发现备用蓄电池箱周围几个螺栓有油迹，进一步检查，原来是蓄电池箱出现了一条细微的裂缝。胡震立即带领配电组进行更换，直到中午12点才完成。

"怎么样，胡总，今天还行吗?"指挥部有些担心。

"没问题！我们保证把一切都准备好了。"胡震斩钉截铁地回答。

"好，13时各就各位！"在指挥部号令下，各部门紧张有序地操作起来。

13时15分，"蛟龙"号布放入水，建立水声通信后下潜。13时48分，潜水深度1000米，之后一路"顺风"，2000米、3000米、3682米，15时16分到达3757.31米，平了7月9日的纪录，安然坐底。

接下来，唐嘉陵、刘开周两人负责观察、巡视，主驾驶叶聪操作机械手，准备布放海底标志物了：一面旗杆高50厘米的国旗，一个直径30厘米的八角形盘子，上面印有五星红旗图案和"中国载人深潜海试纪念：2010年"字样，起名"龙宫三号"，两项均由耐高压防腐蚀的钛合金制

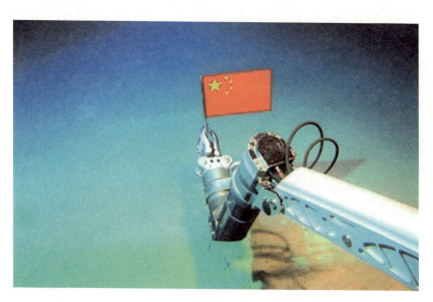

"蛟龙"号潜航员使用机械手，在我国南海海底插放国旗（图片由中国大洋协会提供）

成。

历史性的一刻终于到来了，叶聪一边稳定住潜水器，一边用机械手从舱外采样箱里取出了那面钛合金制的小型五星红旗，小心翼翼而又郑重其事地高举着伸出去，选择了一块平坦的地方，牢牢地将其插在南中国海的海底！在明亮的舱外灯照射下，鲜红的国旗矗立在蓝色透明的海水里，永远伸展着，随着洋流轻轻摆动，俨然迎风飘扬在万里晴空里！

三位潜航员久久地凝望着那面挺立在深海的五星红旗，心潮澎湃，热泪盈眶，感到无比光荣和自豪。那一刻，他们如同战场上的旗手一样，冲破重重枪林弹雨的拦阻，将胜利的旗帜插上刚刚攻克的制高点；又仿佛天安门前的国旗班似的，迈着整齐雄壮的正步，迎着清爽的晨风，把凝聚着神州儿女热血红心的国旗，与霞光万道的太阳一起升起来……

这是中华人民共和国的国旗第一次出现在南海海底，意义非同寻常！

第六章　继续下潜

一次特别的纪念

"七一"，党的生日。

公元 2011 年 7 月 1 日，中共中央在北京人民大会堂隆重举行庆祝中国共产党成立 90 周年大会。总书记胡锦涛发表重要讲话。全国各地各条战线纷纷举办热烈的庆祝纪念活动：唱红歌、办征文、搞演讲、参观党史军史馆、慰问老党员老战士等。在滚滚长江的江阴国际码头上，一场别开生面、意义深远的纪念活动开始了——

我国深海载人潜水器"蛟龙"号，就在这一天从这里起航，去东北太平洋某海域，实施"5000 米级海上试验"。这是海试领导小组根据海洋气象条件和各项工作准备情况，审时度势，特意选择在党的九十华诞出征！意义重大，激情满怀。上午 9 时整，试验母船"向阳红 09"船一派节日的盛装，甲板上层建筑上悬挂满旗，全体人员着统一的海试服装在甲板左舷旁站坡。

由于我国南海没有适合 5000 米级海试的海域，加之中国大洋协会与国际海底管理局签订了东北太平洋7.5万平方公里多金属结核专属勘探区合

牢记祖国人民重托 坚

5000 米级海上试验出征（图片由中国大洋协会提供）

同，其中规定中国政府承诺每年投入资金用于该勘探区科学考察。海试领导小组综合考虑：决定"蛟龙"号载人潜水器5000米级海试，转战东北太平洋，前往我国的合同勘探区，结合多金属结核和生物多样性调查进行，边试验，边应用，通过应用来进一步发现、解决问题。

这片海域距离我国上海5000多海里，水深一般在5200米左右。

此时，窦永林已经升任中国海监第一支队副支队长，陈存本接替他出任"向九"船船长。他是青岛本地人，早年考上航院学习船舶驾驶，毕业后被分配到北海分局一干就是几十年。对于这次任命，陈存本既向往又激动。他在一篇文章里写道：

"我清清楚楚地记得：2011年1月7号晚9点10分，接到单位通知，调我担任'向九'船长，我激动得彻夜未眠。我成为'蛟龙'号母船的船长，可以零距离地与'蛟龙'亲密接触。我成为中国载人深潜海试团队的一员，可以和大家一起驾驭蛟龙，探秘深海，穿透幽暗，将蓝色的狂美呈现给人们。多自豪啊！第二天一大早，我就赶到'向九'船，接过了船长的班。

"兴奋之后，陷入了深深的思考：如何当好母船的船长，'向九'船可是一条万众瞩目的功勋船呀！我如饥似渴地搜索资料，研究'蛟龙'号潜水器、研究世界上发达国家潜水器以及它们的母船。30多岁的'向九'船，虽然在2007年进行了全面的改装，但船舶本体的机械设备依然陈旧……

"5000米海试，'向九'船要重返大洋，从近海船到远洋船，要求船舶安全管理水平和船员业务技能必须大跨度地提升一个台阶。年迈的'向九'船给我们带来了巨大的挑战……"

出发前一天——6月30日下午，新任国家海洋局局长、党组书记刘赐贵专程来到江阴，准备第二天为"蛟龙"号起航送行。这位刘局长，这年

2月刚刚接替退休的孙志辉局长来到海洋局任职，原任福建省厦门市市长，福建泉州人，生于1955年9月，在职研究生学历。可以说，他是一位地地道道的"海洋通"。

为了收集写作"蛟龙"号的资料，2014年春天，我来到国家海洋局采访，得到了有关领导的大力支持。首先是国家海洋局副局长、大洋协会理事长王飞热情接待，全面介绍了大洋协会成立以来的情况，特别是研发海试"7000米载人潜水器"的来龙去脉，并且推荐采访大洋办主任金建才、副主任刘峰，北海分局副局长刘心成，中船重工总设计师徐芑南等与"蛟龙"号密切相关的功臣。

随后，刚刚出国归来的刘赐贵局长，百忙之中抽暇在办公室会见了我。他中等个头，身材适中，目光亲切而有神，一口南方普通话字斟句酌，显得十分沉稳干练。他站在国家、民族和历史的高度，讲述了我国发展大深度载人潜水器的重要意义。

对于我计划采访写作"蛟龙"号一事，刘赐贵局长十分重视，积极支持，当听到我希望随同"蛟龙"号母船"向阳红09"去深海大洋科学考察、现场体验采访第一手素材时，他很高兴："可以啊！今年第一航段是到西北太平洋吧？"他转头问陪同采访的局办公室主任石青峰。

"是的。今年是试验性应用科考，将在中国大洋协会与国际海底管理局签订的富钴结壳勘探合同区进行，6月底开始第一航段，计划40天。"热情而精干的石主任点点头回答。

"你可以参加第一航段，时间还不太长。不过，还得请海试领导小组酌情审批。如果批准了，你就是第一个深入'蛟龙'号工作现场的作家。这符合创作规律，要想写好作品，必须深入生活认识生活。我希望你不但写'蛟龙'号的历程，更要通过'蛟龙'号写出我们的海洋战略、海洋文化来，提升全民的海洋意识。这将是一部大书啊！"

"谢谢！我一定按照这个方向去努力，争取不辜负我们的'蛟龙'号团队和海洋工作者的期望，精心写好这部作品，为建设海洋强国尽一个作家的绵薄之力！"望着这位胸中装满海洋的局长，我不禁肃然起敬……

此后，按照程序，一级级申报审核，我终于获得批准跟随"蛟龙"号去科学考察，在 2014 年夏天里，经历了一段难忘的航程，为尽心尽力写好本书奠定了坚实的基础……

话题回到 2011 年。5000 米海试起航前，局长刘赐贵，副局长、海试领导小组组长王飞，局办公室主任李海清，大洋办主任金建才等人在江阴市召开座谈会，亲切接见了海试团队的代表：于杭、叶聪、傅文韬、唐嘉陵、崔维成、杨波、张东升、刘开周、王凯博等 9 名拟下潜人员和刘峰总指挥、刘心成书记。

这是刘赐贵局长第一次与海试团队的代表们见面，也是第一次由海洋局一把手亲自来为"蛟龙"号送行。他和大家一一握手问候，请大家坐下来，谈笑风生，亲切询问了前期的学习、训练情况，而后语重心长地说：

"你们 9 个人是 96 名参试队员的代表，是英雄，我代表国家海洋局党组、国家海洋局系统、海试领导小组和祖国人民向下潜队员表示感谢！'蛟龙'号海试队从 1000 米到 3000 米，再到这次 5000 米海试，意义更加重大。从深度到海域都有变化，带来的困难和挑战更大。虽然你们对困难也有预案，但是情况复杂，各种困难还会随时产生，要有充分的思想准备。

"大家要在现场指挥部和临时党委领导下，团结一心，克服困难。你们下五洋捉鳖，有坚强的后盾，海上有整个海试团队，后有强大的祖国、伟大的党和人民，要坚定信心，保持清醒头脑，保持良好心态，保持身体健康。你们 9 位下潜队员是一种形象，代表了海试团队，要团结一心，把问题和困难想在前面，勇于克服，敢于奉献。"

第二天，正值中国共产党建党 90 周年纪念日，中国"蛟龙"号 5000

米级海试队乘坐"向阳红09"母船出征远航。按照惯例，上午9时，有关方面在江阴苏南码头举行了隆重的起航仪式。国家海洋局党组书记、局长刘赐贵发表讲话：

"今天是伟大的中国共产党建党90周年，'蛟龙'号载人潜水器5000米级海试（中国大洋25航次）顺利起航，以这种特殊的形式纪念和庆祝党的生日，有着特殊的意义。我们就是高举着先辈的旗帜，继往开来勇往直前。同3000米级海试相比，这次任务更加艰巨，更具有挑战性。在执行载人潜水器5000米级海试的同时，要履行我国国际义务，与大洋科学考察任务相结合，为人类认知深海、保护和开发深海做出我国应有的贡献……"

9时40分，在鲜红的旗帜辉映下，一声汽笛长鸣，"向阳红09"船徐徐离开江阴码头，奔赴东北太平洋，实施"蛟龙"号载人潜水器5000米级海试和大洋科考工作，开始了一段新的征程……

太平洋上"游击战"

太平洋，地球上第一大洋，跨度从南极大陆海岸延伸至白令海峡，西面为亚洲、大洋洲，东面则为美洲，占地表总面积的35%，海洋总面积的49.8%。

那么，它的名称是怎么来的？1519年9月20日，航海家麦哲伦率领270名水手组成的探险队从西班牙启航，西渡大西洋，他们顶着惊涛骇浪，吃尽了苦头，到达了南美洲的南端，进入了一个海峡，这个海峡非常险恶，船队经过38天的艰苦奋战，终于到了海峡的西端，此时仅剩下三条船，队员也损失了一半。此后船队从南美越过关岛，来到菲律宾群岛。这

太平洋深处的日出（图片由中国大洋协会提供）

段航程风平浪静，原来船队已经进入赤道无风带。先前饱受了滔天巨浪之苦的船员高兴地说："这真是一个太平洋啊!"从此，人们把美洲、亚洲、大洋洲之间的这片大洋称为"太平洋"。

可是，太平洋上不太平，充满了云谲波诡和波翻浪涌。无风三尺浪，有风浪滔天，犹如丝毫不知疲倦的巨曾，永远在蠢蠢欲动，没有一点太平的样子。

2011年7月15日20时，我们的"向阳红09"船经过15天的航行，安全、顺利到达北纬10度07分、西经154度13分预定试验海域——在夏威夷主岛方位175度、距离550海里的我国多金属结核合同区内，与14日晚上先期到达的广州海洋地质调查局"海洋六号"科考船会合。他们执行大洋第23航次科考任务，前期配合"向九"船进行"蛟龙"号海试，担任警戒和试验海域海洋环境参数保障。

此时的东北太平洋，面临着更为险恶的天气海况。就连专门负责气象保障的海洋天气预报中心预报员苏博，都紧锁眉头，暗暗叫苦。早在5000米级海试筹备之初，选定试验海区时，年轻但经过前几次海试历练的苏博，做足了功课，认为这里往年7月份大多平均风速7米/秒，涌浪高1.5米。这是两个让人放心的数字。并且请教到过这片海域的航海人，都说这个季节里这里风平浪静，有时海面甚至像镜子一样。据此上报领导小组，大家对此次海试的海况都抱有较高的期望。

不料，事与愿违。及至来到了试验海区，才发现气象情况与预想的大相径庭。当初预报员们考虑较多的局地强对流天气和热带气旋并没有光顾，而持续强劲的东北风和成片成片的白浪花一直肆虐，根本看不到过去人们描述的那种平静情景。有经验的航海人都知道：海面上翻起一片白花，风力起码在6至8级左右，而大浪也在4至5米左右高，不符合海试条件。是什么原因造成异于常年的状况呢?

这片海域位于东太平洋副热带高压南缘，受其影响常年刮东北风，气象学上称为东北信风。平时副高压在夏季加强北抬，冬季减弱南落，由此带来的东北风也是夏季较冬季要小很多。但今年7月东太平洋副高压的强度指数较常年平均值偏高，而位置也略偏南，从而造成了此海区东北风比历史同期要强，海况也就更加恶劣了。

连日持续的电闪雷鸣，暴雨如注，东到东北风6—7级，浪高2—3米，导致船舶颠簸剧烈，不少队员晕船了。别说布放"蛟龙"号正常下潜作业了，就连在船上行走维护都受到了严重影响。这天，安装保障组在后甲板检查，突然一个大浪打得船体横摇，一只几百斤重的油桶发生漂移，如同滚石下山一样向绞车撞去。702所的技工师傅、共产党员张建平一个箭步冲上去，奋力阻截，"砰"的一声，设备安全了，可他的左手无名指被严重挤伤，鲜血直流……

"啊！张师傅受伤了，快找医生。"

"没事没事……"张建平强忍剧痛，被同伴扶着来到了医务室。随船医生傅晋领为人热诚，医术高超，连忙为他消毒、止血，缝了三针，又叮嘱他不能再干了，防止感染。可张师傅执拗地说："我的岗位我最熟悉，海况这么差，别人干我不放心啊！"

"战场"情况有变，必须审时度势。7月18日晚上，海试现场指挥部召开了紧急会议，研究下一步工作。随船气象员苏博定时利用海事卫星接收气象资料，认真分析判断，做出准确的气象和海况预报：5日内海试区域没有好转迹象，而在南部几个纬度外，有一条由北半球的东北风和南半球的越赤道东南风组成的赤道辐合带，俗称赤道无风带，周围的风力小于5级，可以作为备选海域。指挥部据此认真分析，并报请北京领导小组批准，决定试验母船向南转移，择机海试。

一声令下，"向九"船顶着狂风巨浪向南开拔了，与风浪周旋打起了游击战。同时，要求各部门在航渡期间做好准备工作，船到目标区域，立即组织下潜。由于"蛟龙"号载人潜水器采用无动力下潜上浮原理，安装压载铁是每次下潜前一项基本保障工作。它既需要一定技巧，又是一个重体力活儿，况且母船一直是在狂风恶浪中航行，难度就更大了⋯⋯

大雨再次不期而至，甲板上更是湿滑。怎么办？明天下潜不能耽搁，今天必须完成安装。风雨浇不灭海试队员的工作热情。安装保障组在副总指挥崔维成的组织下全体出动，就连潜航员、水面支持系统人员、船上实验部人员、安全总监张艾群"张大帅"、总指挥刘峰、书记刘心成、专家组长于杭教授全都自发来了，整个后甲板上下聚集了30多人，心往一处想，劲往一处使。

主岗上的张建平挥舞着还包扎着绷带的手，一边指挥，一边与队友们一起抬起200多公斤的压载铁，放到叉车上。另一位老技师顾秋亮稳稳地驾驶着叉车，开到"蛟龙"号安装位置。一路打滑，众人赶紧冲上去肩扛手推，使其乖乖就位。紧接着，张建平、邓宝清爬上脚手架，指挥升降车前进后退，将压载铁顺利安装上去。这时风雨更大了，好似太平洋的海水被风卷上天又倾倒了下来，在场人身上没有一块干地方了。大家毫不在意，一鼓作气把两侧压载铁全部装好。

这时，有人抹了一把脸上的雨水，风趣地说："看，老天爷都感动得哭了！"

"哈⋯⋯"引来一片自豪的笑声。

经过一天一夜的全速航行，海试队于7月20日早晨安全到达了备选海域，果然这里相较原先那片海，就属于风平浪静了。按计划，马上下潜。本潜次主驾驶还是叶聪，崔维成、杨波随同。任务是：无动力下潜上浮试验；均衡试验；重点复核超短基线定位功能和接地检测；潜水器推进、供电、姿态调节、液压、控制、声学、生命支持等试验；视潜水器状态进行取水样作业。

8时30分人员各就各位，央视报道小组开始现场直播。一切就绪后，"蛟龙"号于9时10分注水下潜。与海面上相比，几百米、1000米的水下，反而风波不兴，一片安宁。5000 米海试的首潜之战打响了，一路顺风顺水，11 时 09 分潜至 3759.9 米，超过了去年的下潜纪录。11 时 26 分，"蛟龙"号到达了 4027.31 米的深度，悬停、巡航，开始了各项试验。

曾经困扰海试的水声通信系统，在中国科学院声学所的积极努力下，在朱维庆、朱敏研究员为首的海试小组攻关下，已经十分成熟，大显神威。在 4000 米的海水下，成功地与母船进行数字通信，传回多幅清晰的深海图片，其中三名试航员的"全家福"笑脸，喜庆感人。央视记者王凯博还与叶聪进行了语音通话。

由于海试区域与北京时间的时差关系，央视直播正是北京时间 5 点钟，很多人包括国家科技部和海洋局的领导们都是半夜爬起来观看。首潜成功，大快人心！

这一次虽然还没有突破 5000 米的深度，但这是一次理想的预演：试验了各项功能，发现了需要改进的问题，掌握了正确配载的基数，充分验证了 3000 米级海试以来维护升级所取得的成果，为冲击 5000 米大关奠定了基础，增强了全体参试队员的信心。此后，这成为一种常态，避开风浪，寻找最佳海域试验。

然而，太平洋的风浪，就像人还在心不死的敌军一样，不会善罢甘休的。这不，当前方与后方都在庆祝今年成功第一潜时，它悄悄地恶狠狠地卷土重来了。

按计划，7 月 21 日将乘胜前进，实施本航次的"蛟龙"号第二潜，去创造深潜 5000 米的新纪录。同时，中央电视台等各大媒体也发出了消息：中国"蛟龙"将冲击 5000 米深度。国家海洋局准备下潜成功后召开新闻发布会。举国上下，乃至全世界都充满了期待。昨天晚上，现场指挥部下达了指令，各部门做好了准备，万事俱备，只欠东风。不过，此时此刻，这句话应该是：只欠没风……

5 时刚过，天还黑着呢，"咚、咚、咚"，总指挥刘峰听到一阵急促的敲门声。会是谁呢？这么早。"刘总，天气有变，风力加大了！"

刘峰听出是气象预报员苏博的声音，黑暗中，他赶紧摸索着穿上衣服，开门走了出来："慢点说，怎么回事？"

"风比预计的来得早了，现在已经加大到了 6 级，浪高也到了 2 米。而且根据最新卫星云图预测，未来三五天都不会好转。"苏博怯生生地说，生怕因为预报出现了反复，影响试验。

刘峰的第一感觉就是赶快核实情况，他习惯性地跑到指挥部的气象显示屏前。风速 11.7 米/秒，有时达到了 14 米/秒。他赶紧再跑到驾驶室观看，海面上已经翻起白色的浪花，说明风力至少 6 级，浪高达到了 2 米以上，几乎超出了海试的临界点。

不一会儿，刘心成书记也来到了驾驶室。这是他的老习惯了，每天起床后第一件事就是上来了解、查看船舶运行状况。见此海况，同样充满了担心，他与刘峰交换了看法，决定马上召开指挥部和临时党委会扩大会，邀请各部门负责人和潜航员参加，讨论是否继续海试。

会议一开始，两种意见针锋相对。一派说："现在已经是箭在弦上，不得不发了。国内外都知道咱们要冲击 5000 米，如果停了，那不成了国际玩笑了。"

"是啊，这是有个影响问题，别让人说咱说话不算数。再说，这种海况还没有到极限嘛，我觉得应该下！"

另一种意见认为："不行！不能下！我们要尊重科学，任何时候都要以安全第一。虽说预报今天冲击 5000 米，大家都在热烈期待着，可也不能蛮干呀！"

"对，我们搞试验不是面子工程，更不是作秀，而是实打实地研制一台国家需要的深海载人潜水器。如果天气海况不好，宁可等待……"

良久，大家的目光集中在总指挥和党委书记、专家组长身上。此时，他们很难做出决定，不仅仅是新闻界已经做了预报，吊起了人们的胃口，还在于海试时间的紧迫性——只有 15 天，据预测这个月的天气难有改善，弄不好就完不成试验任务了。

下？还是不下？这个难题如同海浪不停地拍打着船舷一样，冲击着几位指挥员的心胸，也在检验着决策者的胆识……

经过一番热烈的讨论，刘峰与刘心成、于杭等人交换了一下意见，下定了决心："综合全面考虑，我们决定取消今天的下潜任务！各部门做好善后工作，央视报道组据实向全国人民说明，原因就是海况不符合试验条件。这，正是'严谨求实'中国载人深潜精神的具体体现。"

刘心成接着说："临时党委完全支持总指挥的决定！同志们，我们退一步是为了更好地进一步。科学来不得半点侥幸，我们要在保证安全的前提下，打好每一仗！"

当天晚上，国家海洋局党组书记、局长刘赐贵，副局长、海试领导小组组长王飞等领导同志在北京通过海事卫星连线，与"蛟龙"号海试团队视频对话，一是祝贺顺利完成首潜并创造 4027 米的新纪录，二是向全体海试队员表示亲切的慰问。

主持人王飞副局长说："今年 5000 米海试牵动着全国人民的心，也引起了世界的关注。海洋局作为组织实施部门，局党组尤其是刘局长用自己的实际行动，体现了对你们的关心、关注和关爱。刘局长马上要出差，得知今天因为天气原因取消了试验计划，担心你们有急躁情绪，在去机场前，还想到与你们视频连线，与大家谈心。现在请刘局长讲话。"

母船会议室里，响起一片掌声。说真的，这个时候能够与家里的领导说说话，真是一种及时雨的宽慰与欢欣啊！刘赐贵好像在身边似的，摆摆手笑着说："不是什么讲话，就是跟大家聊聊天。昨天看了第一潜的现场直播，我与全国人民一样，感到很振奋，向你们致敬！叶聪在吗？"

"在！"

"讲讲你在水下的感受!"

"好的,刘局长。"叶聪代表试航员讲述了下潜情况,并说一定认真准备,耐心等待天气好转,拿出最好的技术水平和精神状态去执行接下来的任务。

当他说到东北太平洋的海底温度较低时,引起了刘局长的关切,马上问道:"是你们在水下感觉寒冷吗?"

"不不……"叶聪赶紧解释,"是与前两年在南海相比较,感觉这边温度低,但我们在舱内有足够的保暖措施,没问题。"

这是一次拉家常式的慰问,气氛轻松活泼。海洋局领导们亲切询问船上有无人员生病,是否有蔬菜吃,能不能看上电视新闻?刘峰总指挥和刘心成书记一一做了汇报,感谢领导的关心。而后刘赐贵局长语重心长地说:"今天得知由于天气原因,海试将推迟几天,很想念全体队员,与大家一起聊聊。我昨天凌晨3时起床观看你们下潜的过程,回收的时候,也看了直播,感到很振奋,你们创造了历史,昨天是4027米,是创纪录的历史时刻,看到3位试航员出舱时精神饱满,我们也感到很高兴,向你们致意。在临时党委和现场指挥部的领导下,你们做得很好。

"这几天全国人民都很关注,新华社出了内参,网民都很关心你们,反映都很好。昨天也有人询问怎么4027米就回来了,不是说5000米吗?说明全社会都很关心这次试验。你们到达试验海区6天来,在党委和指挥部的领导下,形成了一个整体,相互鼓励、支持和勉励,做了充分准备工作,才有了昨天阶段性的成果。我们期待着第二次、第三次下潜,将分别标志着我们有能力下潜到5000米深海,以及有能力进行科考的应用,每一次下潜都有不同的意义。

"我们期待的心情和你们是一样的。但是也要提醒你们克服急躁情绪,保持冷静,把工作做细,把细节做细,既要有决心、信心,还要有耐心、细心,把细节做好,海试才会圆满。我和王飞副局长很牵挂你们,所以和你们见见面，希望你们在绝对保证安全的前提下，保证"蛟龙"号一切状态良好的前提下，按照计划组织下潜试验。海试领导小组将尊重现场指挥部的一切决定，国家海洋局党组也尊重你们在前线的一切决策。今天看到你们的精神状态很好，专家顾问的身体很好，我很高兴。向你们表示慰问，向96位队员表示问候，向于杭教授表示致意。

"你们在做一件伟大的事业。人类对海洋还有很多的未知需要去探索。太平洋覆盖着地球约46%的水面，对太平洋的进一步认知，就是对地球的认知，对地球有了更多的认知，才会去保护、开发和利用地球。你们对海洋的探索是很有意义的，不仅体现在深度的增加，也体现在国人对海洋认知度的提升。我们期待你们更多的好消息！"

犹如海外游子得到了祖国、家乡亲人的慰问和鼓励，由于天气不得不取消海试的不快、迷惘与受挫感一扫而光。

2011年7月25日，在耐心等待了4天之后，现场指挥部抓住了一次风力稍弱的战机，决定进行"蛟龙"号第41潜次试验。为了充分利用白天的时间，指挥部和临时党委决定将早餐提前到6时20分，而后立即为承担下潜任务的叶聪、傅文韬和杨波举行了隆重的出征仪式。7时30分，刘峰总指挥发出了"各就各位"的号令。

"蛟龙"号沿轨道车被缓缓推出，A型架内摆、主吊缆下放、挂钩、起吊，一连串连续动作。此时，海面风力5级，浪高2.5米，一片白浪花，船身摇摆幅度增大，潜水器在空中像打秋千一样左右摇摆。恰在这关键时刻，声学部门长朱敏报告：同步时钟信号中断，虽说对声学通信影响不大，但超短基线和应答器将失去同步，这样指挥部就不能掌握潜水器位置信息，需要潜水器返回原位检查排除。指挥部顿时觉得事情严重，此时潜水器已吊到空中而且十分不稳，再平稳地放到轨道车上谈何容易。但故障不除是不能下潜的。

刘峰总指挥命令："Ⅲ-3（A 型架操作指挥员），潜水器返回。"

"Ⅲ-3 明白。"水面支持系统部门长、海试副总指挥、701 所高工余建勋应道。

就在操作"蛟龙"号归位坐墩时，由于摆动幅度大，底部后支架与轨道车发生碰撞，造成了支架损坏，但不影响下潜。同步时钟故障很快排除了。指挥部再次下令："各就各位，准备下潜！"

一波刚平，一波又起。水面支持系统部门长余建勋提出申请报告："现在海况变化，超过海试大纲标准，建议取消今天的海试计划。"

指挥部不同意。余建勋急得脸色煞白："风大浪高，潜水器吊在空中摇摆不定，万一碰撞出事怎么办？我要求召开指挥部紧急会议，研究一下再决定。"

这位余工，是中船重工集团第 701 所的高级工程师、研究员，人生得瘦高文雅，眉清目秀，俨然一介白面书生，但干起工作来严谨细致、精益求精。他从"蛟龙"号立项就在副所长吴崇建的带领下，参与水面支持系统的设计、研制和操作了。从轨道车到 A 型架，每一颗螺丝、每一条钢缆，他都倾注了大量的心血，了如指掌。海试几年来，他一次不落地跟随出海，精心操作，保证了"蛟龙"号的安全布放与回收。正像他的名字一样，为海试建立了功勋……

然而，余工也有一个性格上的特点：可能是责任太重大，实在放心不下。也就是说他的优点是谨慎，缺点是太谨慎了，每次下潜海试前夜，他都特别关注天气海况，反复找预报员小苏核实。即使这样，他仍然担心第二天天气变坏，给海试带来麻烦，往往失眠，只好去找船医傅晋领医生要安眠药吃，才能休息会儿。当然，这一切都是为了更好地工作，是一种责任心的表现。遇到今天这种情况，他的忧虑之心又像海潮一样浮上来了。

刘峰总指挥同意召开紧急会议。几分钟后，临时党委、现场指挥部、专家组成员全部到齐。刘峰主持，简短说明了情况，请大家发表意见。余建勋首先表态，十分坚决地说："我们的海试大纲规定4级大风、2米浪高以下进行海试，现场海况大家都看到了，已经超过了这个标准，'蛟龙'号布放回收无法保证安全，我认为应该取消今天的下潜计划，等天气符合条件后再继续进行。"

与会人员互相看看，静静思考，一时难以下定论。稍后，大家先后发言，有的表示天气确实不好，赞同余工的意见，暂停试验吧。也有人坚持海况比上一次强些，准备充分，认真操作，完全可以闯过去。老是这么等，将延误战机。听到大家说得差不多了，刘峰把目光转向刘心成书记说："司令，你说说吧！"

"好。"刘心成清清嗓子道，"我们要综合各方面的情况，来决定今天的海试是否继续进行：一是太平洋不是我们的近海，要找一个十分理想的海况很难；二是目前的海况不好，但是属于上限；三是根据预报今后几天都是这样了；四是下潜标准是2009年以前制定的，那时我们还没有进行海试，没有任何经验，标准定得比较保守。今天我们的团队经过1000米、3000米锻炼，无论是操作技能还是相互配合都已今非昔比，只要发挥我们团队的集体智慧和力量，精心操作，胜利的把握是有的。因此我支持今天继续海试。如果有问题，我和总指挥一起承担责任。"

如此分析，一团迷雾中见了光明。会议气氛变了，下潜派占了上风。大家反过头做余建勋的工作："是啊，老余，经过几年的摔打，你们翅膀早硬了，相信能抗过去这点风浪。""不用担心，我们全队与你在一起……"

这是刘峰作为总指挥的行事原则：重大决策前，总要认真听取各种不同意见。这一过程，实际上是统一认识、统一思想的过程，也是增强大家信心和决心的过程。最后，刘峰总指挥看了看表，把心中早已形成的决定毫不含糊地表达出来："我完全同意心成书记和几位同志的意见，既要充分认识海况带来的困难，又要相信我们团队的成熟与能力。余工的意见也有一定道理，提醒我们今天的下潜要更加严格地履行操作规程，不得有任何的疏忽。时间紧迫，不再继续讨论下去了，我宣布，给大家15分钟准备时间，继续进行下潜试验。"

"坚决完成任务！"各位与会人员包括余建勋纷纷表态，立即起身，匆忙返回自己的岗位。

9时15分，重新"各就各位"。好一个余工，虽说他的暂停意见被否决了，但通过讨论，他完全服从指挥部的决定。而且为了保险起见，他接替了主操手的工作，亲自操作轨道车和A型架。带领他的队员也是他的徒弟——丁忠军、史先鹏、李德威等人，精心操作。只见他头戴安全帽，背着操作盘，站在不断晃动的船尾甲板边上，眼睛一眨不眨地盯着"蛟龙"号，随着风浪的波动，准确果断地按着电键，操作主吊缆、止荡器等设施——按要求就位、脱离。

9时38分，"蛟龙"号安然入海，水面检查正常后，开始注水下潜。整个过程非常顺利，潜航中密切观察，谨慎操作。水声通信大显身手，不断把潜水器的各种参数上传。10时21分到达1000米深度，之后2000米、3000米，11时40分到达4072米，超过了前几天创造的纪录。指挥部大屏幕显示"蛟龙"号下潜到4992米，大家都准备欢呼了，好像老天爷故意与海试队员过不去，这一数据因为试航员与声学控制室通话而没有及时刷新。大家无奈地焦急等待，直至显控器上数字突然刷新为5038米。现场顿时沸腾了！

紧接着——12时17分，大屏幕显示达到了5057.541米，创造了中国载人深潜的最新纪录！成功了，我们成功了！母船现场指挥部、声学控制室欢声雷动，掌声经久不息，总指挥刘峰和党委书记刘心成紧紧拥抱在了一起，声音哽咽，热泪盈眶！中央电视台报道小组及时现场播报，女主持人王凯博激动得声音变了调："各位电视机前的观众，我们在东北太平洋上向大家报告：就在刚才北京时间6时17分，中国'蛟龙'号载人潜水器突破5000米大关，最大下潜深度为5057米，中国也成为世界上第五个达到这个深度的国家……"

虽说国内正是清晨时分，但还有不少人守候在电视机前，一片欢腾，为祖国取得的又一高科技成就而无比振奋、欢欣鼓舞！

接下来，"蛟龙"号在试航员操作下，成功坐底、巡航，拍摄上传海底生物、地质等图片，完成了各项预定试验任务。15 时 20 分，安全抛载上浮。刘峰总指挥通过水声电话问候试航员们："叶聪、傅文韬、杨波，你们辛苦了！祝贺你们再次创造了中国载人深潜的历史，我代表全体海试队员和全国人民感谢你们！"

"谢谢总指挥，谢谢同志们！为祖国服务，是我们义不容辞的职责！"

随后，中央电视台记者王凯博也通过水声电话向试航员问好，并播放了一段预先录制的傅文韬母亲的讲话录音："文韬伢，你好嘛！听说你要去参加 5000 米的海试，家里人都很挂念，可是也全都支持，为你骄傲！国家培养你，一定要好好为国家出力！全家人都好，你尽管放心。在大海上，你要注意安全，听领导和老师的话，做好工作。全家和乡亲们都等待着你们平安回来！"

这是一个潜航员的母亲的心里话，仅仅是对她的儿子说的吗？不，全体海试队员都从中听到了祖国母亲的关心与祝福。那一瞬间，大海平息了，天空安静了，热烈而温馨的暖流在人们心头涌动……

傅文韬含着泪花，对着通话器平静而有力地说道："谢谢妈妈！我们一定不会让你和大家失望！"

16 时 07 分，"蛟龙"号跃出海面。母船水面支持人员，又是在余建勋沉着指挥下，克服了急涌大浪的影响，冷静应战，经两次起吊，将"蛟龙"号安全回收至甲板。16 时 30 分，在后甲板举行隆重的欢迎仪式。每一名试航员出舱转身向大家招手时，都引起一波热烈欢呼声。当叶聪、傅文韬、杨波展示他们携带到 5000 米海底的国旗时，现场又一次沸腾了，欢呼声经久不息。

生长在海底礁石上的海绵，类似高举的大拇指（图片由中国大洋协会提供）

　　试航员依次走下潜水器平台，刘峰、刘心成、于杭等人在梯口与他们一一长时间拥抱。队员们纷纷拥上来拼命地鼓掌。炊事班三位师傅也高兴地放下手中的活计，穿着炊事服跑到后甲板上，手拿饭勺、锅盖、面盆和不锈钢锅，咚咚地敲个不停，嗬，真像一幕精心排练过的喜庆交响乐。八九个人不约而同地把三位试航员高高抬起，抛向空中⋯⋯

上浮的"蛟龙"在哪里？

　　天气实在太差了，人们的期待和祝福面临着严峻的考验。
2011 年 7 月 29 日，试验海区上演了惊心动魄的一幕——

狂风吼叫，大雨滂沱，天空中乌云翻滚，海面上浪花飞溅，夜幕逐渐降临了。"蛟龙"号已经浮出海面，水声通信中可以听到声音，可一直未能发现它的踪影，而在大海上方位又很难说清楚。这是非常危险的，如果不能及时回收到甲板上来，一是有可能被母船撞上，二是可能被海流推远失联。那可是凝结着几代人心血的潜水器，还有三名国宝级的潜航员啊！人们万分焦虑……

　　这是"蛟龙"号海试队在5000米级海试中的第四次下潜。由叶聪、傅文韬、刘开周执潜。试验任务是：复核液压系统，纵向调节及机械手功能；搜寻生物，用机械手捕获；对多金属结核进行高清照相摄像，抓取结核；布放标志物；对6971水声电话和声学数字通信系统进行拉距试验。

　　8时30分指挥部发出"各就各位"的指令。潜水器本体部门报告，需要对机械手液压管路进行扩孔，提高低温高压下机械手动作的灵活性，指挥部宣布推迟15分钟。8时45分，声学部门又报告"蛟龙"号多普勒声

"蛟龙"号在海底采集生物（图片由中国大洋协会提供）

呐故障，需要 30 分钟排故。指挥部批准并要求他们尽快修复。

试验就是这样，不断地在一次次的失利中、出现的问题里，总结经验教训，挖根觅源，寻找解决并战而胜之的办法，然后跨过一道道关口，走向一个个胜利。10 时整，重新"各就各位"。10 时 26 分"蛟龙"入水，13 时 28 分到达 5184 米深度，此时指挥部大屏幕显示潜水器舱外水温 1.4 度，舱内温度 13.7 摄氏度。14 时，"蛟龙"号布放"中国大洋协会"标志物，展开各种水下作业，15 时 30 分抛载上浮。

整个试验过程一切顺利，但谁也没有想到，一个重大的意外和考验在后面等待着呢！

17 时 30 分，"蛟龙"号完成试验正在上浮中，北京又一次开通了视频连线。地点从大洋协会陆基保障中心转移到了国家海洋局宽大的一号会议室。参加人员除了海洋局的领导以外，还有外交部、发改委、财政部、国土资源部、科学院、中船重工集团的负责同志。现场拉起了一道横幅："热烈祝贺蛟龙号 5000 米级试验圆满完成！"可见大家急迫而兴奋的心情。

"向九"船上，刘峰总指挥，刘心成书记，于杭教授，崔维成、窦永林副指挥，陈存本船长，陈崇明政委等人在指挥室坐定。互致问候之后，刘赐贵局长说："你们进行了 4 次下潜，每次都给全国人民带来了振奋、鼓舞人心的消息。我给李克强副总理当面报告了情况，副总理非常关注下潜人员的状况，这 4 次都很圆满，无论是指挥部、党委还是科学家，包括央视团队都付出了努力。海试团队的圆满成功意义深远，要认真总结，最终目标是 7000 米，这次胜利是阶段性目标的实现。未来的时间要围绕最终目标去思索，针对存在的问题组织研究，找出解决办法，比如采样篮丢失、机械手不好用。指挥部要研究明年 7000 米问题。预祝你们顺利，我们在江阴隆重欢迎同志们。"

王飞副局长也说："5000 米海试牵动了全国人民的心，从社会、公众到领导都产生了积极影响。要用战略眼光考虑 7000 米目标，积极准备。局党组、刘局长多次在会议上强调：当前国家海洋局重中之重是举全局之力、全国之力确保5000米海试的成功。你们热情高涨，很好！但还是那句话，要有决心、信心，还要有耐心、细心……"

正说着，"向九"船水面支持系统人员和"蛙人"小分队报告："接到'蛟龙'号浮出水面的信号，可是天气恶劣，能见度很低，迟迟没有发现潜水器。"

啊？指挥部大吃一惊，几位副总指挥马上冲出了会议室，跑到甲板上急切地瞭望寻找。半晌，传回来的消息还是没有找到"蛟龙"号。总指挥和党委书记也坐不住了。而此时，风雨更大了，海浪翻涌使母船摇晃不止。北京方面从视频上看出端倪，王飞副局长问："怎么了，是不是风浪又大，不好回收了？"

刘峰只得实话实说："刚才接到报告，'蛟龙'号已经上浮到水面，但目前乌云密布，能见度极低，还正下着瓢泼大雨，到现在还没有发现它！"

"电视会暂停，你们赶快组织人寻找潜水器，保证安全回收！"

"是！"刘峰放下话筒，转身下达了命令，"所有人员都上甲板，加强观察。在发现'蛟龙'号之前，稳住母船不动。"

全体队员立刻执行命令，除了驾驶室、轮机舱内值班的，包括随船记者、炊事员都跑到前后甲板、左右船舷旁，一层、二层、三层平台上全都站满了人。按规定，如此之大的风雨浪涛，船舱外甲板上是不能站人的，以防被卷入大海。可现在顾不上这些了，"蛟龙"号和三名队友的安全牵动着每个人的心！

船上前后的照明设备全打开了，大家冒着越来越大的雨水海风，瞪圆眼睛，使劲寻找着、判断着海上每一个影子。此时通话还行，但就是说不准方位，看不见潜水器。指挥部命令主驾驶把舱外灯打开向天上照。然而，映入眼帘的除了海水还是海水，一个波浪连着一个波浪。"蛟龙"号，我们的"蛟龙"号，你在哪里啊？

虽说还不到 18 时，但乌云和大雨罩住了整个海面，什么也看不见。如果再过一会儿，天色完全黑下来，在波浪中寻找一只蛋壳似的潜水器，那真是大海捞针了。人们的心像压了一块大石头，沉甸甸的。年轻的女记者丛威娜和王凯博，紧咬着嘴唇，几乎哭出声来……

海试指挥部办公室主任李向阳，年轻沉稳，遇事不慌，一直在指挥部操纵安装在后桅顶的高清云台，反复搜索海面。他也是最早介入"蛟龙"号载人潜水器项目的人员之一，还是读博期间就在大洋办实习，跟随着刘峰等人筹划运作总体组工作。小伙子机灵敏捷，毕业后，就被留在了大洋办，伴随着"蛟龙"号的成形而成长起来。他对"蛟龙"号的熟悉和感情，一点也不亚于这些研发人员。现在，他精心操作着云台摄像头，像犁铧一样一寸一寸地翻着水面。突然一个亮点闪现了一下，他赶紧对准它放大画面，哈！正是"蛟龙"号，他立即兴奋地大声报告："左舷 70 度，距离 200 米，发现目标！"

消息传到驾驶台，技术精湛的陈存本船长亲自操作，迅速调整母船航向，一点点搜索接近。不一会儿，大家就发现了在波峰浪谷中时隐时现的"小胖"（"蛟龙"号的爱称，因其圆滚滚的身子而得名）。驾驶橡皮艇的"蛙人"早已下水等候了，在波浪中漂摇着。这时等不及母船接近，迅速拖带着龙头缆，开足马力，顶风冒雨向"蛟龙"号方向艰难航行。小艇几次差点被大浪掀翻，都被机智勇敢的"蛙人"们稳住了。一步步挂上拖曳缆拖到母船尾部，再利用一个涌浪过去的瞬间，眼明手快，挂上了主吊缆。

考验水面回收人员的时刻又到了，风大浪高，潜水器摇摆不定，一不小心，就可能撞在 A 型架或者船帮上，使好不容易回家的"蛟龙"号受伤。关键时刻，还是副总指挥余建勋站出来，亲自担任操盘手，站在船边上，暴风骤雨像一条条鞭子似的抽打在他的脸上身上。可他全然不顾，钢浇铁铸似的矗立在那里，在丁忠军、李德威等全体人员密切配合下，干脆利索地将"蛟龙"号回收到甲板上。他们身上全湿透了，包括工作鞋里，都灌满了雨水。

身在国家海洋局会议室的领导们，通过视频观看了整个惊心动魄的回收过程。此时此刻，他们再也抑制不住内心的激动，用力鼓起掌来，并通过视频连线系统，对海试团队的出色表现给予了高度的评价和赞扬。

人们常说，经过了"风雨洗礼"，队伍会更成熟、战斗力会更强。"蛟龙"号海试过程，那可真是经过了一次又一次风雨的洗礼。这次出现的迟迟发现不了已经上浮的潜水器问题，引起本体总师组的高度重视。经研究，决定在"蛟龙"号上安装一套 GPS（全球定位系统），一旦返回水面马上打开，向母船报告自己的坐标位置，这样就再也不会发生类似惊险场面了。

"蛙人"们的功劳

两天后——7 月 31 日，在 5000 米海区进行第 44 次试验，也是本航次的最后一次下潜。在昨天晚上的指挥部会议上，总结了近两天工作之后，气象预报员苏博报告："根据各种情况综合分析，31 日上午风力 5 级，浪高 2.5 米，下午海况转好。"

"好，这是难得的一个'好天气'。"刘峰总指挥高兴地说，"我建议，咱们明天再做一次试验，也让两个年轻潜航员多磨炼一下，画一个圆满的句号。"

刘心成书记接着说："我同意。留给我们的时间不多了，一定要抓住明天的机会，延长水下时间，争取做完全部试验项目。"

大家完全赞成，据此做出决定：7月31日上午继续海试，由于杭教授带领潜航员傅文韬、唐嘉陵执潜。

第二天一大早，队员们一个共同的动作就是打开窗帘，跑到甲板上看看海面：大海如同开锅一样，浪花翻滚，浪高足有2.5米以上。几乎又是一个临界点，大家心情都十分沉重：这样的天气能下潜吗？果然，一贯谨慎的副总指挥、水面支持系统部门长余建勋测了测风速，与得力副手丁忠军商量了一下，提出推迟行动。

指挥部研究：根据预报下午海况会好转，而且潜水器布放比回收相对容易，决定上午推迟一小时，继续下潜。

9时整，总指挥宣布："各就各位。"此时风力5—6级，浪高还是2.5米以上。轨道车移动，A型架起吊、外摆，潜水器接近水面。这时，惊险的一幕发生了：一个3米高的波峰突然涌来，顶起潜水器，激起的浪花打到了甲板上，瞬间又掉了下来。主吊缆一松一紧，22吨重的潜水器加上向下的惯性，将主吊缆绷得"咔咔"直响。

三位试航员在舱里玩杂技似的翻滚着。好在他们都是久经沙场，不然早就晕得一塌糊涂了。海面上的涌浪一个接着一个，"蛟龙"号入水后剧烈颠簸，犹如一匹烈马，摇头晃脑，一刻也不老实。由张正云、刘绍福、冷日辉、王斌组成的蛙人小组，早早下海乘坐橡皮艇等候在船尾旁边。这时，王斌操纵着小艇，"突突"地顶风踏浪接近潜水器，其他几人目不转睛，寻找时机冲上去解缆。

海面稍一平静，大力水手冷日辉、副攻手刘绍福同时双膝一跪，上身前倾，一把抓住潜水器上面的把手，主攻手张正云猫着腰，一个虎跳爬上潜水器，一手抓住主吊缆，一手用力一拉，解脱了主吊缆。为了防止挂碰潜水器上部的换能器，他抱住主吊缆下头部，在没膝深的水中站起身来，协助母船上A型架操作员收缆。突然一个大浪打来，他猝不及防，身体重心失控，仰脸空翻掉入大海中，蓝色的安全帽也被拍打到海中……

正在母船甲板上的人们看到这一情景，不由大叫一声："啊！"目瞪口呆了。当时的目击者陈存本船长回忆道："整个船尾的海面掀起了阵阵白浪，被幸灾乐祸的疾风搅得烟雨蒙蒙，刹那间，天、海、人、物混沌一片，似乎已经没有任何东西还独立存在着……仿佛自己完全陷入了那战旗纷乱、人叫马嘶、狼烟四起的残酷的、野蛮的、原始的战场之中，变得没有了自己的判断和心情，一切都被这疯狂的世界强占了。我晃头镇静，捂了捂胸口，原来我的心还悬在嗓子眼，努力睁大双眼，朦胧中，一顶蓝帽浮在水面，几十米之外，发现了一个被海浪遮挡得时隐时现的头——我们的飞人张正云暂时平安。'蛟龙'呢？"

此时"蛟龙"号潜水器还拉着两条拖曳缆，脱离不开母船，在涌浪的冲击下，上蹿下跳，左摆右晃，如不及时解脱，后果不堪设想。众人的心一下子又提到嗓子眼，想去助一臂之力，可是鞭长莫及……

关键时刻，只见副攻手刘绍福一个箭步又跳了上去，俯卧在"蛟龙"背上，像驯马师一样，任凭其炮蹶子发飙，癫狂不已，牢牢稳住身子，一点一点向前爬行。啊！犹如血火交织的战场上，一名旗手倒下了，另一名接过来继续猛冲。这一幕使船上的人们看得热血沸腾、激动不已。英雄啊，我们的"蛙人"突击队！大浪几次使刘绍福没入水中，但他毫不畏惧，三下五去二，终于解脱了龙头缆，使潜水器挣脱了束缚，顺利下潜了。

乘胜前进，经验老到的王斌、冷日辉因势利导，操纵橡皮艇避开浪峰，从另一角度接回刘绍福，而后立即掉头驶向远处，将还在水中漂浮的张正云救了上来，值得一提的是，张正云还没忘了捞起那顶蓝色安全帽。站在母船上的人们这才长长地舒了一口气。

这就是我们的海试队员。

党委书记刘心成眼眶湿润了："真是奋不顾身、前仆后继啊！走，去

"蛙人"在波浪中为"蛟龙"解缆（图片由中国大洋协会提供）

看看他们。"

"对，欢迎咱们的英雄去！"总指挥刘峰也动情地挥了一下手。指挥部成员呼啦一下走出会议室，来到了后甲板船舷边。

当英勇的"蛙人"小组顺利返回时，大家不顾他们一身的海水，一个个上前紧紧拥抱。这一刻，"蛙人"们咧开嘴，笑了！

事实上，在整个5000米级海试进程中，由于天气恶劣、海况复杂，一直是在气象条件临界点下潜的，负责解、挂缆的"蛙人"小组几乎每次都是在"搏风斗浪"中完成工作任务。而且，作为第一主攻手的张正云也不止一次被风浪卷入海中，只不过这一次特别危险、特别突出罢了。

17时41分，"蛟龙"号顺利返回母船，试验结束。本次最大下潜深度5188米，在水中时间8小时13分钟，完成了沉积物取样、微生物取样、热液取样器功能测试、两组标志物布放、6971水声电话通信测距等作业内容，并与沉积物样品一起得到了原生动物样品。最重要的是，两位年轻潜航员在于杭教授的指导下，又得到了一次扎实有效的实践锻炼。

7月31日21时50分，"向九"船一声长鸣，告别战斗了一个月的5000米试验海区，离开东北太平洋海域，驶上了返回祖国的航程。

天亮了，这一天是8月1日，中国人民解放军建军节。"向九"船向着祖国方向航行，速度14.5节，海试队战胜了种种困难，完成了5000米海试，终于可以松口气了。现场指挥部和临时党委决定过一个特殊的建军节：这条"向阳红09"船当年隶属于海军北海舰队，船员大都是集体"兵转工"的，对部队感情一直相当深厚。尤其那几位英勇无畏的"蛙人"，简直与冲锋陷阵的战士一模一样！这天晚上，船上特意备好酒菜，单独招待、慰问他们。

刘心成书记是分管海监、深潜工作的北海分局副局长，船员们既是他的海试队员，又是他的部下，所以指挥部做出决定之后，由他直接向陈存本船长下达命令：

"存本，今天晚饭拿最好的酒，备最好的菜，招待'蛙人'。"

"啊？好嘞！"陈存本有点受宠若惊的感觉。"蛙人"们能得到如此高的礼遇，这是"向九"船全体船员的荣耀啊！本航次中，5次下潜，10次解挂主吊缆和拖曳缆，20次收放橡皮艇，"蛙人"小组劈波斩浪，伤痕累累。可为了能够顺利完成海试任务，他们忍着疼痛，极力阻拦不让船长向上反映。这个晚宴，正好可以借酒抒怀。

简陋的干实验室被选定为迎宾餐厅。工作人员争先恐后地打扫卫生，设备箱、工具箱，变戏法般地堆积成了餐桌，铺上了玫瑰红的桌布；前大舱，水头、木匠、水手们慷慨解囊地献出自己钓的鱼，叮叮当当地大显身手；后大舱，702所的兄弟们献出了他们的好酒；厨房里，锅碗瓢盆竞相登场，管事、厨师忙个不停，葱丝青椒拌虾皮、油炸花生米，还有众人送来的鱿鱼条蘸辣根、辣烤鱼花……十几道大菜闪亮登场，映得"餐厅"激

"蛟龙"号海试队员在船上包水饺（图片由中国大洋协会提供）

情四射。

总指挥来了，书记来了，教授、顾问来了，船长、政委来了，"蛙头"（实验部主任）马波也来了。17时30分，"餐厅"响起阵阵掌声、欢笑声，迎来了年龄加起来200多岁的张正云、刘绍福、冷日辉和王斌。被海风烈日锤炼得黝黑的蛙人们，脸颊泛起了红光，泪珠盈满了眼眶，激动得说不出一句话来。

刘总指挥豪情迸发："弟兄们，我敬你们一杯！你们辛苦了！5000米海试能取得圆满成功，你们功不可没！海试队员不会忘记！共和国也不会忘记！"

"对！"统领过千军万马的刘"司令"接着说，"好兄弟！你们都是好样的！布放潜水器时，我一直盯着你们，一个大浪把张正云打海里了，刘绍福紧接着冲上去。这是什么？这是我们海试队伍惊天地、泣鬼神的英勇壮举啊！来！我们大伙敬你们，干杯！"

大家一起端起酒杯。憨厚的"蛙人"水手们连忙站起来，你一言我一语地回了话，意思是：我们不辛苦，这是我们的工作，谢谢、谢谢！请领导放心。而后一仰脖，齐刷刷地把杯里的白酒一饮而尽。铁血硬汉冷日辉哽咽了，一边擦着眼泪一边说："俺这是第一次接受领导宴请啊……"

　　看着朴实无华的水手，于杭教授十分感慨，说："那天我在潜水器里，什么也不知道。下午回来司令给我看了照片，讲了你们的事。真的很感动！谢谢你们！"

　　最年轻、也已47岁的王斌答道："当时，我们什么也没想，只知道潜水器里面还有三个人……"

　　于杭教授动情地说："我们是人，你们也是人啊！"

　　一句话深深地拨动着大家的心弦，陈存本船长鼻子一酸，再也忍不住了，道出了他们的伤痛："王斌第一次下潜就扭伤了胳膊和后背；冷日辉、张正云膝盖被磕得血肉模糊；刘绍福右胸受到挤压，弯腰喘气都困难。他们都不让说……"

　　大家关切地查看着"蛙人"们腿上的伤痕，眼里噙满了泪花……

　　场面有些悲壮，陈存本暗暗责备自己多嘴：怎么搞的，应该喜庆呀！他琢磨了半天，想起一条网评，打趣地说："嗨！张正云，你那蓝帽儿可值钱了！在太平洋漂了两次，央视播放了，全世界的观众都看到了。有的网民说：'蛙人的蓝帽儿比赵本山的拐值钱多了！'"

　　刹那间，多云转晴，"餐厅"里爆出了阵阵笑声。

　　"好！一定好好收藏起来！漂了两次也没丢了咱们的'帽'，那可是咱们海试队员顽强拼搏的象征啊！"刘司令感慨地说。

　　虽然没有山珍海味，也不是豪华酒宴，但这一刻，征战太平洋的"蛟龙"勇士们，享受到了外人无法想象的幸福与满足。为了中国载人深潜事业，为了中华民族的海洋强国梦，我们的领导指挥者、专家教授和普通水手、队员携手并肩在一起，汗水洒深海，热血沸大洋……

第七章　挑战深海第四极

"蛟龙"驶向马里亚纳海沟

日月如梭，光阴似箭。

在古老而美丽的华夏大地上，千百年来流传着多少描绘时间迅疾的词语啊！不过，似乎都不能完全形容当今深化改革开放、祖国日新月异的巨变。短短数年过去了，"神舟"遨游太空……当然还有我们的载人潜水器"蛟龙"号，正在向着最后达标的 7000 米深度进发。

公元 2012 年 6 月 3 日上午 9 时，国家海洋局、中国大洋协会在江苏省江阴市苏南国际码头隆重举行"蛟龙号载人潜水器 7000 米级海试启航仪式"。这次的目标海区，是西北太平洋的马里亚纳海沟海域。因为那里的海水最深处达到了 11000 多米，完全能够适应"蛟龙"号 7000 米级的设计深度。

从 2009 年 1000 米级海试算起，这已经是海试队第四次在这里整装待发、远航大洋了。因为"蛟龙"号载人潜水器诞生于江苏省无锡市，属于大型设备，长途运输到海滨港口十分不便且不安全，可无锡距离江阴码头很近，所以每次海试前，"向阳红09"船都要逆长江而上，到江阴苏南码头装载"蛟龙"号，出长江口进东海赴大洋。试验结束后再返回江阴，送"蛟龙"号下船回归无锡。

今天的苏南国际码头与前几次一样，披上了节日的盛装，彩旗招展、鼓乐飞扬。国家海洋局党组书记、局长刘赐贵，科技部党组成员、副部长王伟中，江苏省副省长徐鸣，中船重工集团公司副总经理钱建平，中国邮政集团公司副总经理张荣林，江苏省委常委、无锡市委书记黄莉新，以及数百名各界代表出席参加。国家海洋局王飞副局长主持启航仪式。

经过8天乘风破浪的航行，"向阳红09"船搭载着"蛟龙"号和海试队抵达预定海域。马里亚纳海沟，世界海洋最深的地方，中国人来了！

2012年6月15日，一场热带风暴刚刚离开这片海域，此刻，风平浪静，是一个适合"蛟龙"号下潜的好天气。试验母船后甲板上，红白相间、威风凛凛的"蛟龙"号安卧在轨道车上，精神抖擞、容光焕发，做好了5000米成功之后，首次迎接新考验的准备。今天，是它进行7000米级第一潜的日子。

说实话，两位带队人——总指挥刘峰和临时党委书记刘心成忐忑不安：海试队太需要首战的胜利了，这将极大提升海试团队乃至全国人民的信心，为下一步试验奠定坚实基础；同时感到，去年5000米海试后，702所、声学所、沈阳自动化所等单位对潜水器纵倾调节、液压、电力配电等10大系统26个项目进行了技术完善，增加了GPS定位功能，包括载人舱以外的所有压力罐、水密件、电缆、穿舱件等都拆开了，检修后重新安装。在太平洋最深处做试验，潜水器各项设备能经得住考验吗？

昨天晚上，刘心成来到刘峰的舱室。这已经是惯例了：每逢一个新的深度级别试验前，他们俩总是个别进行交流探讨，细化一下整个过程。刘心成年纪大几岁，像位老大哥似的，又有成功组织实施重大任务的经验，深得刘峰的敬重，而刘峰的担当精神、专业领导协调能力也令刘心成钦佩。两人能力、经验相得益彰，珠联璧合。

刘心成说："明天的下潜是7000米级海试首战。首战的胜利对整个团队意义重大，我觉得应该进行一下动员，咱们俩都讲一讲。"

"对，很有必要。鼓舞士气，振奋精神，这第一炮一定要打响！"刘峰完全同意……

第二天7时15分，全体人员在餐厅集合，参加7000米级海试第一次下潜动员大会。刘峰首先说："为了今天，我们等待了很久，全国人民、上级领导和我们的亲人们都在关注着海试。我们要牢记重托，慎重操作，搞好协同，遇到问题不慌不乱，要相信自己，要相信团队，一定圆满顺利地完成首潜任务！"

刘心成接着进行动员："全体队员要认真贯彻落实总指挥的要求。一是牢记海试领导小组和国家海洋局领导慰问讲话精神，做到工作细之又细、实之又实；二是第一次下潜有很多未知数，要有清醒认识，不求无故障，只求沉着冷静、正确处置；三是各部门、各岗位要密切协同，用我们集体的智慧和力量，夺取首战的胜利！"

最后，总指挥刘峰提高嗓音："同志们，有信心吗?！"

"有！"队员们一声大吼，震动了海天。

"好！各就各位！"

三名试航员英姿飒爽地走来了。他们是即将转为正式党员的首席潜航员叶聪，"蛟龙"号副总设计师、刚刚获得"2011年度海洋人物"称号的崔维成和中国科学院声学所"80后"工程师杨波。已经连续四年的海试生涯，使他们积累了丰富的经验和体会。在大家祝福和欢送的目光下，他们自信地挥挥手，依次下到了载人球舱内。

船尾高大的A型架下，水面支持系统的操作员、国家深海基地的李德威，在副总指挥余建勋、部门长于凯本的指导下，双手端着操作盘一丝不苟地操作着。硕大沉重的 A 型架起重臂在他的控制下，如同母亲温柔的双臂，轻轻且有力地抱起"蛟龙"号，从后甲板缓缓移向海面。12 分钟后，它安然入水，在"蛙人"的帮助下，解脱了最后一缕束缚，随着一声"水面检查完毕，一切正常，请求下潜"的报告，得到指挥部批准，"蛟龙"号注水下潜了。

100 米、500 米、1000 米……潜水器以每分钟 40 米左右的速度自由落体，向深海进发。刘心成书记代表现场指挥部做了新闻发言人，不断向随船报道的新华社记者罗沙，中央电视台记者周旋、孙艳，《科技日报》记者陈瑜，《中国海洋报》记者赵建东介绍情况。

8 时 37 分，"蛟龙"号到达 3000 米。母船指挥部里，人们看着同步传来各种信息的"'蛟龙'号水面显控系统"，听着试航员与控制室清晰的水声通信，显得轻松而愉悦。总指挥刘峰感慨地对记者说："想当年，'蛟龙'号初出茅庐，潜到这个深度，我们已经激动得跳起来了。如今，我们已经习以为常了。"

又过了一个小时，"蛟龙"号打破了去年创造的下潜 5188 米的纪录，达到了 5285 米。刘峰与刘心成书记站起来，带头鼓掌。10 时 11 分，主驾驶叶聪报告："'向九''向九'，我是'蛟龙'，现在到达 6200 米，一切正常，我们准备抛载第一组压载铁。"

这就是说，"蛟龙"号到达预定位置，正在实现水上悬停，开展试验作业。就在这时，数字通信系统突然出现故障，母船与潜水器联系中断了！如果发生在第一年海试时，人们会惊慌失措，无法继续试验，试航员只能立即抛载上浮。现在，今非昔比，水声通信保障组在朱敏研究员带领下，胸有成竹，沉着应战，马上切换为模拟通信模式，保证联络畅通不影响试验。再迅速查明故障，予以排除。

随后，潜水器在试航员操作下，降低了速度，缓缓下行，几分钟后，安全抵达 6671 米，一个新纪录诞生了！指挥部里的人们喜笑颜开，互相击掌庆贺。10 时 44 分，试航员们完成了开启水下灯光和摄像机，手动操控航行，通过机械手采取水样等项目，抛载另一组压载铁上浮。

14 时 34 分，"蛟龙"号跃出海面，被"蛙人"小组和水面支持人员安全接回母船。三位勇敢的试航员出舱，照例受到英雄般的欢迎。虽说这 7000 米级海试第一潜并没有达到设计深度，但对"蛟龙"号一年来的维修保养，特别是对解决问题的能力做了检验，迈出了坚实的第一步。现场指挥部副总指挥、"蛟龙"号副总设计师崔维成高兴地说："通过这一次下潜，我们对完成 7000 米海试更有信心了！"

成功打响第一炮，全队士气大增！

精益求精护"蛟龙"

深海不是一片平坦温柔的"乐土"，黑暗的环境里潜藏着不可知的杀机。就在第一潜取得胜利的同时，我们可爱的"蛟龙"受伤了，它在与庞大的"海神"搏斗中，被其"扔出的三叉戟"划伤了自己的"耳朵"和"腿脚"——水声数字通信系统、两只推进器出现了故障。

本次海试首潜成功之后，前后方的人们都在欢呼雀跃、拍手称快的时候，海试队中有几个人却眉头微锁，快乐不起来。他们就是负责潜水器维护保养的工程技术人员。事实上，他们与空军中的地勤战士一样，以自己的心血汗水和精益求精的精神，守护着载人潜水器的安全。

晚上，指挥部会议决定对首潜出现的水声数字通信系统水面电缆泄露导致数字通信中断、前左和后下两个推进器故障，以及主液压源补偿误报警、可调压载系统（VB）在 6600 米附近排注水时有异常响声等 4 个故障进行攻关，要求必须在 18 日再次深潜试验前排除。相比而言，由于推进器已经使用了 4 年，这次又是在大深度水压下，故障较难解决。

海试队员们连夜投入排故战斗。

声学部门的研究员朱敏，带领张东升、徐立军、刘烨瑶，还有下潜后仍在晕船的杨波，集中攻关。最后确认通信中断的原因，是声学吊舱根部附近电缆上摩擦出一个小孔，致使海水进去造成接地短路。他们截去 100 米声学电缆，重新接入，经过 20 小时硫化，第二天下午测试已经正常了。

潜水器维护部门在胡震副总师的带领下，分成两个小组：一组是专攻电气控制的杨申申、程斐、王磊，一组是精于机械液压的汤国伟、姜磊、沈允生和胡晓函、邱中梁，他们也是紧急行动起来，进行伤情探测、维修。

经过一番周密检查，找到了两只推进器的病源，需要拆卸下来修复。"胡司令"一挥手，大家七手八脚一块儿上，很快，中部的一只便拆下来了。可是尾部的那只位置较高，且周围没有可供攀缘的脚手架，加之母船在海浪中不断摇晃，一时犹如"老虎吃天，无处下口"。困难挡不住英雄的海试团队，他们想方设法架上塔梯、绑上安全带，采用多人扶持、联合作业的方式，硬是在晃动的露天"厂房"中完成了拆卸。

紧接着，胡震指挥着再次分工，电气控制组以杨申申为首，修复驱动器过载的推进器；机械液压组以汤国伟为首，修复漏水的推进器。一直干到深夜 11 点多，人人累得直不起腰来了。胡副总师身先士卒，既是指挥员，又是战斗员，始终工作在第一线，这时实在不忍心了，敲敲架子说："今天就到这儿吧，没完的活儿明天再干！"

第二天——6 月 16 日，按中国人的习惯，应该是六六大顺的一天。事实正是如此。队员们早早吃完早饭就来到了操作间，紧张有序地忙碌起来。

电气组的杨申申、程斐和王磊拿着两只万用表分头测量，表笔上下穿梭，对推进器驱动段每条线路的通断进行检测。只听着万用表不时地发出信号的检测音，他们像精细的钢琴调音师一样，洗耳恭听，很快找到了故障点，修复更换了损毁的元件。

机械液压组的故障严重一些，胡震一直紧盯着，汤国伟、姜磊等人全力以赴。由于加油孔狭小，注油非常缓慢，大家一边工作一边开动脑筋，献计献策，建议用针筒代替加油工具进行加油。果然大显奇效，大大加快了清洗和填充补偿的进度。

干到中午，胜利在望。卫星电话又传来了国内的好消息：就在这一天，北京时间 18 时 37 分，我国"神舟"九号飞船在甘肃酒泉成功发射升空。哈！这可真是一个带有必然性的巧合：中国载人航天工程和中国载人深潜工程，在同一个 6 月里双管齐下，并蒂开花。在这个喜讯的鼓舞下，潜水器维护部门一鼓作气，完成受损推进器的修复组装后，又举一反三，更换了其他推进器上的抱箍。从 8 时到 20 时，整整 12 小时，使潜水器恢复到正常状态，为组织第二次下潜试验奠定了基础。

"好了！收工！"随着"胡司令"的一声招呼，人们直起腰来，擦着布满汗水的脸庞，开心地笑了……

果然六六大顺，各路人马乘胜追击，接连干了两天一夜，捷报频传。"蛟龙"首潜中暴露的 4 个问题全部解决。根据气象预报：6 月 18 日试验区浪高 2 米，处于海试限制条件的上限。指挥部例会决定：5 时 30 分，各位成员一起到驾驶室观看海况，如果气象条件许可，7 时"各就各位"，进行第二次下潜试验。

为了节约油料，试验母船在每次试验结束就停掉主机，顺洋流漂泊，一晚上能够漂移 20 多海里。早晨再开启主机航渡到下潜点。时间到了，总指挥刘峰、书记刘心成、办公室主任李向阳、船长陈存本、气象预报员苏博等人，都不约而同地来到了驾驶台。看到海面上风浪小了许多，再研究气象资料，认为海况尚可，决定执行下潜计划。

6时整，陈存本船长在船上反复广播："指挥部决定：今天7时进行7000米级第二次下潜试验，有关人员起床。6时30分吃早饭。"

其实，不等他广播，各部门人员都惦记着今天的海试，早早起来观察海况，感觉有戏，已经分头准备起来了。与此同时，媒体的电波也发向海内外了：我国载人潜水器"蛟龙"号，将于6月18日进行第二次冲击7000米下潜试验。

一时间，箭在弦上了。

不料就在这时，有人发现潜水器下方高度计传感器附近，液压油泄漏了，甚而越来越急，呈多条线状向下流下来。坏了！一个不祥之兆笼罩在大家心头：今天的下潜可能要泡汤！可是广播、网络已经公布第二次海试的消息了，如何收场?！水面支持系统赶快启动轨道小车，载着维护人员上去迅速打开下部浮力块，胡震副总师带人钻下去仔细观察：是主液压源控制前左推力器转向的液压管破裂所致。

怎么办？又是一个下不下的难题。准备执行今天潜次的于杭教授，对赶过来的刘峰和刘心成说："如果今天一定要下，也可以，但是前面两个推力器转向功能失效，并且导致液压管破裂原因不明，有隐患。"

"带着故障下潜肯定不行。至于能不能很快排除再试验，咱们马上开个总师会研究一下。"两位领导的意见一致。

这时，中央电视台随行记者孙艳走来说："中央人民广播电台来电话了，说刚看到《科技日报》网上消息，'蛟龙'号刚刚发现漏油，原定试验可能有变化，而电台已发布了今天第二次下潜的消息，到底还能不能进行？"

刘峰和刘心成简单一商量，说："我们先开个会，统一思想和口径，然后召开现场新闻通气会。"

很快，潜水器本体总师组会议就在后甲板上召开了，刘峰主持，于杭、崔维成、胡震、叶聪、侯德永、李向阳等人参加，刘心成在场旁听。经过讨论，大家一致认为应从实际出发，不能因外界关注就带故障下潜，必须找到漏油原因并解决。随后，指挥部宣布取消今天下潜计划，由崔维成、叶聪召开现场新闻通气会说明情况，这既反映了试验的艰辛及不可预见性，又诠释了海试队的严谨求实的奋斗精神。

紧接着，胡震带领顾秋亮、张建平师傅立即拆开潜水器下部浮力块和轻外壳，液压工程师邱中梁、汤国伟不顾液压油往下流，钻进去查故障，不一会儿，他们的工作服就被油浸透了。查明原因是软管老化，决定全部更换五条油路的十几条软管，同时更换主液压源油位补偿器的传感器。

更换软管后需要补充液压油。前提是必须把油路内空气全部排干净，因为空气是可以压缩的，如果油路有空气，"蛟龙"号到了几千米水下就会有危险。这种工作非常需要时间，慢慢排气，排完后复装轻外壳和浮力块，又是一直忙到晚上8点多钟，才全部修复。

这就是海试团队的光荣传统，科学决策，严谨求实，故障不过夜，全力以赴，精心维护，使我们的"蛟龙"号下潜前，完全处于身体健康、生龙活虎的状态。从这个意义来说，各保障部门就是"蛟龙"号载人潜水器的守护神！

从"五洋"到"九天"

"风雷动，旌旗奋，是人寰。三十八年过去，弹指一挥间。可上九天揽月，可下五洋捉鳖，谈笑凯歌还。世上无难事，只要肯登攀。"

这是一代伟人毛泽东主席写于1965年5月的《重上井冈山》，激情洋溢、气壮山河。那么，从"五洋"到"九天"，这个"揽月捉鳖"的愿望何时可以实现呢？

公元 2012 年 6 月 24 日，在浩瀚的西北太平洋马里亚纳海沟海域，东经 141 度 58.50 分、北纬 10 度 59.50 分，中国"蛟龙"号载人潜水器开始正式冲击 7000 米深度。6 时 30 分，大雨如注，海浪翻飞，现场指挥部和临时党委在功勋卓著的试验母船——"向阳红 09"船值勤甲板上，冒雨举行试航员出征仪式。

夜幕还没有完全退去，明晃晃的甲板大灯亮如白昼，一条写有"中国载人潜水器 7000 米级海试试航员出征"字样的大红横幅格外光彩夺目。从 2002 年立项起，直至如今 2012 年第四年海试，人们对"7000 米载人潜水器"这一名称早已耳熟能详了，经过了种种风风雨雨、坎坎坷坷，闯过了一道道难关，终于将在今天成为现实了！

指挥部和临时党委的所有成员，身穿蓝色的海试队服，头戴安全帽，整齐列队，久久注视着那横幅上的十几个大字，感慨万千，神情激动。三位重任在肩的试航员——"蛟龙"号主任设计师、首席试航员叶聪，中国科学院沈阳自动化研究所副研究员刘开周，中国科学院声学研究所副研究员杨波，站在队前，左胸前的五星红旗标志分外醒目，映照着他们年轻的脸庞，一片红光。

仪式由刘心成书记主持。

刘峰总指挥脸色凝重而坚毅，向即将第一次冲击 7000 米（第 49 潜次）深度的三位试航员做了简短动员，随即一挥手："现在我宣布，试航员出发！"

现场指挥部、临时党委成员与他们一一握手、紧紧拥抱，此时没有了言语，只是用手在背上重重拍了几下。这是重托，也是祝愿。

三位试航员健步登上维护平台依次进舱。主驾驶叶聪最后一个进去，特意回身招了一下手，显示出一定要完成任务的信心和决心。雨虽然很

中国载人潜水器7000米级海试试航员出征仪式（图片由中国大洋协会提供）

大，但所有送行人员没有撤离现场，各个岗位继续按照部署开展工作，人们的衣服淋透了，内心里却充满了阳光。

7时整，指挥部宣布"各就各位"。轨道车移动、拆除限位销、挂主缆、起吊、外摆A型架、挂龙头缆、布放入水、解主吊缆、解龙头缆等动作一气呵成。潜水器逐渐漂离母船尾部。不远处，"海洋六号"船在担负警戒任务。

自从5000米海试开始，新闻媒体公开报道"蛟龙"号情况以来，为了统一口径，海试队建立了新闻发布制度，由临时党委书记刘心成代表现场指挥部做发言人。现在，他第一次向随船采访的媒体记者权威发布："'蛟龙'号7时29分入水，7时33分建立声学数字通信，现在正以每分钟41米的速度下潜，潜水器设备正常，试航员状态良好。"

现场指挥部屏幕上的数据不断跳动着：1000 米、2000 米、6000 米。随着深度的增加，刘心成的心情更加凝重：漂洋过海，虽万险仍向前，迎"玛娃"而不畏，遇"古超"尤奋勇。可变压载、推力器等遭遇深海高压低温几次受挫，团队逆境而上，挑战极限，一路拼杀。哽咽、泪水、"走麦城"交替出现，鲜花、贺信、掌声一路同行。当想到团队即将创造一个新的世界纪录；当想到前进道路坎坷、风险时刻伴行；当想到……他不敢多想，也没有时间多想了。10 时 05 分，刘峰总指挥提醒道："老兄，该做第二次权威发布了。"

"好。"刘心成核对了一下数据，清了清嗓子，对记者们说，"'蛟龙'号于 10 时 04 分下潜到 6000 米深度，目前以每分钟 35 米的速度下潜。潜航员叶聪报告设备正常，人员状态良好。"

指挥部鸦雀无声。大家目不转睛，紧紧地盯着显示屏，有人还不时地揉揉眼睛，唯恐看不清闪烁变化的数字：6900 米、6935 米、6970 米……10 时 55 分，"7005 米"跳出画面，指挥部一片欢腾，掌声久久不息。这是共和国，不，是全世界搭载三人深潜一个新纪录的诞生。刘峰总指挥与刘心成书记情不自禁站起来，双手紧紧握在了一起，很久没有松开。

总指挥眼睛又一次湿润了，而临时党委书记则抑制住心中的激动，因为中央电视台正在视频连线直播，他要时刻发布新闻，让公众看到"蛟龙"号海试团队敢于斗争、勇获全胜的精神风貌。而恰恰就在这一天，正在太空中遨游的我国"神九"飞船，即将实现与此前发射的太空舱"天宫"一号手控对接。如果同一天成功，那将是中国人创造的"上天入海"的两大奇迹！

激动人心的一刻说来就来了！

11 时 25 分——北京时间 2012 年 6 月 24 日 9 时 07 分，深海中传来了主驾驶叶聪的报告声："'向九'！'向九'！'蛟龙'号于北京时间 2012 年 6 月 24 日 9 时 07 分，下潜到马里亚纳海沟 7020 米深度，成功坐底。潜航员叶聪、刘开周、杨波祝愿景海鹏、刘旺、刘洋三位航天员与'天宫'一号对接顺利！祝愿我国载人航天、载人深潜事业取得辉煌成就！"

好啊！这是中华民族昂首挺胸的一天，这是炎黄子孙扬眉吐气的一天！47年前的1965年5月，新中国的开国领袖毛泽东主席曾在《重上井冈山》里展望的梦想，"可上九天揽月，可下五洋捉鳖"，如今，这一梦想竟在这一天里变成了现实，全国人民、世界华人，乃至五大洲的朋友们怎能不欣喜若狂、无比振奋呢！

刘心成激动得声音有些颤抖："大家都听到了，我就不用再发布了。刚才，我们的'蛟龙'号创造了历史！"

现场的新华社、中央电视台、《科技日报》、《中国海洋报》记者谁也没有抬头，只是会意地点点头，双手飞快地敲打着面前笔记本电脑的键盘，在第一时间将这一重磅新闻发布出去。

更加令人称奇的是，当晚中央电视台《新闻联播》在报道"蛟龙"号深潜7000米和"神九"与"天宫"一号手控交会对接成功的消息时，有一段航天员祝福潜航员的报道：只见航天员景海鹏、刘旺、刘洋身穿蓝色航天服，胸前印有鲜红的国旗标志，飘浮在"天宫"一号轨道舱内，由指挥长景海鹏代表三人一字一顿地说：

"我们三位航天员向在太平洋下潜7020米深度的深潜员叶聪、刘开周、杨波表示祝贺，祝愿我国载人深潜事业取得辉煌成就！"

由此，中国两大高科技新成就随着电波传遍全世界。每一个黄皮肤、黑头发的中国人无不感到由衷的自豪！

原来，经过中央电视台与北京航天指挥控制中心联系，潜航员的祝福被及时送到远在太空的"神舟"九号飞船上。景海鹏等三名航天员，心领神会，也在第一时间做了回应，传回地面的指控中心和中央电视台。

这是历史性的对接！在7020米海底的中国潜航员与远在太空的中国航天员互致祝福、互相激励，意义非同寻常，影响波及世界，极大地振奋了国人的精神，提升了国人志气，提升了国家形象和地位，令全球友好甚至不友好的人都刮目相看！

那么，这绝妙的值得大书特书的一笔是刻意所为呢，还是纯属巧合？事后，曾有许多人就此事问询海试队。实事求是地说：既不是刻意，也并非巧合，而是勤劳智慧勇敢的中国人，在中国共产党的坚强领导下，艰苦奋斗、团结拼搏到今天的一个必然成果！

自从"蛟龙"号来到马里亚纳海域实施7000米级第一潜之后，海试团队又在6月19日由唐嘉陵、于杭、张东升小组执潜，进行了7000米级海试第二次下潜试验。最大下潜深度6965.25米，完成了近底巡航、均衡、定深航行、灯光调试、摄像及海底微地形地貌测量、三次坐底、沉积物取样、水样取样、布放标志物等作业。标志物上印着"中国载人深潜 蛟龙号 第47次下潜"字样。坐底地点与计划完全吻合，说明了"蛟龙"号水下导航、定位能力十分优秀。

然而，这也给外界带来一些不解和疑问：为什么"蛟龙"号都到了6965.25米，就差几十米了，不去冲击7000米深度呢？难道是潜水器出了问题，还是海底不适合继续下潜？一时间众说纷纭。总之是认为错过了一个一步到位的好机会，令人遗憾和惋惜。

实际上，这是根据国家海洋局和科技部批复的《"蛟龙"号载人潜水器7000米级海试实施方案》，稳扎稳打，有意而为之。为了打消人们的疑虑，现场指挥部决定举行一个媒体通气会，说明详情，以释悬念。

会议在"向九"船会议室举行，由新闻发言人刘心成书记主持。刘峰总指挥首先通报了第三次下潜计划，而后解释说："为什么没有直接潜到7000米？主要有三个原因：一是海试领导小组批准的下潜计划是'4+2'，即4个有效潜次，2个备用潜次，按照5000米、6000米、7000米顺序进行，前三个潜次都不过7000米，我们完全按照计划执行；二是在6000米深度有 200 多个项目需要测试、试验或验证，第二次下潜时可调压载系统和高度计就出现故障，未能通过测试；三是 7000 米下潜前需要与北京协调好，可能上级会有一些安排，必须有计划、协调进行。目前来看，如无特殊情况，我们准备在 6 月 25 日第四次下潜时，冲击 7000 米……"

接着，刘心成补充道："特别是第二次下潜到 6965 米后，国内各种渠道不断质疑，综合起来有三个方面：一是替我们没有达到 7000 米深度感到惋惜，二是埋怨为什么不到 7000 米，三是认为试验可能不顺利。这些议论说明社会对试验非常关注，对中国载人深潜事业非常关心，也说明我们的宣传工作还没有完全做到位。'严谨求实'是我们的团队践行并凝练的中国载人深潜精神，我们不但是这样说的，更是这样做的。海试不仅仅是一个深度，而且是扎扎实实，一步一个脚印，发现问题及时解决，以便将来更好地应用。为了排除可调压载系统海水泵控制电路板故障，电力与配电小组工作到凌晨 3 点，这就是拼搏奉献。我们的团队绝对不允许试验结束了，问题没有暴露而潜伏下来。这些年，我们都是本着这样的科学态度一路走来的。明天的试验还是重复第二次下潜试验的内容，包括对可调压载系统和高度计排故后的验证，深度还不超过 7000 米，所以请媒体的朋友们把海试团队严谨求实的负责精神和科学态度解读给广大公众。"

6 月 22 日，由傅文韬、于杭、叶聪小组执潜，实施了"蛟龙"号 7000 米级第三次下潜试验。最大下潜深度 6963 米，成果更加丰富。海底作业三个多小时，六次坐底，获得三个沉积物和三个水样、两个黑色块状结核和一个生物（透明状海参），拍摄到海底生物，完成了本潜次复核可调压载注排水功能、推进器功能，打开成像声呐、多普勒测速仪、避碰声呐、灯光、摄像机，观察工作情况等试验计划。进一步验证了"蛟龙"号在深海中的优异表现。

试航小组返回甲板前，傅文韬通过甚高频呼叫海洋二所的海洋生态专家刘诚刚准备一个盆。现场指挥部的人们顿时兴奋起来：看来这回抓住深海生物了！不约而同地奔向了后甲板。轨道车复位后，大家竞相往采样篮方向拥去，把记者们都挤到外边了。刘诚刚拿了一个塑料盆，小心翼翼地戴上橡胶手套，在很多人扶持下，一只脚踩在轨道车上，另一只脚悬空，小心翼翼地从生物采样篮中取出一只透明状海参，大家赶快举起塑料盆。刘诚刚一边放入盆中，一边说了一句："需要加海水。"

"来了，海水来啦。"众人一阵呼应。原来准备给试航员的礼物——两桶海水，早已摆在潜水器准备间门口了。

当这只大塑料盆放在大舱盖上后，呼啦啦，一下子围上来很多人，都想看一看太平洋6000米海底的海参什么样子，连拿着台标话筒、扛着摄像机的中央电视台记者都被挤在外边。刘心成书记不愧是新闻发言人，立即说："请大家先让一让，让记者们先拍照、摄像，发消息吧！"

"对对……"大家笑着自觉地向后闪身。中央电视台的孙艳、高淼，新华社记者罗沙，《科技日报》的陈瑜，《中国海洋报》的赵建东一拥而上，啪啪地拍了个够。

而后，大家一拨一拨地在大舱盖周围尽情地观赏、拍照。刘诚刚拿出事先准备好的板尺，丈量那只透明状海参，足有15厘米长。随潜的于杭教授说："它缩小了，在海底是很大的，要是这么小，机械手根本抓不着。"

"指挥部只知道你们在水下发现很多海参、虾等生物，可是还不知道你们已经取到了这么珍贵的生物样品。"

"呵呵，这是我故意不让他们说的，给大家一个惊喜。我们在水下发现了这个海参，大家就不约而同地说一定把它抓上来，傅文韬操作机械手，叶聪在一旁指点，终于抓住了，小心翼翼地放入采样篮。我们又怕它跑掉，傅文韬一直用机械手压着生物采样篮的盖子……"

同时，就在此次下潜上浮时，国家海洋局刘赐贵局长通过视频与现场指挥部交谈。刘局长特别说道："今天的下潜很顺利，向你们再次表示祝贺。有一个事情与你们商量，你们原来准备在6月25日下潜7000米深度，这一天是星期一，大家都在上班。如果能在 24 日做，起到的社会宣传效果会更好，当然要以现场情况和你们的意见为准，如果准备来不及就不要勉强，还是要安全第一。"

刘峰看了看旁边的刘心成，答道："好的，刘局长，我们研究一下，争取提前一天。"

由此可见，第一个提出放在 6 月 24 日突破 7000 米的，是国家海洋局的领导们。当然他们还没想到能有通信手段与太空对话。而远离祖国的"蛟龙"号海试队，看不到电视新闻，也没有手机网络信号，对国内的情况很闭塞，只是通过北海分局信息中心发给船上的国内新闻摘要，知道我国在 6 月 16 日成功发射"神九"载人飞船了，其他一无所知。加上海试任务非常紧张，天天都是工作日，没有星期几的概念，也无心思关注其他事情。

当晚指挥部会议上，总指挥刘峰传达了刘局长的讲话精神，要求大家实事求是，看看到底能不能把第一次下潜 7000 米深度的时间，从 6 月 25 日提前一天。

负责潜水器本体的副总指挥崔维成首先发言："我觉得可以。虽然目前可调压载有些故障，但只是影响到上浮速度，对其他试验项目没有影响。"

专家咨询组组长于杭教授接着说："从技术角度分析，可调压载故障不影响其他试验。目前'蛟龙'号各项设备表现良好，返回母船后，只是做正常维护，从全局考虑，我同意 24 日进行 7000 米下潜。"

与会人员纷纷表示赞同。最后刘峰说："那好，我们就按照 24 日下潜 7000 米的时间节点来准备吧！"

会后，现场指挥部将新方案上报北京，得到批准后，立即通告全队人员。

就在这天 22 时左右，随船采访的新华社记者罗沙跑到刘心成书记房间，欣喜而神秘地说："刘书记，我们社里刚传来一个消息：'神九'与'天宫'一号太空手操对接也是在 6 月 24 日，跟咱们冲击 7000 米在一天。"

刘心成顿时眼睛一亮，心说：这太巧了！

他接着说："我看可以运作一个深海潜航员与太空航天员对话的场景，那将特别有意义。"

"我看行，走，找总指挥说说去。"他们立马到刘峰房间。

刘峰听后也觉得是个好事："这个想法不错，但声学通信能行吗？小罗，你赶紧把朱敏叫来商量商量。"

朱敏是"蛟龙"号声学系统负责人，更是声学专家，闻言思忖了一下说："潜航员与母船通话是水声通信，而地面与航天员通话是无线电通信，体制不一样，直接对话在技术上有难度。不过，可以通过航天中心'中转'来实现。"

年轻的罗沙当即表示：新华社、央视都可以承担中转角色。事情就这样确定下来。大家分头准备。刘心成连夜起草了潜航员对航天员的祝福语。

6 月 24 日那天，叶聪怀揣着三位潜航员对三位航天员的祝福词下潜，到达深海 7020 米时，他就是通过水声通信将照片和语音传输到"向九"船现场指挥部，央视直播小组全过程直接视频连线到中央电视台，又被转送到北京航天指挥控制中心，再由他们传送至太空的"神舟"九号飞船。

不久，同样的办法传回三位航天员在太空对深潜员的祝福。双方深受鼓舞。这些视频都在第一时间播报给全国人民，乃至全世界，起到了极大的振奋和轰动效应，成为一个永恒的里程碑式的历史佳话。

由此看来，这次历史性的对接带有一定的偶然性，细究一下，人们会发现这也是改革开放的中国，大踏步走向世界的中国，无论是政治、经济、社会，还是科学技术、大国形象发展到今天的一个必然。

茫茫太空，幽幽深海，中国人来了！

这个时刻，身在北京海试陆基保障中心的刘赐贵局长通过视频连线，与马里亚纳海沟 7020 米深度坐底的"蛟龙"号试航员通话了。

他欣悦而激动地说："叶聪、刘开周、杨波你们好！首先我代表国家海洋局和海试领导小组，对你们成功下潜到 7020 米深度表示热烈祝贺！我们一直在关注下潜过程，感到激动和自豪。通过媒体报道，全国人民都在关注你们。希望你们再接再厉，在下一步的试验中取得更大成绩，确保海试圆满成功！"

叶聪代表三位试航员回答："我们在 7020 米的海底，听到刘局长的讲话很清晰，感到很亲切。我们在坐底期间进行了布放标志物、取水样、照相、录像等作业。三位试航员状态非常好。我们为'蛟龙'号感到骄傲。感谢各位领导和关心、支持深潜事业的朋友们！"

通话也是"中转"实现的：北京的音视频通过卫星传输至"向九"船指挥部，朱敏研究员在喇叭前放置一个话筒，将音频调制成水声信号发送给"蛟龙"号，然后再还原成声音，音频转换的质量和效果都很好。

"蛟龙"号在水下进行两次坐底，取得两个非保压水样和一个保压水样，布放了标志物。返航途中进行了可调压载系统复核，注排水功能正常，完成了预定试验任务，于 17 时 26 分浮出水面，18 时 12 分回收至母船。试航员出舱时，展示了带到马里亚纳海沟的国旗，让记者们充分拍摄。

接着，在值勤甲板举行了隆重热烈的欢迎仪式。横幅已经更换为"中国载人潜水器下潜 7000 米试航员凯旋仪式"。刘心成书记主持。叶聪代表刘开周、杨波大声报告："我们三位试航员完成第 49 潜次试验任务，成功下潜到 7020 米深度，安全顺利返航，向你报到！"

刘峰总指挥说："你们辛苦了！欢迎你们，感谢你们！"

刘心成宣布："向英雄的试航员们献花！"

《科技日报》女记者陈瑜穿着连衣裙，手捧鲜艳的绢花，在一片响亮的掌声中，分别献给三位试航员并与他们拥抱。"向九"船陈崇明政委把已经打开保险的香槟递给试航员。他们拔出瓶塞，奋力摇动，酒花喷薄而出，洒向队员们，洒向海天之间。

18时49分，国家海洋局、海试领导小组、中国大洋协会举行视频慰问活动。国家海洋局局长刘赐贵，首先代表慰问单位问候了各位海试队员，而后宣读了李克强副总理第一时间发来的贺信。李克强指出，"蛟龙"号载人潜水器成功到达7000米水深，实现了深海技术发展的新突破和重大跨越，这标志着我国海底载人科学研究和资源勘探能力达到国际领先水平，意义十分重大，谨向参加"蛟龙"号研制和海试的所有人员，表示热烈祝贺和诚挚问候。希望再接再厉，严谨求实，拼搏奉献，圆满完成各项海试任务，为我国建设海洋强国和创新型国家不断作出新贡献。

电视直播，加之随船采访媒体的连篇报道，使"蛟龙"号下潜突破7000米的消息迅速传遍全国、全世界。除了中央领导人的贺信之外，各单位各部门和社会各界的贺信贺电雪片似的纷至沓来。

从6月24日到26日，发来贺信贺电的计有共青团中央、中华全国总工会，上海市、天津市，青岛市、厦门市、珠海市、深圳市，福建省、浙江省、江苏省、广东省、海南省、河北省、山西省、广西壮族自治区，科技部、国土资源部、外交部，中国科学院，中船重工集团，以及各参试单位，可见"蛟龙"探海与神舟飞天一样，举国上下一片欢腾。

叶聪、杨波、刘开周三位试航员一夜之间，名扬神州大地及海内外。尽管此前四年内已有数人乘载"蛟龙"号成功下潜深海，但真正突破7000米深度是一个节点、一个里程碑。多少年过去了，人们说起"蛟龙"号，往往会想起到达7000米的一瞬间。

当然，选择他们三人完成这个光荣的历史使命，也是指挥部有意为之的。叶聪是中船重工702所高级工程师，"蛟龙"号本体组主任设计师之一，首席试航员；杨波是中国科学院声学研究所副研究员，"蛟龙"号水声通信系统设计师之一，试航员；刘开周是中国科学院沈阳自动化研究所副研究员，"蛟龙"号控制系统设计师之一，试航员。他们来自研制中国载人潜水器的三个主力单位，具有特别的意义。

这就像战争年代胜利者举行入城式一样，由最有代表性的部队打头阵，率先开进，享受人们的赞美与欢呼。三位试航员表现极其出色，不辱使命，也是整个"蛟龙"号团队的代表与象征。

惊出一身冷汗的"插曲"

乘胜追击，再下一城。

2012年6月27日，天气晴好，海面平稳。经过休整，"蛟龙"号焕然一新，又跃跃欲试了。海试队决定实施本年度第5次、也是总第50次下潜试验，继续固化7000米成绩，并进一步验证潜水器的各项功能。

本潜次由技术咨询专家组组长于杭教授带领，国家海洋局北海分局潜航员傅文韬、唐嘉陵轮流作为主驾驶，计划再创新纪录。7时05分，指挥部发出"各就各位"的号令，7时18分，"蛟龙"号布放入水，开始注水下潜，7时34分钟，母船与"蛟龙"号建立声学数字通信，以每分钟41米速度潜向深海。

各随船媒体仍是现场报道。刘心成书记担任新闻发布人：

10时10分，"蛟龙"号下潜到6000米深度，潜航员报告人员正常，设备正常。10时45分下潜到7009米深度，"蛟龙"号第一次坐底。

11时20分，国家海洋局刘赐贵局长、王飞副局长通过视频，与正在组织"蛟龙"号第50次下潜试验的现场指挥部、临时党委有关领导进行座谈，重点是充分利用现场媒体记者的有利条件，加强对"蛟龙"号海试及深海装备发展需求的宣传。北京方面有大洋办主任、海试领导小组副组长金建才，"蛟龙"号载人潜水器总设计师徐芑南等人参加。

这已是惯例：除1000米级海试时，徐老夫妇坚决参加外，后因年老体弱不宜随船出海了，但每年海试时，大洋办金主任总会把他们夫妇请到北京，坐镇国家海洋局八楼大洋办陆基保障中心，观看视频，随时指导。

试验母船上参会人员有现场指挥部、临时党委成员，并特邀随船记者们参加。刘赐贵局长十分重视宣传文化工作，坚决支持现场直播，有好说好，有不足说不足，实事求是最能令人信服。他与在场每位记者打招呼、问候，进而坦诚地说："再次感谢记者们从现场传回来的好消息，你们做了大量工作。我们要把'蛟龙'号潜水器的作用、性能、先进性说足，以提振士气，为国争光。"

语重心长，推心置腹。在场人员特别是每位记者都深受触动。

主持会议的王飞副局长最后说："刘赐贵局长对大洋工作和海试十分重视，每次下潜都通过视频进行座谈，探讨大洋工作如何科学发展的问题。这是对我们大洋工作者尤其是对参试人员的鼓励和支持。通过视频与海试现场沟通也是海试工作的一种创新。我们要深刻理解领会刘局长几次指示精神，按照计划和要求，扎扎实实把本次海试工作完成好。"

座谈会结束，刘赐贵局长、王飞副局长还有其他工作，就下楼到自己办公室去了，留下大洋办金建才主任等人在陆基保障中心继续观看海试。这时突然发生了一件意想不到的事情，几乎搅动了整个试验母船和海洋局大楼，海试现场还好说，远在万里之遥的北京，不明就里，通信不畅，着实震惊。几位领导血压骤升，甚至有人差点犯了心脏病……

这究竟是怎么回事呢？且听笔者慢慢道来——

当天 11 时 47 分，"蛟龙"号近底巡航移动位置，第二次在 7059 米深度上坐底，进行一系列试验。半个多小时后，具体时间是在 12 时 37 分钟，试验母船与"蛟龙"号的通信联络中断了！

"'蛟龙''蛟龙'，'向九'呼叫，'向九'呼叫……"

"'蛟龙''蛟龙'，我是'向九'，你在哪里？情况怎样？请速回复，请速回复……"

声学控制室一直不停而焦急地呼叫着，却听不到一点反馈回音，无论是声音通信还是文字图片传输，都没有一点消息。指挥部决定立即布放 6971 应急水声电话通信系统，开启另一套通信手段。

但是，仍然没有回答。"蛟龙"号犹如人间蒸发了一样，无声无息……

刘峰和刘心成两位领导非常着急，不时地跑到声学控制室去看看。其实在现场指挥部里已经显示得非常清楚，出去走走只不过掩饰一下他们焦虑的心情罢了。情况十分不妙。"蛟龙"号已经下潜到 7000 米的海底了，外表压力达到了 700 个大气压，每平方米承受着 7000 吨压力。尽管在设计上留有一定安全系数，但这是"蛟龙"号首次试验潜入这么大的深度，万一发生不测，那将是不堪设想的巨大损失。

现场指挥部里鸦雀无声，只有声学控制室里深潜部门长胡震一遍遍呼叫："'蛟龙''蛟龙'，'向九'呼叫，'向九'呼叫！请回答，请回答……"呼叫声在母船上不停地回荡，显得是那样的忧心如焚和无奈无助。时间在一分一秒地过去，10 分钟、20 分钟……当年在 50 米试验时，曾下水失联 5 分钟，大家都吓得不行，如今是 7000 米啊，又是这么长时间，想想都不寒而栗。

不知道是哪位记者，用自带的通信设备把这一意外情况传到了北京，传到了大洋办陆基保障中心。金建才主任听后手脚一阵冰凉，感到事态严重，立即下楼告知了王飞副局长。啊?! 作为一名"老海洋"，王飞也是倒抽一口凉气，神色骤变。他们丝毫不敢怠慢，马上来到了刘赐贵局长办公室报告情况。

"不要慌，再好好观察分析一下。"刘局长不愧有大将风度，泰山崩于前而面不改色，但心里还是发紧，"你们先上去与前方保持联系，我就来。"

两位海试领导小组正副组长，肩头上陡然增加了沉重的压力，快步上楼来到陆基保障中心会议室，面对着大屏幕，一边请总设计师徐芑南分析情况，一边紧急呼叫太平洋上的海试队，询问究竟发生了什么事，"蛟龙"号联系上没有。

依然没有回音，但有一个情况引起了大家的注意：虽然通信中断，但是通过母船超短基线可以跟踪到"蛟龙"号，清楚地看到载人潜水器的活动轨迹。这说明"蛟龙"号上的超短基线还在发射声波信号，其设备应该处于正常状态。现场指挥部和后方保障中心都看到了希望。

在北京的徐芑南总师密切观察后，安慰说："请领导们不必太着急，这条线一直在动，我认为潜水器本体没问题，可能是通信系统出了故障。"

"但愿如此！"王飞、金建才还是一脸凝重。

正说着，刘赐贵局长上楼来了。就在这时，前方奇迹出现了，水声通信机突然响起来："'向九''向九'，我是'蛟龙'，我是'蛟龙'，一切正常……"

主驾驶傅文韬的声音传来了。试验母船上刘峰、刘心成、崔维成、胡震，还有现场指挥部和声学控制室所有人员，包括记者们几乎同时激动得跳了起来。谢天谢地，总算没有发生不测事件！

那么，这是怎么啦？原来，两个年轻的潜航员傅文韬和唐嘉陵在"蛟龙"号坐底后，发现前方有一只海参，决定互相配合抓取这个样品。机械手沉重而僵硬，而海参湿润黏滑，一次次抓住，又一次次滑脱。他们丝毫不放弃，聚精会神，终于成功抓到手，放入采样篮并盖好盖子。正当他们坐下来喘口气时，突然发现与母船通话的话筒不知道什么时候掉落在地板上。坏了！立马意识到问题的严重性——与母船通信中断，大家肯定非常着急……

在通信功能设计上，"蛟龙"号每 64 秒钟会自动将有关信息打包通过声波发往母船声控室，母船收到再解译显示在各个显示屏上。由于数字与语音都是通过同一套声学设备，所以在设计上有一个"语音通话优先"原则，也就是说语音通话开启，其他一切都不能使用。当话筒掉落后，被他们的身体压到按钮，触发了语音通话通道，结果数字传输关闭。语音通话接通了，可又没有进行语音通话，致使母船呼叫传不下去，"蛟龙"号信息传不上来。直至 13 时 17 分，通信中断了整整 40 分钟。后来，大家把这一过程叫作"黑色 40 分"。造成了一场不大不小的虚惊！

北京保障中心里，刘赐贵局长刚走进会议室，还没说上一句话，一切就"多云转晴"了。王飞副局长半开玩笑半认真地说："好啊，还是你刘局长面子大，你要是早点上来，也许早就没事了！"

"是吗，没事就好。不过，他们回来后应该'严厉'批评一下，这可不是好玩的，快把我们的局长吓出毛病来了。呵呵……"

这个意外事件，也提醒研发团队需要改进"蛟龙"号话筒的设计，以便杜绝此事再次发生。

有惊无险，"蛟龙"号继续下潜试验，在 7062 米的深度上坐底并开展相关作业。按照潜航员傅文韬的心愿：最大下潜深度应在 7091 米。因为 2012 年 7 月 1 日是中国共产党成立 91 年的纪念日，具有划时代意义的党的十八大定于这年 11 月召开，而小傅已经被选为出席十八大的基层党员代表了。他多么想用这样一个"7091"的数字表达庆祝心情啊！可这片海底最深处只有 7062 米，虽然稍有遗憾，但已经是中国载人深潜的新纪录了。这是神州儿女引以为傲的中国深度！

15 时 15 分，"蛟龙"号完成了本潜次所有试验项目，开始抛载上浮。刘心成综合情况第四次向媒体发布：今天"蛟龙"号最大下潜深度 7062 米，采集两个非保压水样、一个保压水样、两个沉积物样、一个生物样，布放了标志物，进行了生物诱饵试验，吸引较多生物，获得大量高清照片、视频图像，进行了"蛟龙"号自动定高、测深侧扫、纵倾调节试验，返航途中进行可调压载系统复核。各项指标符合设计，试验成功。

18 时 40 分，"蛟龙"号顺利回收至母船。全部过程 695 分钟，其中潜水器在水中时间 674 分钟，创造了下潜深度和水中停留时间的最新纪录。试验期间出了一个"失联"的小插曲，又给"蛟龙"号增添了几分神秘的传奇色彩……

中国深度：7062 米！创造了同类型载人潜水器的世界纪录。

迄今为止，茫茫地球上的最南极、最北极——第一极地和第二极地，以及最高极——号称第三极的珠穆朗玛峰，都留下人类探索的足迹。然而，还有一个极地很少涉足，那就是数千米乃至万米以上的海底深处，即世界最深极——第四极！如今，我们的"蛟龙"号与俄罗斯、美国、法国、日本的载人潜水器，就是第一代探索地球第四极奥秘的勇士！

画了一个圆满的句号

国人常常用"十年磨一剑"，来比喻做成一件大事的艰辛历程。

这句话出自唐代诗人贾岛的五言绝句《剑客》："十年磨一剑，霜刃未曾试。今日把示君，谁有不平事？"豪爽之气，溢于字里行间。"十年磨一剑"，表明此剑凝聚剑客多年心力，非同一般。"霜刃未曾试"，表明剑刃寒光闪烁，锋利无比，却未曾试过它的锋芒。虽说"未曾试"，而跃跃欲试之意已溢于言外。

紧接着，"蛟龙"号又一个潜次即将开始。

这是 7000 米级海试的最后一潜，更是"蛟龙"号四年海试的收官之作。现场指挥部要求各部门认真检查维护，特别是对"蛟龙"号可调压载系统存在的问题进行研究改进，确保最后一次下潜顺利通过验收。

从总编号算起，应为第 51 个潜次，由叶聪担任主驾驶，崔维成、张东升分别任左右试航员。7 时 12 分"蛟龙"号入水，11 分钟后开始注水下潜，10 时 30 分在 6900 米深度进行了可调压载注排水试验，11 时 02 分到达 7008 米，12 时在 7035 米深度再次坐底，12 时 50 分抛载上浮，17 时返回母船。下潜时间 588 分钟。"蛟龙"号进行了三次定向和一次定高近底航行，多次坐底，最大下潜深度 7035 米，在 6900 米深度进行可调压载注排水，验证正常。全程无故障。

至此，"蛟龙"号连续四年的海试圆满完成。就像我们的青少年学生在一场严格的考试中，画上了一个圆满的句号，交上了一份合格的答卷……

海试大功告成之后，"向阳红 09"船立即载着"蛟龙"号海试队胜利返航。

航渡中，临时党委和现场指挥部部署进行海试工作总结。从总体情况、专家验收，到思想政治、各部门保障等，全方位、全层面深入细致地梳理 7000 米级海试，以及"蛟龙"号研发试验过程，拿出一个响当当、硬邦邦的海试结论来。

凯旋，与出征的心情和气氛大不相同，就连太平洋的风浪也温柔了许多。深蓝色的海水一波连着一波，泛起了朵朵白亮亮的浪花，如同给英雄的中国海试队献上的鲜花。一只只调皮的海豚浮现在船舷边上，好像是前来迎接的伴游者。迎面遇上的过往货轮，相互之间拉响了汽笛，似乎是向远航归来的人们致敬。

海试队员们难得如此轻松与悠闲，一边享受着战斗过后的愉悦，一边沉浸在回味之中。首先，现场指挥部总指挥刘峰代表"蛟龙"号海试队，根据中国 21 世纪议程管理中心与中国大洋协会办公室签订的《"蛟龙"号载人潜水器作业技术改进及 5000—7000 米海上试验课题任务书》、科技部批准的《"蛟龙"号载人潜水器 7000 米级海试实施方案》以及国家海洋局《关于执行"蛟龙"号载人潜水器 7000 米级海试任务的通知》要求，总结归纳了完成"蛟龙"号 7000 米级海试任务的情况。

"蛟龙"号 7000 米级海试共完成 6 次下潜，下潜深度分别为 6671 米、6965 米、6963 米、7020 米、7062 米、7035 米，每次下潜都按预定计划和任务有效开展。试验对潜水器本体系统、水面支持及母船系统共 313 项功能、性能、指标和作业内容进行了逐一验证，对一些关键项目进行了多次试验和验证。试验还取得了丰富的海底科学作业成果，包括海底沉积物样品、生物样品、地质样品和深海水样，以及大量的海底影像资料和海底微地形地貌等。

试验充分验证了潜水器 7000 米深度下的功能和性能，完善了作业规程，进一步锻炼和培养了载人深潜队伍，对自主研发的关键部件进行了试验验证，为交付应用奠定了坚实基础。海试团队安全、圆满、超额完成了"蛟龙"号载人潜水器 7000 米级海试预定的全部试验任务，实现了全部预定目标。

1. 实现了中国载人深潜技术重大跨越。"蛟龙"号在马里亚纳海沟试验海区创造了下潜 7062 米的中国载人深潜纪录，同时也创造了世界同类作业型潜水器的最大下潜深度纪录，海底作业技术和能力得到验证，标志着我国载人深潜技术进入了国际领先行列。

2. 探索了国家战略性高技术装备发展的新模式、新道路。在中国缺席世界载人深潜半个多世纪的情况下，通过国家的持续支持，我国科研人员在中国载人下潜纪录仅有几百米的基础上，自主设计，集成创新，集智攻关，利用十年时间完成了"蛟龙"号研发和海试，探索了一条边试验、边改进、边应用的国家战略性高技术装备跨越式发展的创新道路，实践了民用大型科技项目政府部门间相互协调的联合攻关新模式。

3. 造就了一支技术精湛、作风过硬的中国载人深潜队伍。年轻的中国载人深潜队伍在"严谨求实、团结协作、拼搏奉献、勇攀高峰"精神的激励和感召下，通过四年的"蛟龙"号海试得到了历练。他们代表了国家深海技术装备研发的整体实力，成为我国深海事业发展的中坚力量。

4. 形成了一整套严谨可行的规范、规程和制度。经过多年的不断摸索和经验积累，实现了载人潜水器本体与水面支持系统之间的娴熟配合，完善了载人潜水器布放回收的操作规程和操作口令，优化并熟练掌握了特定条件下母船与潜水器各系统的协同操纵模式，制定和完善了一整套应急处置预案，为"蛟龙"号交付应用奠定了基础。

5. 具备了跻身国际前沿科学研究的技术手段。"蛟龙"号在马里亚纳海沟7000米深度海底发现生物多样性和地质多样性等科学现象，是世界上迄今为止人类使用载人潜水装置到达深海现场进行环境调查采样作业的最佳范例。为我国科学家研究和揭示深海奥秘，跻身国际深海前沿科学研究提供了必要的技术手段，为我国在全球大洋开展深海资源勘查提供了强有力的技术支撑。

6. 提升了中国载人深潜在国内外的认知度。新闻媒体通过报道、专访和连线播报，在马里亚纳海沟海试现场与全国乃至全世界观众间架起了一座桥梁，并将载人深潜与载人航天奇妙地联系到一起。中国载人深潜事业所取得的辉煌成就，参试队员展现出的拼搏奉献精神和严谨求实作风，在国内外引起强烈反响。不仅普及了深海知识，增强了海洋意识，而且振奋了民族精神，提升了中国载人深潜在国内外的认知度。

这是真正的十年磨一剑，横空出世，震惊寰球。其中，还有一项令国人引以为傲的纪录：迄今为止，全世界目前下潜入海超过 7000 米深度的共有 11 人，包括前面所说的瑞典人皮卡德、美国人沃尔什和卡梅隆，中国就有 8 位！他们的名字是叶聪、傅文韬、唐嘉陵、于杭、崔维成、杨波、刘开周、张东升。

海试期间先后有 9 位队员的亲人离世，但他们仍以大局为重，不离开工作岗位。有的刚度完蜜月，有的推迟婚期，有的爱人生孩子，有的老人住院，有的子女中考、高考，但大家都能以深潜事业为重，毫无怨言地默默奉献在试验现场。这些动人心弦的事例，在前面的章节中均有介绍，此处不再赘述。仅举一例，可以清晰地看出海试队员们的奉献与甘苦。

在 2012 年的第 35 期、第 36 期《海试快报》上，发表了两大版彩色照片，第 35 期上是 16 位活泼可爱的婴幼儿照片，有的拿着玩具在快乐玩耍，有的瞪着明亮的大眼睛喜笑颜开，还有的吐着小舌头幸福地攀爬。哈！他们有一个共同的名字——"海试宝宝"。而第 36 期，则在对应位置刊登了他们的父亲、祖父的照片，大家一目了然，会心地笑了……

这就是在四年海试期间，海试队员家中诞生的下一代！其中，绝大部分做父亲的为了祖国的"蛟龙"，没有陪伴在亲人身边。从某种意义上说，这些可爱的小家伙，一出生就为中国载人深潜事业做出了自己的贡献。为此，快报编者配发了一段感人至深的按语：

四年的海试，在世界载人深潜的历史上绝无仅有，而就在我们用心、用行动见证这一历史时刻的同时，我们中的部分人也经历了人生中最为美好、也最为难忘的时刻。

有人在此期间荣为人父，有人在此期间喜获子孙。他们中的一些人，在妻子分娩的时候坚守岗位，在孩子刚出生的时候远离家人。他们是全家的主心骨，更是海试团队的脊梁。他们用不断刷新的深度向家人表达了他们的衷肠，他们用自己实际行动向世人展示了中国的载人深潜精神。四年的海试饱含了他们辛勤的汗水，凝聚了他们无穷的智慧，更留下了他们思念的眼神。

历史不会忘记光荣的"蛟龙"号海试团队在马里亚纳海沟镌刻的丰碑；"蛟龙"号的后人永将见证你们留给中华民族的灿烂光辉。

从某种意义上说，这些可爱的"海试宝宝"，是四年海试历程上的另一个重大收获。我们今天所做的一切，不就是为了他们吗？而他们的茁壮成长，也正是为了中华民族的未来！

经过半个月的航行——7月14日晚上，"向阳红09"船顺利行驶到自己的母港——青岛团岛锚地。为了庆祝"蛟龙"号载人潜水器全部海试成功，国家有关部门决定海试团队，包括一身征尘的"蛟龙"号，暂不返回江苏江阴，直接来到青岛奥帆基地码头，举行盛大的欢迎大会，以及"公众开放日"，邀请市民参观劳苦功高的中国"蛟龙"！

在等待正式进港期间，现场指挥部、临时党委决定在团岛锚地举行集体会餐，洗却风尘，为自己喝彩。这里也是国家海洋局北海分局的大本营，自然要尽地主之谊。入关联检一结束，大洋技术保障中心吉国主任就送来几桶新鲜的青岛扎啤，海监一支队崔晓军支队长也送来了蔬菜、西瓜……

18时，会餐开始，首先请刘峰总指挥致辞。

他向大家表示感谢，敬酒。

接着刘峰大喊一声：现在请司令讲话。人们热烈鼓掌。刘心成站起来，抑制住心中的激动说："我的兄弟姊妹们，请大家记住今天——2012年7月14日，是我们征战马里亚纳海沟，圆满完成"蛟龙"号7000米海试任务凯旋的日子。在40多个日日夜夜里，大家同舟共济，拼搏奉献，完成了一件共和国了不起的大事，我们可以说上对得起国家，下对得起子孙，中间对得起我们自己。今生再有今天这些人的聚会恐怕很难，但是海洋事业还会为我们其中的部分人相聚提供机会。祝大家身体健康，家庭幸福，心成诚心敬酒，希望能够喜欢，干杯！"

大家不约而同地爆发出"嗷嗷"的呼喊声，此起彼伏，足足有两分钟，不少人憋得满脸通红。这是激情的迸发、压抑的释放，更是友谊的表达、感情的碰撞。呼喊声是那么奔放，那么自然，那么豪迈。身临其境的每个人都会受到感染、感到震撼。

科技部中国 21 世纪议程管理中心海洋处的孙清处长也随海监 16 艇登船看望大家，参加了会餐。刘心成说请孙处长讲话！掌声响起，响得那么热烈。孙清处长十分激动，不知说什么好，她说：我敬大家酒，大家吃好喝好！掌声、笑声、碰杯声经久不息，"嗷嗷"的吼声此起彼伏，甚至有时一个人也"嗷"了起来，后来人们称这种表达为"龙吼"！

好一个"龙吼"啊！

作者跟随"蛟龙"号在太平洋上科考（图片由中国大洋协会提供）

这岂止是"蛟龙"号研发和科考团队的吼声，也是海洋战线为建设海洋强国发出的吼声，更是实现中华民族伟大复兴而正在奋发努力、和平崛起的"中国龙"的吼声啊！此后的 2014 年，我参加"蛟龙"号科考胜利返航会餐时，大家也发出了这样的吼声。刹那间，我联想起随同"蛟龙探海"的一幕幕难忘景景，热血沸腾、激情澎湃、文思泉涌。

我当即端起酒杯站起来，说现场赋诗一首献给大家。临时党委书记刘心成马上要求全场安静。我清了清嗓子，一边思索一边朗诵：

蛟龙探海谱新章，科考应用创辉煌。
高歌凯旋从头越，一声龙吼惊大洋！

好啊！好！

整个餐厅瞬时沸腾了，大家大声叫好，用力鼓掌，看得出来，他们完全理解了此诗的意境，前三句都是铺垫，讲述的也是事实，从海试到应用谱写了"蛟龙"号的新篇章，深潜科学考察的成效等于过去二十年，本次航段成功只是一个开头，还有新的高峰等待攀登，特别是最后一句"一声龙吼惊大洋"，道出了中华儿女的心声。

是啊，一声龙吼惊大洋！这是东方睡狮醒来发出的怒吼，这是神州巨龙腾飞发出的怒吼……

"祖国，我们回来了！"
"'蛟龙'号海试队，凯旋了！"

公元 2012 年 7 月 16 日上午，美丽的海滨城市——青岛市奥帆基地码头上，一面面彩旗迎风飘扬，一只只大红灯笼升上天空，头扎英雄巾、身穿红黄相间民族服装的锣鼓队敲得震天响。临时搭起的主席台上铺着迎接贵宾的红色地毯，蔚蓝色的大背景板上写着："蛟龙"号载人潜水器 7000

米级海试凯旋欢迎仪式。戴着红领巾的少先队员，捧着鲜花的男女青年，高举着照相机、摄像机的新闻记者，早早等候在这里，翘首以待准备靠泊的"向阳红09"船……

这是一场隆重而特别的欢迎仪式。往年，"蛟龙"号海试返航归来，均是从东海长江口进入驶达江阴码头，而后卸载"蛟龙"号运回无锡702所基地。因为将来交付应用的国家深海基地还在建设中，潜水器还是由制造厂家保养，每次出航时，再由母船来到这里接载。而这一次不同了，因是7000米海试全部胜利完成，标志着我国"863计划"中的又一项高科技装备历经10年，圆满成功了。国家有关部门决定在青岛举行隆重欢迎仪式，向全国乃至全世界公开展示。

9时许，"向阳红09"船悬挂满旗，右舷拉起"衷心感谢祖国和人民对载人潜水器海试团队的关怀"大红横幅，在两条拖船协助下，缓缓驶来，稳稳停靠在青岛奥帆中心码头。全体队员身着蓝色的海试队统一服装，胸前绣着鲜红的国旗和深潜标志，精神抖擞地在救生甲板上列队站坡，接受祖国和人民的检阅。刹那间，整个奥帆码头上一片欢腾，礼炮轰响，鼓乐齐鸣，民间的舞龙队、海军的军乐团搅动了海天……

欢迎仪式由国家海洋局、中国大洋协会和青岛市人民政府主办。全国政协副主席、科技部部长万钢，科技部副部长王伟中，国土资源部部长徐绍史，国家海洋局局长刘赐贵，国家海洋局副局长张宏声、王飞、王宏，山东省委书记姜异康，山东省省长姜大明，中国科学院纪检组组长李志刚，中船重工集团公司副总经理钱建平，山东省委常委、青岛市委书记李群，青岛市市长张新起，海军北海舰队副司令员杜希平等领导，以及1000多名市民群众欢聚一堂，迎接勇士。

90名海试队员（船上留有6名值勤者）在总指挥刘峰和党委书记刘心成带领下，依次走下舷梯，领导们在舷梯口一一与大家握手。而后，队员们迈着矫健的步伐走到主席台前列队，8名下潜7000米的试航员站在最前边。刘峰总指挥向前一步面对麦克风大声报告："我是海试现场总指挥刘峰，代表海试队全体队员报告：'蛟龙'号载人潜水器海试队圆满完成7000 米海试任务，安全、胜利返航了！"

"好——"欢迎队伍响起一片叫好声、鼓掌声。90 名中学生手捧鲜花跑上来，向 90 名海试队员献花。

中共中央政治局常委、国务院副总理李克强发来了贺信。国土资源部部长徐绍史代为宣读。李克强指出，"蛟龙"号载人潜水器研制和海试成功，实现了我国深海装备和深海技术的重大进步，对于提升认识海洋、保护海洋、开发海洋的能力，推动我国从海洋大国向海洋强国迈进，将产生重大而深远的影响。希望继续弘扬科学求实、团结协作、顽强拼搏的传统，不断攀登我国载人深潜事业的新高峰。

全国政协副主席、科技部万钢部长讲话，他在讲话中指出，"蛟龙"号的研制和海试成功长达十年，证明了在党中央、国务院的关心和各有关部门的通力协作下，我们完全有信心、有能力在关键技术领域实现跨越式的发展，"蛟龙"号的成功是我国深海科技发展的一个新的起点，但是未来的路程还很长，任务将更加艰巨。希望大家以更加饱满的精神投入新的征程，在我国建设海洋强国的伟大历史进程中再建新功、再创辉煌。

国家海洋局局长刘赐贵等人分别代表各有关单位致辞。

随后，举行了"'蛟龙'号公众开放日"活动，与会人员、市民群众依次走上"向阳红 09"船参观"蛟龙"号，欢声震天，喜不自胜。万钢、徐绍史、刘赐贵等领导登船来到"向九"船会议室听取总指挥刘峰、临时党委书记刘心成、专家咨询组组长于杭教授的分别汇报，给予了高度的评价和赞扬。

当天中午，在青岛市富丽堂皇的五星级酒店里，举办了盛大的欢迎庆祝宴会。96 名"蛟龙"号海试队员全部参加，受到了英雄般的接待。后来，"蛟龙"号永久落户于青岛即墨市鳌山卫国家深海基地。

这座美丽的海滨城市，因为成为中国"蛟龙"的家乡而愈加闻名。"蛟龙"号与享誉世界的青岛啤酒、海尔家电、帆船之都一样，打造出山东青岛又一张闪光的城市名片……

尾章 他们是"深潜英雄"

多少年来,每一位普通而善良的中国人,以能够来到天安门前照张相为最幸福的事情。同样,如果能够前往人民大会堂参加活动抑或出席会议,那更是十分光荣和自豪的经历了。因为只有在各行各业做出成绩的人士,才能有此殊荣。

位于首都北京市天安门广场西侧、西长安街南侧的人民大会堂,高大宏伟,巍峨壮观,是中国全国人民代表大会开会会场和全国人民代表大会常务委员会的办公地点。这里同时也是我们党、国家和各人民团体举行政治、外交、文化活动的重要场所。

公元 2013 年 5 月 17 日,高大宽敞的西大厅里灯光明亮、金碧辉煌,洋溢着一片喜悦的气氛。一支身穿海蓝色服装、胸前印着鲜红的国旗标志的团队,怀着激动的心情来到这里,排列成整齐的队列等候着。他们就是胜利完成中国 7000 米级载人潜水器"蛟龙"号研发、海试任务的科学家、工程师、潜航员和技术保障人员……

伴随着一阵阵热烈的掌声,那是谁来了?中共中央总书记、国家主席、中央军委主席习近平,中共中央政治局常委、国务院总理李克强,还有中共中央政治局常委刘云山,中共中央政治局常委、国务院副总理张高丽等党和国家领导人走进大厅，他们微笑着与站在第一排的代表们一一握手、交谈。

哦，这是全国海洋工作者倍感振奋、深受鼓舞的一天。

中共中央、国务院决定授予"蛟龙"号载人潜水器 7000 米级海试团队"载人深潜英雄集体"荣誉称号，授予叶聪、傅文韬、唐嘉陵、崔维成、杨波、刘开周、张东升等 8 名同志"载人深潜英雄"荣誉称号。今天，在人民大会堂隆重举行表彰大会。会前，习总书记等领导人亲切会见了深潜先进单位和先进工作者代表。

实际上，自从 7000 米级海试成功之后，"蛟龙"号载人潜水器及其海试团队就已成为国人心目中的明星。

2012 年 10 月 26 日，胡锦涛主席来到北京展览馆参观"科学发展成就辉煌"大型图片展。在国家海洋局展出的"蛟龙"号模型前，胡锦涛等停下脚步，饶有兴趣地观看，并向陪同的国家海洋局局长刘赐贵详细了解"蛟龙"号研制、海试等情况。不久，党中央便做出决定予以表彰。

无论是高规格的会见，还是对"蛟龙"号的关注、表彰，都体现了党中央、国务院对载人深潜工作的肯定和高度重视。而我国在深海研究领域取得的成就，只是海洋事业全面发展的一个缩影。

毕竟年代不同了，如今国家给予贡献巨大的人们的，不仅仅是崇高的荣誉，还有经济上的奖励。颁发给"载人深潜英雄"的奖章，那是一块地地道道的纯金制作的金牌，价值 20 万元。当然，对他们铸就的辉煌，不能用金钱来衡量。

今非昔比。记得当年"两弹一星元勋"邓稼先，面对诺贝尔奖获得者、老同学杨振宁询问研制原子弹获多少奖金时，先是沉默不语，继而在反复催促下，伸出了一个手指头。

"100 万？人民币还是美金？"杨振宁不明就里。

"10 元人民币。"

"啊？别开玩笑了。怎么可能呢！"

"这是真的，不是开玩笑。"邓稼先正色回答，"我们这些人一心只想为国家做事，哪里有时间考虑奖金？！这还是原子弹试爆成功后，国家奖励给全系统一笔钱，分到个人手中正好10元。"

"这个……"杨振宁一阵唏嘘，不知说什么好。

是啊，在那个全国人民砸锅卖铁也要上马"国防利器"的年代，在毛泽东主席愤而提出"核潜艇，一万年也要搞出来"的背景下，许多中国科学家，甘愿放弃国外优越生活条件，抛家舍业，含辛茹苦，甚而隐姓埋名默默奉献，用生命对待事业，为今天的人们打造了安全的天空、陆地和海洋。他们不是为了什么奖金，而是中华民族再也不能受人欺负了！

今天，我们的生活好了，有能力重奖英雄和功臣，但当年的那种精神、那种气节、那种干劲，永远需要世代传承、继往开来……

与此同时，人力资源和社会保障部、国家海洋局还做出了表彰"蛟龙"号载人潜水器7000米级海试先进集体和先进个人的决定。

紧接着，表彰大会正式开始。《中国海洋报》记者高悦、孙安然现场采访，及时写出一篇题为《心情振奋　使命崇高　任重道远》的侧记，真实记录了当时的场景：

从波涛汹涌的西太平洋，到庄严的北京人民大会堂，他们走来了……5月17日，"蛟龙"号载人潜水器的研制者、潜航员、技术保障人员——步入中国载人深潜表彰大会现场，带着光荣和梦想，再次相聚。

上午10时30分，中国载人深潜表彰大会正式开始。雄壮的国歌在人民大会堂里响起，无穷的力量在人们心头慢慢积聚。灯光闪亮，掌声响起。他们本是生活中的平凡人，如今却成为人们心中的英雄。

表彰、颁奖、握手、致意。这一刻，接过闪闪的奖牌、红红的证书，崇高的荣誉属于深潜英雄们。一个个熟悉的名字，一张张灿烂的笑脸；一队队先进集体，一位位载人深潜英雄。

人民大会堂内乐曲高奏，真情潮涌，热烈的掌声经久不息。辛勤的努力和付出没有白费，在"蛟龙"号的研制和海试中，他们没有单位、只有岗位，在严谨求实、团结协作、拼搏奉献、勇攀高峰的中国载人深潜精神的激励和感召下，敢为人先、敢于担当，一次次创造纪录，又一次次刷新纪录，让浩瀚的太平洋见证了中华民族进军深海的伟大壮举……

然而，如此隆重热烈的场面，如此光彩荣耀的时刻，有一位关键人物却没有到场；在光荣榜上，有一个响亮的名字也没有出现。他是谁呢？

曾记否？在各方争论大深度载人潜水器有没有必要立项、能不能海试之时，他利用自己丰富的深潜知识和国际知名科学家的特殊身份，出于为民族强大的公心，上书直陈利弊，建议立即实施。

曾记否？在四年风吹浪打的海上试验历程中，他放弃国外优越的工作生活条件，毅然回国与海试团队同舟共济，面对初次潜海的巨大风险，年过半百的他总是要求率先下潜，极大地鼓舞激励了年轻一代，被称为"定海神针"。

曾记否？在严格规范、多达数百项数据的现场考核验收中，他欣然受命担任海试现场总指挥顾问、技术咨询专家组组长，每一次海试结束，带领各领域专家认真总结归纳，提出改进意见，保证了"蛟龙"号一年一大步，直至完美通过了考核验收，画上一个圆满的句号……

不用多说了，他，就是自始至终为"蛟龙"号殚精竭虑、做出非凡贡献的于杭教授！"蛟龙"探海 7000 米水深成功了，可他表示不需要宣传自己，国家尊重他的选择，但并没有忘记他的功绩，仍然授予他为"载人深潜英雄"光荣称号。他当之无愧！

这样，成为"深潜英雄"的一共是 8 人，且都是贡献突出、临危不惧，下潜超过 7000 米海深的科学家、试航员。只不过在大红的光荣榜上、在中央电视台的镜头中，没有他的照片，而是一枚金灿灿的奖章！

他是真正的无名英雄，不为名利，不图回报，与当年的邓稼先、钱学森等科学家一样，一心一意为了亲爱的祖国和民族的复兴奉献所有的聪明才智。他就像一颗闪亮的启明星，当满天彩霞升起的时候，微笑着隐去了……

历史证明，一个国家如果在海洋上没有自己的位置，就不能算是真正意义上的大国。在人类现代化大舞台上，相继出现了葡萄牙、西班牙、荷兰、英国、法国、德国、日本、俄罗斯和美国等 9 个世界性大国，它们几乎都是从海洋发迹，用坚船利炮敲开国际市场，争得列强地位。

在地球面临越来越严峻的危机和挑战的今天，人类的明天和希望在海洋。海洋占地球面积的 71%，海洋正在成为人类第二生存空间，谁拥有海洋谁就拥有未来。海洋是一个巨大无比的资源宝库，其中矿物资源是陆地的 1000 多倍，食物资源是陆地的 1000 倍左右。走向海洋方能拥抱世界。

中国是个濒海大国，领海约 300 万平方公里，海岸线 1.8 万公里。东南沿海及延伸的大陆架，蕴藏着大量的油气等宝贵资源。但现在我国还不是海洋强国，我们应该继续推动我国海洋事业不断取得新突破，为建设海洋强国做出更大成绩。

我们在海洋上沉寂了数百年之后，到了改革开放的当代，海洋富强梦正在逐渐变成现实。远望号测量船布阵三大洋，全天候跟踪卫星发射过程。海军舰队在亚丁湾护航，履行中国应承担的国际义务。辽宁号航空母舰正式服役，开创了中国海军的历史新篇章。"蛟龙"号载人潜水器 7000 米海试圆满成功，实现了我国深海装备和深海技术的重大进步。

2012 年 11 月，中国共产党第十八次代表大会在北京召开，胡锦涛主席代表党中央做的政治报告中指出，提高海洋资源开发能力，发展海洋经济，保护海洋生态环境，坚决维护国家海洋权益，建设海洋强国。自此，公开地提出了"建设海洋强国"的战略目标。这是党中央在我国全面建成小康社会决定性阶段作出的重大决定，是中国特色社会主义道路的重要组成部分。

2013 年 9 月 7 日，国家主席习近平在哈萨克斯坦进行国事访问时，发表了题为《弘扬人民友谊 共创美好未来》的重要演讲，指出，哈萨克斯坦这片土地，是古丝绸之路经过的地方，曾经为沟通东西方文明，促进不同民族、不同文化相互交流和合作作出过重要贡献。……为了使我们欧亚各国经济联系更加紧密、相互合作更加深入、发展空间更加广阔，我们可以用创新的合作模式，共同建设"丝绸之路经济带"。……以点带面，从线到片，逐步形成区域大合作。

由此，建设"一带一路"的声音越来越响，逐渐波及并撼动了亚洲、欧盟乃至整个世界。这一跨越时空的宏伟构想，从历史深处走来，融通古今、连接中外，顺应和平、发展、合作、共赢的时代潮流，承载着"丝绸之路"沿途各国发展繁荣的梦想，赋予古老"丝绸之路"以崭新的时代内涵。

打开世界地图可以发现，"一带一路"这条世界上跨度最长的经济大走廊，发端于中国，贯通中亚、东南亚、西亚乃至欧洲部分区域，东牵亚太经济圈，西系欧洲经济圈。它是世界上最具发展潜力的经济带，无论是从发展经济、改善民生，还是从应对金融危机、加快转型升级的角度看，沿线各国的前途命运，从未像今天这样紧密相连、休戚与共。它必将为实现中华民族伟大复兴的中国梦，以及各国人民共同繁荣的世界梦奠定坚实的基础，迎来一个和平进步、共创共享的新时代。

其中，建设海上丝绸之路，就需要我们彻底转变千百年来形成的重陆轻海的观念，走上一条陆海并重的康庄大道。从这个意义上讲，由进军南北极、远航三大洋、打造深海载人潜水器"蛟龙"号所引发的"海洋热"，对于提升全民的海洋意识，就非常重要了。"中国龙"将从大海上崛起、奋力腾飞了！

值得一提的是，就在"蛟龙"号7000米级海试成功，连续两年顺利进行了试验性应用的同时，科技部"863计划"海洋技术领域办公室、中国科学院、中国船舶重工集团公司、上海大学等单位，已经部署4500米级、6000米级，甚至10000米级的载人潜水器的研制，将来，"蛟龙"号要形成"一条龙"系列。

此外，中船重工集团第702所还正在研制深海空间工作站系统。因为"蛟龙"号深海载人潜水器虽然能潜入7000米的海底，但乘载的人数较少、工作时间短，偏重于科学考察。相比之下，深海空间站可以让12人的科研团队，在1500米以上的海底逗留数十天。

它是一类不受海面环境制约，可长周期、全天候在深海直接操控作业工具与装置，进行水下工程作业、资源探测与开发、海洋科学研究的深海载人运载装备。如同天际空间站是航天领域的核心技术一样，深海空间站代表了海洋领域的前沿核心技术，体现了一个国家的科技水平和经济实力。

不久的将来，科幻小说《海底两万里》描写的随意在深海里生活工作、漫步畅游就会变为现实。那时候，人们可以与美丽的海洋生物为伴，采集深海里的矿藏资源，和平开发利用海洋，造福人类社会……

后　记

这是一个值得纪念的时刻！

公元 2017 年 4 月 17 日，我的手机上接到这样一条短信：

许主席您好！

　　您参与创作的李炳银会长主编的"中国创造故事丛书"，刚接到总局通知，已经入选迎接十九大主题出版项目……非常感谢您！我履职河南文艺出版社社长不久，更期盼对我和我们社更多的支持、帮助、关心！欢迎您到中原看看！

陈　杰

我立即回复如下：

陈社长好！

　　今天我也接到了李会长通报，大家都很高兴，这是我们共同的成果和荣誉！也说明贵社编辑和社长您眼光独到，工作有力！谢谢！我现正抓紧写作，一定按时保质完成！祝安顺，后会有期！

许　晨

短信中所说的"中国创造故事丛书"，通过中国现实社会生活中一些科技创新故事，书写中国智慧和伟大的创造建设能力。

我所担负的选题就是全景式而又具体形象的描绘：中国深海载人潜水器"蛟龙"号的研制和海试故事。老实说，这个题材对我来说既十分熟悉又很有感情。5 年前——2012 年 6 月份，我们的"深海蛟龙"在太平洋马里亚纳海沟下潜 7000 米成功，我在青岛迎接它的仪式上，就开始了追踪采访和深入体验。所以，当李炳银会长盛情邀请我参与这套丛书写作时，我欣然接受并表示尽力写好。

"蛟龙"号，是我国自主研发制造的 7000 米级载人潜水器，2002 年立项设计，历经 10 年波折，克服种种困难，一举成功，于 2012 年 6 月 24 日在马里亚纳海沟创造了载三人下潜 7020 米的世界纪录，使我国具备了在全球 99.8% 的海洋深处开展科学研究、资源勘探的能力。创造这一伟业的是些什么人呢？世人应该知晓，作家有责任反映。

这是一本纪实文学作品，是讲述我国深海载人潜水器"蛟龙"号怎样诞生的故事书。说来有缘，三年前中国作家协会拟选派一名作家跟随"蛟龙"号，远航西北太平洋去科学考察、深入生活，因为管理使用潜水器的国家深海基地就设在青岛，而我又是生活在这里的作家，并且已经进行采访体验了，经踊跃报名，积极要求，便幸运地入选了。

由此，我走进了"蛟龙"号团队，结识了那些历经 10 年研制这项海洋重器的科学家、潜航员。本来，我们那次是计划 40 天的科考任务，不料航程中遭遇了 3 次台风，不得不避风绕行，推迟到了第 57 天才安全返航。虽说吃了不少风浪颠簸、孤独寂寞之苦，但真实地体验到了海洋科学家的艰辛生活与奋斗精神。这是永远值得一代又一代弘扬与传承的中国精神！

本书最初起名《中国"蛟龙"》，也考虑过《蛟龙闹海》等，但总觉得不够新颖深刻，在与一些专家学者朋友的讨论碰撞之下，突然想到当年法国作家凡尔纳有部科学幻想小说《海底两万里》，影响很大，主要描写潜航长度中的经历。我们这部纪实文学可以叫《海底7000米：深海"蛟龙"号的故事》，是现实中的中国载人潜水器挑战深海，再现潜海深度的传奇。

《海底7000米：深海"蛟龙"号的故事》这个书名既生动形象，又简洁醒目，蕴含着深远而特殊的意义，还可以使读者由此想起《海底两万里》一书来，提升其认识海洋、了解海洋的兴趣。同时书中讲述了许多鲜为人知、引人入胜的故事。

感谢中国报告文学学会李炳银会长，感谢河南文艺出版社，让我有机会参与共同打造一套"中国创造故事丛书"。亲爱的读者朋友们，翻开这本书，就等于随同"蛟龙"号去探海了，你会得到神奇而多彩的享受……

2016 年 11 月至 2017 年 6 月写于青岛